张悦然 著

我循着火光而来

I Came Towards the Flame

北京联合出版公司
Beijing United Publishing Co.,Ltd.

图书在版编目（CIP）数据

我循着火光而来 / 张悦然著. — 北京：北京联合
出版公司，2017.10
　　ISBN 978-7-5596-0955-7

　　Ⅰ.①我… Ⅱ.①张… Ⅲ.①短篇小说—小说集—中
国—当代 Ⅳ.①I247.7

　　中国版本图书馆CIP数据核字（2017）第221479号

我循着火光而来

作　　者：张悦然
责任编辑：丰雪飞
封面设计：颜　禾
版式设计：颜　禾　刘　宽

北京联合出版公司出版
（北京市西城区德外大街83号楼9层　　100088）
北京嘉业印刷厂印刷　　新华书店经销
字数180千字　　880毫米×1230毫米　　1/32　　9.5印张
2017年10月第1版　　2017年10月第1次印刷
ISBN 978-7-5596-0955-7
定价：43.00元

目录

CONTENTS

动物形状的烟火

清晨时分，林沛从乱梦中醒来。他拉开窗帘，外面是杏灰色的天空，月亮挂得很低，像一小块烧乏了的炭。这一年的最后一天来到了。明天就是新年了。

　　他坐在床上，回想着先前的梦。梦里他好像要出远门，一个陌生人到月台来送他，临别时忽然跑上来，往他的手里塞了一把茴香。他站在窗口望着那人的背影发怔，火车摇摇晃晃地开动起来。在梦里，月台上没有站名，火车里空无一人。他独自坐在狭促的车厢里，要去哪里也不知道。所有这些都语焉不详，一个相当简陋的梦。如同置身于临时搭建起来的舞台，从一开始就宣布一切都是假的，没有半点要邀请你入戏的意思。

　　唯有他手里攥着的那把茴香，濡着潮漉漉的汗液，散发出一股强郁的香味，真实得咄咄逼人。

梦见茴香，意味着某件丢失的东西将会被找到，以前有个迷信的女朋友告诉过他。她在梦见茴香之后不久，就被从前的男朋友带走了。但她的迷信却好像传染给了他。他连她长什么样子都忘了，却还记得她那些怪异的迷信论断。

　　林沛闻了闻那只梦里攥着茴香的手，点起一支烟。会是什么东西失而复得呢？他回忆着失去的东西，多得可以列好几页纸。对于一个习惯了失去的人来说，找到其中的一两样根本没什么稀奇。不过想来想去，他也没想到有什么特别值得找回来的。不知道为什么，那些曾经很珍贵的东西，失去了以后再回想起来，就觉得不过尔尔，好像变得平庸了很多。他没有办法留住它们，可他有办法让它们在记忆里生锈。

　　中午电话铃声响起来的时候，林沛正在画室里面的隔间通炉子。炉子又不热了。这个冬天已经不知道坏了多少次。他买的那种麦秸粒掺了杂质，不能完全燃烧，弄得屋子里都是黑烟。他放下手里的铁钩，从口袋里掏出手机。宋禹的名字在屏幕上跳。他蹲在地上，看着它一下下闪烁，然后灭下去。

　　他从浓烟滚滚的小屋子里走出来，摘掉了口罩。画室冷得像一只巨大的冰柜。头顶上是两排白炽灯，熏黑的罩子被取掉了，精亮的灯棍裸露着，照得到处如同永昼一般，让人失去了时间感。这正是他喜欢待在画室的原因。隔绝、自生自灭。他渐渐从这种孤独里体会到了快意。

他走到墙角的洗手池边，一只手拉开裤子拉链，微微踮起脚尖。这个洗手池原本是用来洗画笔和颜料盘的，自从抽水马桶的水管冻裂之后，他也在这里小便。他看着尿液冲走了水池边残余的钴蓝色颜料，残余的尿液又被水冲走了。

前几天，隔壁的大陈也搬走了。整个艺术区好像都空了。上星期下的雪还完好地留在路边，流浪猫已经不再来房子前面查看它的空碗了。傍晚一到，到处黑漆漆一片，荒凉极了。他从这里离开的时候，偶尔看见几扇窗户里有灯光，但那里面的人早就不是他从前认识的了。他们看起来很年轻，可能刚从美院毕业，几个人合租一间工作室，做着傻兮兮的雕塑，喂着一只长着癞疮的土狗。有时他们管它叫杰夫，有时则唤它昆斯，到底叫什么也搞不清，过了很久他才明白，它是鼎鼎大名的杰夫·昆斯[1]！！

当初和林沛一起搬进来的那些艺术家都离开了。要么搬去了更好的地方，要么改了行。他无法搬到更好的地方，也无法说服自己改行，所以他仍旧留在这里。有好几次，他感觉到那些年轻男孩以怜悯的目光打量着自己，好像他是和那些留在墙上的"文革"标语一样滑稽的东西。

他把水壶放在电磁炉上，从架子上取下茶叶罐。等着水开的时间，他拿出手机，又看了看那个未接电话。是宋禹没有错。

[1] 杰夫·昆斯(Jeff Koons, 1955—)，美国当代著名的波普艺术家，被称为继安迪·沃霍尔之后最重要的波普艺术家。

久违了的名字。算起来有五六年没有联系过了，或许还要更久。

宋禹是最早收藏他的画的人，在他刚来北京的那几年，他们一度走得很近。那时候宋禹还不像现在这么有钱，而他还是备受瞩目的青年画家。第一个个人展览就获得了巨大的反响，各种杂志争相来采访，收藏家们都想认识他，拍卖行的人到处寻找他的画，前途看起来一片光明，距离功成名就似乎只有一步之遥。

他至今都搞不懂后来到底发生了什么。好像就在一夜之间，风向发生了转变，幸运女神掉头远去。不知不觉，一切就都开始走下坡路了。他想来想去，也找不到原因，只好将转折点归咎于一粒沙子。

那年四月的一个大风天，一粒沙子吹进了眼睛，他用力揉了几下，眼前就变得一团模糊。去医院检查，说是视网膜部分脱落。医生开了药，让他回家静养。他躺在床上听了一个月的广播，其间一笔也没有画。或许就是在那个时候，他的天赋被悄悄地收走了。再次站在画布前面的时候，他的内心产生了一丝厌恶的情绪。一点灵感也没有，什么都不想画。

他开始用谈恋爱和参加各种派对打发时间，还加入了朋友组织的品酒会，每个星期都要喝醉一两回。这样醉生梦死地过了一阵子，后来因为画债欠得实在太多，才不得不回到画室工作。再后来，几张画在拍卖会上流拍了。几个女朋友离开了他。几个画廊和他闹翻了。经历了这些变故之后，他的生活重新恢复了安静，就像他刚来北京的时候一样。不同的是，他染上了酗酒的毛病。

他忘记宋禹是怎么不再与他来往的。那几年离他而去的朋友太多了，宋禹只是其中的一个，和所有人一样，悄无声息地从他的世界里消失了。最后一次好像是他给宋禹打了个电话，宋禹没有接，现在他看着手机上宋禹的未接来电，心想总算扯平了。

"我们未来的大师。"他记得宋禹喜欢笑眯眯地看着他说。那时候他买了他那么多的画，对他的成功比谁都有信心。所以后来应该是对他很失望吧。但那失望来得也太快了。他想不明白，为什么就不能再等一等（当然事实证明，再等一等也是没有用的）——在随后的一年里，宋禹就把从前买的他的画全都卖掉了。商人当然永远只看重利益，这些他理解，他不怪宋禹，可是让他无法接受的是，宋禹竟然连那张给他儿子画的肖像也卖了。至今他仍记得那张画的每一处细节。小男孩趴在桌子上，盯着一只旋转的陀螺（黄色）。从窗口斜射进来的阳光照在男孩的右脸颊上。那团毛茸茸的光极为动人，笔触细腻得令人难以置信，展现了稚幼生命所特有的圣洁与脆弱。那张画他画了近两个月。"我再也不可能画出一张更好的肖像来了。"交画的时候他对宋禹说。"太棒了，这完全是怀斯的光影！我要把它挂在客厅壁炉的上方！"宋禹说。一年后，"怀斯的光影"被送去了一个快倒闭的小拍卖公司，以两万块成交，被一个卖大闸蟹的商人买走了。

手机又响了。他紧绷的神经使铃声听着比实际更响。还是宋禹——暗合了他最隐秘的期待。看到这个名字，他的情绪的确难以平复。他承认自己对于宋禹的感情有点脆弱，或许因为他从前说过那些赞美他的话吧。天知道那些迷人的话是怎么从宋禹的嘴里说出来的。可是他真的觉得他和别人不一样，他是懂他的。

这么多年了，宋禹欠他一句抱歉，或者至少一个解释。他想到那个关于茴香的梦，怀着想知道能找回一点什么的好奇接起了电话。

林沛带了一瓶香槟，虽然他知道他们是不会喝的。可毕竟是庆祝新年，他想显得高兴一点，还特意穿了一件有波点的衬衫。他早出门了一会儿，去附近的理发店剪了个头发。只是出于礼貌，他想。

宋禹早就不住在从前的地方了。新家有些偏远，他花了一些时间才找到那片西班牙风格的别墅区。天已经黑了，有人在院子里放烟火。郊外的天空有一种无情的辽阔。烟火在空中绽开，像瘦小的雏菊。屋子里面传来一阵笑声。他在门口站了一会儿，才按响了门铃。

"最近还好吗？今晚有空吗？到我家来玩吧，有个跨年派对。"宋禹在电话那边说，语气轻松得如同他们昨天才见过。可是这种简洁、意图不明的开场好像反倒让人更有所期待。所以虽然他知道当即回绝掉会很酷，却依然说"好的"。

他站在门口，等着用人去拿拖鞋。

"没有拖鞋了……"梳着短短马尾的年轻姑娘冒冒失失地冲出来，"穿这个可以吗？"她手上拿着一双深蓝色的绒毛拖鞋，鞋面上顶着一只大嘴猴的脑袋。如果赤脚走进去，未免有些失礼，他迟疑了一下，接过了拖鞋。

"这拖鞋还是夜光的呢。"马尾姑娘说，"到了黑的地方，猴子的眼珠子就会亮。"

拖鞋对他来说有些小，必须用力向前顶，脚后跟才不会落到地上。他跟随保姆穿过摆放着一对青花将军罐的玄关，走进客厅。他本以为那姑娘会直接带他去见宋禹，可她好像完全没有那个意思，一个人径直进了旁边的厨房。他站在屋子当中环顾四周，像个溺水的人似的迅速展开了自救。一个认识的人都没有。他竟然松了一口气，走到长桌前拿起一杯香槟。

酒精是他要格外小心的东西。为了戒酒，他去云南住过一阵子。在那里他踢球、骑车、爬山，每天都把自己累得精疲力尽，天刚黑就上床去睡。偶尔他也会抽点叶子，那玩意儿对他不怎么奏效。这样待了两个多月，回来的时候有一种从头做人的感觉。

这杯香槟他没打算喝，至少现在没有。他只是想手里拿点东西比较好，这样让他看起来不会太无聊。客人们以商人居多。

他听到有几个人在说一个地产项目。旁边那几个讨论去北海道滑雪的女人大概是家眷，根据她们松弛的脸来看，应该都是原配。墙上挂着一张油画，达利晚期最糟糕的作品。他盯着看了一会儿，决定到里面的房间转转。

那是一个更大的客厅，铺着暗红色团花的地毯。靠近门口的长桌上摆放着意大利面条、小块三明治和各种甜点。一旁的酒精炉上烧着李子色的热果酒。托着餐碟的客人热烈地交谈着，几乎占据了屋子的每个角落。靠在墙边的两个女人他认识，一个是艺术杂志的编辑，从前采访过他，另一个在画廊工作，他忘记名字了，她的，还有画廊的。她们似乎没有认出他来。他有点饿，但觉得一个人埋头吃东西的样子看起来太寂寞。他决定等遇到一个可以讲讲话的人再说。

一阵笑声从他背后的门里传出来。那是宋禹的声音，他辨认得出，有点尖细刺耳，特别是在笑得不太真诚的时候。他转过身去，朝那扇门里望了望。这是一间用来抽雪茄的小会客厅，落地窗边有沙发。看不到坐在上面的人，只能看到其中一个男人跷着的腿和锃亮的黑皮鞋。这样走进去会引起里面所有人的关注。他不想。宋禹应该会出来，他肯定要招呼一下其他客人的，不是吗？他决心等一等。遗憾的是这个房间连一张像样的、可以看看的画都没有。墙上挂着的那两张油画出自同一位画家之手，画的都是穿着旗袍的女人，一个拿着檀香扇，一个撑着油纸伞。他知道它们价格不菲，却不知道它们究竟好在哪里。

从洗手间回来，他发现自己放在长桌上的香槟被收走了。手里空空的，顿时觉得很不自在。他只好走过去给自己倒一杯果酒。加了苹果和肉桂的热葡萄酒，散发出妖冶的香气。可他还不想喝，至少在见到宋禹之前还不想。一个小女孩，五六岁的样子，不知道从哪里冒出来，悄悄走到长桌边，很小心地看了看四周，忽然踮起脚尖，抓起一个水果塔塞进外套的口袋里。她手细腿长，瘦得有些过头。站在那里静止了几秒之后，她又飞快地拿了一个水果塔，塞进另外一侧的口袋里。等了一会儿，她又展开新一轮的行动。直到两只口袋被塞得鼓鼓囊囊才终于停下来。

她叉开手指，仔仔细细地舔着指缝，眼神中流露出一种不可思议的饥饿。随即，她掉头朝里面的屋子跑去。应该是某位客人带来的孩子，很难想象她父母是什么人。她的举止显然与这幢房子、这个派对格格不入。然而这反倒令林沛有些欣慰，似乎终于找到了比自己更不适合这里的人。

"嘿，那是我的鞋！"有个尖厉的声音嚷道。

他转过身来，一个男孩正恶狠狠地盯着他的脚。

"你的鞋？"他咕哝道。

男孩约莫十岁，裹着一件深蓝色的运动衣，胖得简直令人绝望。那么多脂肪簇拥着他，浩浩荡荡，像一支军队，令他看起来有一种王者风范。那种时运不济，被抓去当俘虏的"王者"。

"是谁让你穿的？"男孩的声音细得刺耳。脂肪显然已经把荷尔蒙分泌腺堵住了。

林沛没有理会，端起酒杯就走。走了两步，他停住了，转过身来。他忽然意识到眼前这个胖男孩是宋禹的儿子。他那张肖像画的正是他。

他盯着那孩子看，想从他的胖脸上找到一点从前的神采——他画过他，了解他脸上最微细的线条。可是四面八方涌来的肥肉几乎把五官挤没了。沉厚的眼皮眼看要把眼眶压塌了，从前澄澈的瞳仁只剩下一小条细细的光。在那张他画过的最好的肖像上，他还记得，阳光亲吻着幼嫩的脸颊，如同是被祝福的神迹。男孩蒙在透明的光里，圣洁得像个天使。他是怎么变成眼前这样的？脸上的每个毛孔都在冒油，目光凶戾，像极了屠夫的儿子。成长对这孩子来说，简直就是一场巨大的灾难。

"还记得吗，你小时候我给你画过一张画像。"林沛说，"那张画像上的你，可比现在可爱多了。"

"你是谁啊？"男孩被惹恼了。

"还吃这么多？"林沛指了指男孩手里的碟子，上面堆满了食物，"你不能自暴自弃……"

男孩气得浑身的肉在发抖。

一个保姆样子的中年女人快步跑过来，看样子像是在到处找他。

"嘟嘟，快过去吧。"女人帮他拿过手里的盘子。

"他为什么穿我的鞋？"

“好了，快走，你妈妈他们还等着呢！”

女人拽起男孩的手，用力将他拖走。

“你等着！”男孩回过头来冲着他喊。

林沛望着他圆厚的背影，心里一阵感伤，画里面的美好事物已经不复存在了。可是很快，感伤被一种恶毒的快意压倒了。他们不配再拥有那张画了，他想。甚至也许正是因为卖掉了那张画，那男孩才会长成与画上的人背道而驰的样子。这是他们的报应。

宋禹一定也变了。他忽然一阵忐忑，担心宋禹也变成了很可怕的样子。他觉得自己或许应该现在就走。可到底还是有些不甘，思来想去，他最终决定进去见宋禹一面。

他端着水果酒踱到雪茄房门口，假装被屋子墙上的画所吸引，不经意地走进门去。

“啊，你在这儿呢。”他故作惊讶地对宋禹说。宋禹的确也胖了一些，但还不至于到没了形的地步。他换了一副金丝边的小圆眼镜，架在短短的肥鼻子上，看起来有点狡猾。

宋禹怔了一下，立刻认出他来，笑着打了招呼，然后颇有意味地上下打量着。

林沛顿时感觉到脚上那两只大嘴猴的存在，简直像一个巨大的笑话。他晃了晃肩膀，想要抖掉宋禹落在自己身上的目光，然后有点窘迫地笑了一下。

宋禹转过头去问沙发上的人：

"这是林沛，你们都认识吧？"

坐在宋禹旁边位置上的人懒洋洋地抬了抬手。林沛认出他是一个大拍卖行的老板。

"见过。"单人沙发上那个花白头发的男人点点头。岂止见过？那时候在宋禹家，林沛和他喝过很多次酒。这个人不懂艺术，又总爱追着林沛问各种问题，一副很崇拜他的样子。

另外两个人则仍旧低着头说话，好像完全没看到林沛一样。他们都是现在红得发紫的画家，林沛在一些展览开幕式上见过，他们当然也见过他。他也被别人介绍给他们过，有好几次，不过再见面的时候，他们依然表现出一副不认识他的样子。

林沛被安排在另外一张单人沙发上。这张沙发离得有点远，他向前探了探身。

"怎么样，最近还好吗？"宋禹握着喷枪，重新点着手里的雪茄。

"老样子。"他回答。

宋禹点了点头，没有说话。当他发觉宋禹正以一种充满同情的目光看着自己时，才意识到原来一个"老样子"也能解读出完全不同的意思。对他来说，一切如常就是最大的欣慰。可在宋禹那里，这大概和死水一潭、毫无希望没什么区别。隔了一会儿，宋禹忽然吐出一口烟，大声说：

"哦对，你结婚了！谁跟我说的来着？"他表现得很兴奋，好像终于帮林沛从他那一成不变的生活里找出了一点变化。

林沛顿时感到头皮紧缩。这显然是他最不想听到的话题。在很长一段时间里，他都以人们会不会提起这个话题来判断他们是否对自己怀有恶意。

　　"你可别小看结婚，有时候，婚姻对艺术家是一种新的刺激，生活状态改变了，作品没准儿也能跟着有些改变呢。"宋禹一副为他指点迷津的样子，"怎么样，你感觉到这种变化了吗？"

　　"我已经离婚了。"林沛说。

　　"噢……"宋禹略显尴尬，随即对那个拍卖行老板说，"你看看，艺术家就是比我们洒脱吧？想结就结，想离就离。"

　　拍卖行老板望着林沛，微微一笑：

　　"还是你轻松啊，换了我们，可就要伤筋动骨喽。"

　　"岂止？半条命都没啦。"花白头发的男人说。

　　他们都笑了起来。笑完以后，出现了短暂的冷场。三个人低下头，默默地抽着雪茄。隔了一会儿，宋禹说：

　　"林沛啊，好久不见，真挺想跟你好好聊聊的。不过我们这里还有点事情要谈，你看——"

　　他看着宋禹，有点没反应过来，随即连忙站了起来。就在上一秒，他心里还抱着那一丝希望，相信宋禹是想要修复他们之间的友谊的。所以就算话不投机，甚至话题令人难堪，他都忍耐着。他无论如何也没有想到，宋禹竟然能那么直率地让他走开，让他猝不及防，连一句轻松一点、让自己显得无所谓的话都说不出来。

"多玩一会儿啊，零点的时候他们要放烟花，特别大的那种。"宋禹在他的背后说。

酒杯落在茶几上了。他其实没忘，可他连把它拿起来的时间都不想耽搁，就以最快的速度离开了那个房间。

他驱着那双短小的拖鞋回到客厅。那儿的客人好像比刚才更多了。用人端着热腾腾的烤鸡肉串从厨房出来，他不得不避让到墙边让她过去。她走了，他还站在墙边发呆。他回想着先前宋禹的表情，越来越肯定他早就知道自己离婚了，却故意要让他自己讲出来。可他还是想不通，难道宋禹打了两通电话邀请他来，就是为了看一眼他现在到底有多落魄吗？把他当成个小丑似的戏耍两下子，然后就叫他从眼前滚蛋，有钱人现在已经无聊到这种程度了吗，要拿这个来当娱乐？而他竟然还以为宋禹良心发现，要向他道歉，这是多么荒唐的想法啊，他为自己的天真感到无地自容。那间雪茄房里不断迸发出笑声。他觉得他们都是在笑他呢。他的手脚一阵阵发冷。他得走了，喝一点热的东西就走。他回到长桌前，重新倒了一杯果酒，蹙着眉头喝了一大口。

有人在身后拍了拍他。

他回过头去，是颂夏。她正冲着他笑：

"嘿。"

她穿着芋紫色的紧身连衣裙，长鬈发在脑后挽成蓬松的发髻。饱满发光的额头，一丝不苟的眼线。五年没见，她身上的每一处都在竭力向他证明她非但没有老，而且更美了。

"我饿死了，你饿吗？"她对他皱皱鼻子，"拿点东西一起进去吃怎么样？"

他恍惚地望着她。她是如此亲切，他竟然有点感动。他再次想起茴香的梦，那则关于失而复得的启示。

颂夏带着他穿过廊道，拐进一扇虚掩的门。那个房间是喝茶和休息的地方，比较私密，连通着卧室。很安静，只有两个中年女人坐在桌边喝茶聊天。他们在角落里的沙发上坐下来。沙发软得超乎想象，身体完全陷了进去，两个人都吓了一跳，他手里的酒差点儿溅到她的身上。她咯咯笑了起来。

他记得从前好像有过类似的情景：他们并排坐在沙发上吃东西。她在他的旁边笑，当然那时候她还没有这一口白得令人眩晕的牙齿。应该是在他家。但那段时间他搬过好几次家，具体是哪个家，他怎么也想不起来了。他们短暂地交往过，或者说他们上过一阵子的床——他不知道哪种说法更合适。自始至终，好像谁都没有想要和对方一起生活下去的意思。至少他没有想过。可是为什么呢？他忘记了。在他的记忆里，她是个有点咋咋呼呼的姑娘，刚从学校毕业不久，在一间画廊工作。因为工作的关系认识，没见几次就上了床。此后他们不定期地碰面，通常是在她下班之后，一起吃晚饭，然后去他家做爱。和她做爱的感觉是怎样的？此刻他坐在她旁边努力地回想着（这应该算是对她现在的魅力的一种肯定吧）。那时候她比现在胖，脸上有一些青春痘，眼线画得没有现在这么流畅。

那样的关系持续了几个月。后来再约她，她总是说忙，这样两三回，他就没有再打过电话。那以后他偶尔能听到她的消息：跳槽去了另外一家画廊，与那里的老板传出绯闻，没过多久又离开了。再后来的事就不知道了，对此他也丝毫没有好奇心。在交往过的女性里，她属于没有留下任何印迹的那一种。年轻的时候他觉得太平淡，现在才意识到很好。至少她不会带来任何伤害。

最终，他还是没想起任何和她做爱的细节。他放弃了。这反倒令她显得更神秘。时而神秘，时而亲切，情感的单摆小球在二者之间荡来荡去，拨弄着他的心。他不时抬起眼睛，悄悄地望着她。她的侧脸很好看，一粒小珍珠在耳垂上发散出靡靡的光。他觉得这个夜晚正在变得好起来。

"我不知道你会来，"他说，犹豫着是否要解释自己为什么会在这里，"宋禹今天早上给我打电话……"

"是我让他叫你来的。"颂夏说。

"嗯？"

"我说好久没见你了，也喊上你吧。"

"噢，是吗？"

"今年春天他做过一个慈善晚宴，我也想叫你来呢，他们公司的人给你打电话，好像没有打通。"

"我在云南的山上住了一阵子。"他不懂要是她那么想见他，干吗不自己给他打个电话。

"山上，"她点点头，"是每天打坐吗？"

他摇头。颂夏哈哈笑起来：

"不抄经吧？最近好像很流行。"她挥挥食指，"我跟你讲，现在我只要一听有人说他信佛，立刻就觉得头疼。"

他笑了笑。

"这里你还是第一次来吧？"她问。

"嗯。你呢？好像很熟。"

"也好久没来了。宋禹一直忙着修建他的新行宫，今年几乎都没有组织过这样的派对。"

虽然并没有兴趣知道，可是出于礼貌，他还是问：

"新家吗？"

"他在市中心买了一个四合院。郊外住久了，就又想搬回市区了，唉，他们都这样。"她叹了一口气，一副很替"他们"操心的模样，"不过那个四合院重新修建以后真的很棒，下次聚会就可以到那里去了。其实他们已经搬过去了，今天不是要放烟火吗，所以才到郊外这边来的。等下派对结束了，他们也要再回去。唉，这房子有段时间没人住了，已经开始有点荒凉了，你感觉到没有？"

林沛已经走神了。他忽然想到一个问题：颂夏是怎么认识宋禹的？难道不是通过他吗？那时候他带她去过宋禹家，好像只有那么一回。之后没过多久，她就开始找托词不和他见面了。

他们两个好上了吗？这个念头盘旋在脑际，令他变得很烦躁。他干吗要为此而困扰呢？他根本一点都不在乎她，不是吗？可是他们这样甩开他继续交往，就没有丝毫愧疚吗？现在她竟然能这样自然地在他面前谈论宋禹，甚至炫耀他们的交情，未免太肆无忌惮了。

他们两个仍旧好着吗？也许吧。这些年一直保持着隐秘的情人关系。或者情人都不算，只是有时会上床。表面上看起来就像朋友一样，颂夏可以很坦然地出入宋禹家。她身上的珠宝是宋禹送的吗？香水味也是宋禹喜欢的吗？毫无疑问，她的美在林沛眼里已经起了变化。但这种庸俗的、金钱堆积起来的美依然能够激发情欲。一股充满愤怒的情欲在他的身体里荡漾。这个糟糕夜晚的唯一一种收场方式，可能就是把她从这儿带走。没错，他必须得从这里带走一点儿什么。

他再拿起杯子的时候，发现酒已经喝光了。可他那不太平静的情绪要求他再喝一点。所以他又去取了一杯红葡萄酒。

颂夏把盘子里的牛肉切割成了指甲大小的小块。她用叉子把它们送进嘴里时，尽可能地不碰到那一圈鲜艳的口红。

"你好像很少到这种场合来了，"她飞快地看了他一眼，"特别是在离婚之后……"

他没有说话。

"蜜瓜火腿卷的味道不错，忘了让你也拿一点了。要我分给你一个吗？"

"不用了，谢谢。"

"我有好几个朋友都认识荔欣。当时大家都很吃惊，你竟然会娶她……"

"哦，是吗？"他简直能想象她皱着鼻子和别人谈论他的那副样子。现在他记起自己为什么从来没有想过和她一起生活了。他讨厌她谈论别人时那副幸灾乐祸的刻薄模样。那让他觉得她不够善良。（天哪，善良竟然是他选择女人的标准，如果颂夏知道的话，大概要笑得直不起腰了。）

"其实挺多人都知道荔欣的底细：谎话连篇，到处骗钱，早就在这个圈子里混不下去了。这次又欠了别人那么多钱，谁都以为她肯定完蛋了，没想到还有人……你也太好骗了。"她那张油津津的嘴飞快地动着，一副眉飞色舞的模样。见他不说话，她叹了一口气：

"你肯定也帮她还了不少钱吧？"

"权当做慈善，我相信有福报。"他自嘲地笑了一下。

"前阵子我在一个西餐厅吃饭的时候见到过她，穿了件很旧的连帽衫，也没化妆，头发乱蓬蓬的，感觉一下子老了很多。不过她从前也不怎么好看啊，从来就没有好看过。我就不知道你究竟看上她什么……"

他的耐心终于用尽了，打断她问：

"说真的，你要宋禹叫我来，有什么特别的事吗？"

"没有啊。"她若无其事地摇了摇头，"就是觉得好久没见了，特别是听说你离婚以后还挺牵挂你的……"

"想看看我过得究竟有多惨吗？"

"老天，你可真误解了！我就是觉得好久没有见了……"她沉吟了一会儿，终于又开口说，"还有就是——去年我自己开了一间画廊。虽然规模不大，不过已经代理了好几个很棒的年轻艺术家，没准儿以后我们还能有机会合作呢。我一直都很想和你分享这个好消息。"

见他一脸疑惑地看着自己，她微微一笑：

"还记得吗，当时我说过些年想自己开一间画廊，你还教育我不要好高骛远。在你心里，我大概就是一辈子在画廊里做前台小姐的命吧。"

"首先，恭喜你开了自己的画廊；其次，我真的不记得自己说过那样的话了，好吧，也许说过，但我真的没有什么恶意，要是让你觉得不愉快，我向你道歉。"他顿了顿，"可是你那么想见我，难道就是为了这个吗？"他有点哭笑不得。

"不然呢？"她眨眨眼睛，"天哪！你该不会以为我现在对你还有意思吧？"她的声音很大，那两个坐在桌边聊天的女人都朝这边看过来。

"当然没有。怎么可能呢？"他立即说。

可她仍旧一脸怀疑地看着他。他窘迫至极，不知该如何化解这难堪的处境。

所幸这时正前方那扇门"砰"的一声敞开了。那个胖男孩从里面走出来。

"为什么还不能放烟火！"他用带哭腔的声音说。

"不是说了吗，要等十二点。现在还早呢。"他的那个保姆跟在后面，手里拿着他的羽绒服。

一个小姑娘也从那扇门里走出来，像个幽灵似的悄悄站在胖男孩的身后。是刚才那个把水果塔塞在口袋里的女孩——现在口袋已经瘪了。

"可是别人家怎么都放了啊！"胖男孩跺着脚大喊，小眼睛一瞥，忽然发现了坐在沙发上的林沛。他抿起嘴，狠狠地瞪着他。保姆也通过他脚上的大嘴猴认出了他，连忙对男孩说：

"走吧，你不是要出去看看吗？"她拉起男孩的一只胳膊，塞进羽绒服的袖子里。

"别跟着我！"男孩忽然转过头去，对着身后的小女孩大吼。

女孩不说话，低头看着自己的脚。

"跟你说多少遍了，聋子吗！"男孩用力推了女孩一把。女孩一个趔趄，险些摔倒。她刚站稳，又立即挪着步子朝男孩靠拢过来。

"快给我回去！"男孩拽起她的一根麻花辫，拖着她朝那扇门里走。女孩就那么任他拖着，一声也不吭。她被用力推了进去，门重重地合上了。

男孩带着保姆气呼呼地走了。他们刚离开，女孩又从门里溜了出来。她的麻花辫松开了，一半头发披散着，外套也没有穿，就朝着他们走的方向跑去。

"这女孩是谁？"林沛问。

"宋禹从孤儿院抱回来的小孩，刚出生没多久就被她妈妈扔了。"颂夏放下盘子，"有烟吗？"

他拿出烟帮颂夏点上。她吸了一口：

"已经六年了。当时菊芬还以为自己不能生了呢，他们想要个女孩，就去孤儿院领了一个。他们周围好多朋友都领养了，有钱人流行这个，谁没领养反倒显得自己不够高尚，就跟在慈善拍卖会上总得举个牌子、买件东西一样。"

"他们不喜欢她？"

"说是偷东西。总是把客厅罐子里的饼干和糖塞进自己兜里，藏到床底下。唉，又不是不给她吃，这个就是天性，没办法，像饿鬼附身似的。打她也不管用，记不住，也不知羞，整天疯疯癫癫没心没肺的，他们都怀疑她脑子有点问题。明年就该上学了，到现在字都不认得几个。而且两年前菊芬竟然又怀孕了，生下来真的是个女孩。现在这个女孩就更多余了。可是都长那么大了，送也送不走了，真是作孽啊。"

"那个胖孩子整天都那么欺负她吗？就没有人管管吗？"

"没准儿她挺喜欢呢，"颂夏耸耸肩膀，吐出一口烟，"不是跟你说了吗，她脑子不正常，可能有受虐倾向。"

林沛惊骇地看着她。现在他可以确定自己对她已经没有丝毫的欲望了。他唯一的愿望是她能快点从眼前消失。

此后他就不再说话了。她换了几个话题，但无论说什么，他都只是默默听着，不发表任何看法。她也感到没趣了，怏怏地站起来，说要去找另外一个朋友谈点事情。

颂夏离开后不久，那两个坐在桌边聊天的女人也走了。房间里只剩下他一个人。杯子里的酒已经又喝完了。其实他也不明白自己为什么还不走，直到那个小女孩再次出现。他忽然意识到自己好像是在等她。她咻咻地喘着气从外面跑进来。看到他，她停了下来。他几乎有一种错觉，她好像也在找他。

她歪着头打量他，眼神坦澈，毫无羞怯。

他觉得她很像一个人。

微微上挑的眼睛。翻翘的嘴唇。像极了。

茵茵，他从脑海中翻找出这个名字。

那时候她才多大？二十二岁还不到吧。来北京没两年，一个寂寂无名的小模特，很寂寞地美着。他喜欢折起她纤细的身体，握住她冰凉的脚踝。

问题出在她真的很爱他。他一直怀疑她是故意让自己怀孕的。她觉得这样他就会娶自己。可是怎么可能呢？那的确是很美妙的艳遇，他承认，却从来没有想过要娶她。当时他的事业正值鼎盛时期，有很多出色的女人围在身边，随便选一个都比她更合适。

短暂而激烈的交往过后，是时候抽身了。他借口要在画室赶画，又拿出差当托词，近两个月没有和她见面。感情似乎顺利地冷却下来，本以为就这样结束了，有一天她忽然来找他，说自己怀孕了。她恳求他别让她打掉这个孩子，甚至向他坦白自己几个月前刚堕过胎，不能在那么短的时间里再做一次手术了。可是他的第一反应是，为什么要让他连前面那个男人犯的过错一起承担？他当然没有那么说，但态度表现得很坚决。"现在是我事业最关键的时期""我还没有做好准备""这样做对孩子也是不负责任的"，类似这样冠冕堂皇的话他说了很多，并劝她尽快去做手术——现在想来或许已经太迟了。她一直在拖延时间，天真地以为他总会改变主意。

他们因为这件事纠缠，又见了几次面，直到最后一次，他冷下脸来说了许多狠话——"我是绝对不可能娶你的""我们之间的差距太大了，根本无法交流""我已经不爱你了"。然后他给了她一笔钱。她走了，此后再也没找过他。他也没给她打过电话，因为害怕旧情复燃，又要纠缠。直到很久以后，有一次他喝醉，误拨了她的电话，那个号码已经停机。他相信这一举动表明她已经开始新的生活了，不想再被他打扰。

这么多年他从未想过，她有可能把那个孩子生了下来。因为草率、任性，或者无能为力，她把她带到了这个世界上。但她无法带着她走更远了，因为她自己也还是个孩子。她丢弃了她。这些他竟然从来都没有想过。

直到此刻。

他盯着那女孩。天鹅颈，细长的手和脚。一副天生的模特骨架。

"过来，到这儿来。"他用沙哑的声音对女孩说。

女孩走过去，站在他的腿边。

"外面冷吗？"他迟疑了一下，伸手摸了摸她冻得发红的鼻子。

她没有抗拒，反而笑了起来。

他也笑了一下，眼泪差点儿掉下来。他低下头，握住她冰凉的手。

"告诉我，你叫什么名字？"

"琪琪。"

"琪琪。"他重复了一遍。

"嗯？"

"琪琪，外面的烟火好看吗？"

"好看。"她机械地回答。

"你喜欢看烟火是吗？"

"嗯。"她点点头，漫不经心地把他的手翻过来，用指尖戳着他的手心玩。她对他似乎有一种莫名的好奇。莫名，是的，血缘是无法解释的东西。

她的身体轻轻地靠在他的腿上。他屏住呼吸，专注地感受着那小小的接触面，温暖得令人心碎。他一动也不敢动，生怕她会立即和自己分开。他的腿开始发麻，正在失去知觉。

她自顾自玩了一会儿，似乎觉得无聊了，就把他的手放下了。

"你要不要看叔叔变魔术？"他担心她想走，立即说。

她点了点头，并没有表现得很兴奋。

他给她变了那个假装拔下自己的大拇指又接上去的魔术。他的动作不够快，看上去有点手忙脚乱。她很安静地看他表演完，脸上没有任何表情。不知道是没有看懂，还是觉得没意思。

他正思忖着还能做点什么来讨好她，忽然发现她的注意力已经被桌子上盘子里的食物吸引去了——一个颂夏留下的水果塔。上面的草莓被吃掉了，只剩下光秃秃的塔皮，覆着厚厚的卡仕达酱。她目不转睛地盯着它，眼神越来越凶戾，转眼之间变身为一头野兽。就像先前那样，她飞快地伸过手去，一把把水果塔抓了过来，动作敏捷得像青蛙捕食昆虫。她看也没看它一眼，就放进了右边的口袋。随即，她脸上的表情恢复了柔和。

他看得心如刀割，一遍遍在心里忏悔所犯的错，那些被他无视的伤害。他想起最后一次见茵茵的情景。对她说出那些冷酷的话时，他们还在床上，刚刚做完爱。每一次见面他们都得做爱，从一开始就是如此，好像某种仪式，就连到最后见面商谈堕胎的事时也不例外。那时候做爱对她的身体或许会有危害，但是作为男人，他完全可以装作不知道。并且因为明白他们的关系就要走到尽头，他极其贪婪地索要着她的身体。拼命地想着再也不能进入它了，再也不能了，满脑子都是摧毁它的念头，在猛烈到极限的交合中，抵达了前所未有的高潮。然后他平息下来，起身去洗澡。回来的时候他拿出准备好的钱，并对她讲了那些可怕的话。他讲的时候，她一直坐在床边，没穿衣服，背对着他。她的脖子看上去异常细，让人产生一种要把它折断的冲动。她整个人都那么纤细、那么脆弱，好像就是为了被人伤害而存在的。有那么一瞬间，他的确意识到了自己带给她的伤害，然而他随即又觉得，这些伤害好像本来就是属于她的东西，加在她的身上有一种残忍的美感。

现在他相信一切都是报应。就在她离开后不久，他的生活发生了一系列的变化。那粒转折性的沙子刮进了他的眼睛里。灵感的消失。命运急转直下。朋友的远离。所有的一切都是报应。甚至包括颂夏的背叛，以及和荔欣荒唐至极的婚姻。

他甩开茵茵去奔更好的前途。结果茵茵没有了，更好的前途也没有了。到头来一场空，他变得一无所有。

不，他还有她。他看着面前的女孩。他还有她。他要把她带走。他心里有个声音坚定地说，带她离开这儿。

既然此前所有的不幸都是因为失去了她，现在他把她找回来了，就意味着和从前的生活和解了。一切都将重新开始。

他凑近女孩，压低声音问她：

"你看到过那种动物形状的烟火吗？"

她摇头。

"你想看吗？叔叔可以带你去。"

"好。"女孩用软软的声音回答，仍旧不带任何情绪。

他站起来的时候，感到一阵眩晕。那是一种被幸福包围的感觉。他还是有些不敢相信，他找到了远比他想象的更为珍贵的东西。

他们离开了那个房间。穿过廊道，前面就是供应食物的大客厅了。

远远地就听到人声，很吵。明晃晃的亮光从门里溢出来。

他停住了脚步。

"听我说，"他俯下身看着女孩，"那个能看到动物形状烟火的地方是个秘密，不能告诉别人。叔叔只能带你一个人去。要是我们遇到其他人，知道了我们要去哪里，都想跟我们一起去可就糟糕了，所以不能让他们看到我们。"

他观察着她脸上的反应，很担心自己说得太复杂了，她根本没有听懂。他又解释：

"我们必须悄悄地溜出去……"

"车库。"她说。

他怔了一下，试着跟她确认：

"你是说可以从车库出去吗？"

她点点头。

"太好了，你来带路好吗？"

正要朝走廊的另一头走的时候，给他拿拖鞋的马尾姑娘从那边迎面走过来。

他连忙低下头，摸着身上的各个口袋，假装在找打火机。

"你站在这儿干吗？"马尾姑娘对女孩说，"给我小心点，别再让我抓到你偷吃东西！"她没有停下脚步，径直进了大客厅。

他松了口气，把打火机放回口袋。等他回过神来，才意识到女孩正仰脸看着他。她的目光亮烈，让人无处躲藏。她一定看到了自己一脸恐慌的样子，想到这个他顿时感到很羞愧。她那种不带任何感情的平静令他很忐忑，他完全不知道自己在她心里的形象是什么样的。他很担心她对他的好奇和信任会忽然消失。孩子都是这样的吧，容易喜新厌旧？他不太确定，他几乎没有什么和孩子相处的经验。

"我们走吧。"女孩说，很自然地拉起了他的手。他们来到廊道的另一头，从那里的楼梯走下去。墙上的壁灯拢着一小团橘色的光，木质台阶在脚下咯吱作响。她的手被他的汗水弄湿了，变得有点滑，他紧紧地抓着它，生怕它像条小鱼似的溜走。

"你肯定没见过那样的烟火。"他提高声音说，"它们到了天空上也不会消失，就浮在那里，有的是绿色的兔子，竖着两只长耳朵，有的是粉红色的大象，鼻子在喷水……"她看着他用一只手在空中比画着。虽然脸上仍旧没有什么表情，可是她的脚步加快了，似乎想要快一点看到。

"还有斑马和长颈鹿，在天空中走来走去，一会儿在这儿，一会儿到那儿……这样就能让更多的小朋友都看到它们了。"他说。

有那么一小会儿，他眼前好像出现幻觉了，看到她握着一束浅紫色的野花在山坡上奔跑。他已经不可遏抑地开始想象他们以后的生活。他想带她去一个远一点的小城，有干净的天空和甜的水。他早就应该离开北京了。一直没有那么做，与其说是不甘，不如说是不敢，不敢放弃这段经营得极为惨淡的生活。现在她给了他足够的勇气，让他去选择另外一种人生。不，他的事业并不会就此荒废。他有一种预感，他会重新找到绘画的乐趣和灵感。

　　女孩踮起脚尖，按了一下墙上的开关，把地下一层的灯打开了。这里比上面冷很多。他才发觉身上只穿了一件衬衫。外套落在沙发上了，这时当然不可能再回去取了。不过想到要这样穿着单衣走在冰天雪地里，他反倒很兴奋。那与他此刻的心情正相称，一种疯狂的感觉。没错，他在做一件很疯狂的事：把她从这里偷走。

　　地下一层的天花板高阔，附庸风雅的主人把它建成了一个小规模的图书馆。四面都是嵌进墙里的大书架，摆满了画册和文学名著。从空气里浓郁的尘霉味来看，已经很久没有人来过了。这幢房子的确是有荒弃的气息了。

　　书房的左手边有一条狭窄的走廊。走廊的尽头有一扇门。

　　"在那里。"她说。

　　他拉开门上的锁，里面果然是车库。但是没有灯，什么也看不见。只是感觉异常的冷，如同冰窖一般。他拿出打火机，拢起火光朝里面张望。那里比想象的大，似乎能容下两辆车。可是现在堆满了纸箱和塑料编织袋，连个落脚的地方都没有。从垒得很高的纸箱中间望过去，车库的另一端有一扇铁质卷帘门，从那里就能出去了。可是那种电动门都是由遥控钥匙控制的，要是没有钥匙，根本打不开。

"我们肯定能出去的，别着急。"他转过头来对女孩说。女孩会知道钥匙在哪里吗？不，他不可能让她一个人去冒险。难道要撬开这扇门吗？他极力掩饰自己的慌乱，对女孩挤出一个微笑：

"别担心，那些动物形状的烟火都还在呢，不会消失的……你最喜欢什么动物？"

"熊。"她慢吞吞地回答。

"有啊，当然有了。那种胖胖的、肚子圆鼓鼓的，对吧？身上的毛是灰色的，也有白的，等会儿你就能看到它们浮在天空中的样子了……"他想到卷帘门跟前看一看。不过首先要搬开那些箱子。他几乎决定这么做了，可是这样空着手过去又有什么用呢？他至少需要有几件工具……这样大的一幢房子，去哪里找工具呢？

"见鬼，现在几点了？"他喃喃地说。零点的烟火一放完，人们就要陆续走了。宋禹一家不是也要回到城里的四合院吗，他们很快会发现她不见了。他像一只困兽似的走来走去，咻咻地喘着气。

女孩静静地站在那里，绞着自己的手指玩。他连继续给她讲故事的心情都没有了，疲倦地靠在门边，掏出了烟。他叼着烟，一下一下地摁着打火机的开关。在蹿起的火光里，他忽然看到在对面的墙上，靠近踢脚线的地方，有一个嵌进去的光滑的铁匣子。因为也是白色的，所以很难发现它的存在。他打开它，看到一排寻常的橘红色电闸门。与它们相隔一段距离，在最边上的位置，有一颗深蓝色的圆形按钮。就是它，他有一种强烈的预感，它能开启那扇电动门。可是万一不是呢？假如它控制着楼上某处的电源，一按下去那些灯都灭了，很快会有人赶到这里来，他们不就要被发现了吗？他盯着那颗按钮，没有别的选择，只能赌了。他伸出手指，按下了它。

卷帘门升了起来。一股寒冷的空气扑面而来。

"老天，我们能出去了！"他高兴地对着女孩大喊。

女孩看着他，始终面无表情的脸上似乎显露出一丝微弱的喜悦。要不是因为时间来不及了，必须快点出去，他真想把她拥进怀里，好好抱抱她。

"过来吧，亲爱的，我们走了。"他温柔地说。她向前走了几步，跟在他的身后。他拢起打火机的火光，朝车库深处走去。

他正在把面前的一只大箱子挪开，忽然听到"砰"的一声。背后的门合上了。随即是咯吱咯吱的轮轴响声，还没有等他明白是怎么一回事，卷帘门已经完全落到了地面。他感觉到风停止了。

"琪琪？"没有人回答。他一个人待在静固的黑暗里。

他花了一点时间才弄清楚自己的处境：他被关在了车库里。他自己。女孩不在里面。

这是怎么一回事……他头痛欲裂，无法让自己想下去。他摸索着回到门边，用力扭动把手。可是门锁上了。他徒劳地扭了一会儿，终于停下来，把脸贴在门上，听着外边的动静。他依稀听到了女孩的笑声。爽朗，欢快。他还以为她不会那样笑呢。想象着她笑起来的样子，他感到很痛苦。随即，他听到了那个胖男孩的笑声。让人寒毛耸立的尖细笑声。

他们一起笑着。大笑。哈哈，哈哈，哈哈哈哈。

他几乎无法呼吸，一动不动地趴在门上。他感觉到他们的笑声正从他的背上碾过去。

过了一会儿，伴随着上楼梯的脚步声，笑声渐渐远了。

他埋着头，直到那一阵眩晕的感觉过去。

等他睁开眼睛的时候，就发觉有两簇灼灼的目光从低处射过来，寒森森的。

他一低头，便看到了脚上那两只大嘴猴。它们正瞪着荧绿色的眼珠子，咧着发亮的大嘴冲他笑。

哈哈，哈哈，哈哈哈哈。

他的耳朵里灌满了笑声，分不清到底是谁的，女孩的，男孩的，还是猴子的。

哈哈，哈哈，哈哈哈哈。

而后，他听到外面传来一阵激烈的炮仗声。十二点到了。他站在黑暗里，想象着烟火蹿上天空，在头顶劈开，显露出诡谲多变的形状。他仿佛看见它们浮在半空中，一动不动，像是被谁按了暂停键。像什么动物呢？他努力辨识着每一朵烟火。看到动物形状的烟火，应该也有什么特别的讲法吧，他很想问问从前那个迷信的女朋友。

在隆隆的鞭炮声中，他倚着门坐在了地上，哆哆嗦嗦地点着了身上的最后一支烟。

湖

程珍第一次那么讨厌下雪。大雪令机场陷入了瘫痪，广播里不断传来抱歉的通知，飞机的抵达时间一再推迟。排椅上坐满了人，邻座的婴儿大声号哭，对面红头发的男孩把薯片撒了一地。她到门外去抽烟，一个穿着纱丽的印度女人立刻坐在了她的椅子上，如释重负地卸下背包。外面天已经黑了，雪还在下。门前的路刚清理过，又落上一层白霜。她拉起风帽，拢住火源在寒风中点着一根烟。

　　在延误了四个小时之后，飞机终于降落到肯尼迪机场。程珍站在护栏后面，看着夏晖走出来，心里真的好像在等待着一点什么。他是个看上去再普通不过的中年男人，拖着笨重的旅行箱，夹在一群白人当中，显得格外瘦小。大概在飞机上睡了很久，梦把头发弄得有一点乱。夏晖朝这边走过来。她收起手中写有他名字的白纸，一直举着它，手臂都发酸了。她接过箱子，向他简单地介绍了自己。

汽车离开机场，向前驶去。他们没话找话说，谈论着纽约。他来过三次，都很短。他说他不喜欢这里，觉得国际大都市都是一个样。他喜欢古老而小巧的城市，比如西班牙的托雷多。他问她来这里多久了。五年，她说。

"先读了两年书，后来就工作了。"

"一直在这个华人协会？"

"没有，文学节临时过来帮忙。"

"喜欢文学？"

"啊，不，另外一个女孩有事，我来替她。"她转过头对他笑了笑，"我对文学一窍不通。"

他宽宏地点了点头。她感觉到一种从高处俯瞰下来的目光，带着些许怜悯。

快到酒店的时候，他接了一个电话。挂了电话，他叹了口气：

"还得见两个朋友。我都没写明天的演讲稿呢。"

"作家应该都是出口成章的吧？"

"想混过去当然很容易，反正就是那一套话，翻过来正过去地说。有时候也想说点别的，唉，真是腾不出空来。"

"嗯。"她点了点头，表示自己很理解。

汽车停在酒店门口，披着黑色大氅的门童走上来拎行李。

酒店大堂是三十年代的怀旧风格，靡暗的光线微微颤抖，低回的爵士乐如羽毛擦过耳朵。他走过去和坐在沙发上的客人拥抱。那是一对穿着高雅的美国夫妇，五十几岁，男的一头银发，脸庞红润，有点像还没有变瘦的克林顿，女的戴着大颗的珍珠耳环，口红很鲜艳。

程玲过去帮他办入住手续，把证件交给了前台的男孩。她用手肘支着桌子站在那里等，随手拿起旁边的宣传单看。原来伍迪·艾伦每个星期一都会在这里吹单簧管。她记得和璐璐一起看过的《午夜巴塞罗那》，一个冒一点小险的爱情故事。但是演出的入场券竟然要 200 美金，就算包含一顿晚餐也太贵了。

她走过去，为打断他们的谈话而抱歉，然后询问他是否需要吸烟的房间，又让他在酒店赠阅的几份报纸中选择一份。

"这位是程玲，她很能干。"夏晖介绍她的时候，很自然地把手搭在她的肩上。她有些窘迫地打了招呼。走开的时候，她听到他们在讨论他刚写完的小说。

"我是一口气读完的，真是太精彩了。我非常喜欢。"女人兴奋地说，她的中文非常流利，"杰夫瑞也觉得很棒，是不是？"

"是的，"叫杰夫瑞的男人顿了一下，似乎对自己的中文不是很自信，他转动了几圈眼珠，终于选到了合适的词语，"很有激情。"

"这个主题太好了，一定能引起外国媒体的关注。"女人说。

夏晖微微一笑："我希望明年秋天英文版就能出来。"

女人点点头："我们会尽力的。"

手续办妥，她把房间的钥匙牌交给他，向他们道晚安。转身要走的时候，他喊住了她：

"要不要跟我们去喝点酒？"

她笑着摇了摇头，再次道晚安，走出酒店的旋转门。一群记者举着相机，站在寒风里瑟瑟发抖。黑邃的镜头像狙击手的枪口，扫过她的脸，冷漠地移开，继续瞄准转动的门叶。他们在等某位下榻的明星，这家酒店很有名，她知道它也是从娱乐杂志上看到的，好像是谁和谁在这里幽会，她不记得了。

酒店在麦迪逊大街上，周围是高级时装店和有品位的画廊。她朝着最近的地铁站走，虽然早就过了打烊的时间，但那些橱窗依然亮着，在下雪的寒冷天气里，就像有钱人家里的壁炉一样烧得很旺。一个流浪汉盘着腿坐在底下，倚靠着玻璃橱窗，好像在取暖。如果不是担心自己失态，她其实很想喝一杯。小松总说，她是白蛇变的，喝多要现形的，躺在地上扭滚，想蜕去身上的人皮。她醒来却什么都不记得，只觉得很累，似乎拼命要够到什么东西，却怎么也够不到。

她下了地铁，走出地下通道，冷风扑上来，眯住了眼睛。她想起来第一次见璐璐，就是在这个路口。当时璐璐已经租下现在的公寓，在网上寻找合租的室友。她到地铁站来接程玲，带她去看房子。等红灯的时候，璐璐转过脸来对她说：

"你知道吗，我每天出门，走到大街上看着周围的行人，总是忍不住在心里大喊一声'我爱纽约'！"

程玎怔怔地看着璐璐。她不爱纽约，她不爱任何地方。或许是被那种自己永远也不会有的热情所感动，还没看到房子，她已经决定和璐璐一起住。

她走到了公寓楼。整幢楼看起来很冷清。隔壁的新加坡女孩搬走了，有些人回去过圣诞节还没有回来。不知道他们还会不会回来。她摸出钥匙开门。锁是新换的，但旧的钥匙还没有从钥匙环上取下来，每次都会插错，总要多试一回。

昨天，璐璐的姑姑搬走了那两箱东西，现在那个房间已经空了，只有贴在墙上的宝丽来照片还没有取下来，相纸上女孩涂得粉白的脸，在黑暗中反着幽冷的光。

她回到自己的房间。地上堆着大号纸箱和撑得滚圆的旅行袋，散落着过期杂志和缠成一团的充电器。离月底只有一个星期了，还有很多东西没有整理。她在写字桌前坐下，拿出路上买的熏肉三明治和通心粉沙拉，打开电脑，一边吃一边看邮件。小松打来电话。

"明天晚上来我家吃饭吧。"

"明晚？有一个酒会要去。"

"我妈过生日。"

"你干吗不早一点说呢？"

"我怎么知道你那么忙啊？"

"哪有啊？"

"不是吗？打电话也没有人接。"

"拜托你看看外面的雪有多大，飞机晚到了好几个小时，八点多我才把人接到，送去酒店。"

"瞧，你确实很忙，我说错了吗？"

"够了，小松。"

"没错，够了。"

两人都不说话了。最近为了工作和搬家的事，他们总是吵架。吵得太多就有了默契。每次要吵起来的时候，两个人就都闭上了嘴巴。

过了一会儿她说：

"你们先吃饭。酒会一结束，我就赶过去，应该不会太晚。"

"随便你吧。"小松挂断了电话。

程琤继续吃三明治。熏肉难吃得要命，但她似乎有一种把它吃完的责任。"不要任性。"她仿佛听到小松说。她发觉自己和小松家的人越来越像了，对事情没有好恶，只有责任。

其实去那个酒会并不是分内的事，不去也无所谓。她只是不想去小松家吃晚饭。大家无话可说，只是闷头消灭面前的食物，世界上再也没有比那更无聊的事了。小松的妈妈从前在工厂的食堂工作，习惯了用大锅做饭，每次总是会做很多，不停地给每个人添饭夹菜，生怕有谁吃不饱。那种热情在美国难得看见，最初曾令她感到很亲切。

小松的爸妈在唐人街经营一间食品商店，卖中国酱菜、火锅调料、速冻鱼丸和蛋饺。他们身上有一股浓浓的咸菜味，她每次闻到，都会想起小时候被母亲领着去国营食物店，戴着套袖的售货员将一把长柄勺子伸进硕大的酱菜缸里翻搅。

小松的爸妈一直生活在华人圈子里，来了十几年，仍旧说不出一个完整的英文句子。对他们这一家人来说，移民似乎只是连人带房子搬上货轮，经由太平洋运到美洲大陆，最终放置在纽约皇后区的一座公寓楼里。就算是运到喜马拉雅山上，或是南极，他们也还是生活在原来的房子里。那幢房子如同紧闭的蚌壳，连一丝纽约的风也吹不进去。过了这个月，她就要搬去和他们一起住了。一想到这个，她就觉得呼吸困难。一直都在抗拒的事，终于要发生了。

她从衣柜里拿出一件虾肉色连衣裙，打算穿去明天的酒会。裙子是璐璐的。典型的璐璐的款式，深 V 领，嵌着亮晶晶的碎珠，腰部收紧，裙裾上滚着不动声色的小花边。

整理璐璐的东西的时候，她发现了很多自己的东西。带闪粉的眼影，热带风情的宽发带，缀满挂饰的手链以及珍珠耳钉。璐璐看准她没有主见的弱点，总是怂恿她买一些不适合自己的东西，等闲置一段时间之后，就把它们悄悄地占为己有。她第一次在璐璐的房间里发现自己的东西时感到很吃惊。

"在我心里，我们是不分彼此的，我的就是你的，你的就是我的。你要是问我要什么东西，我肯定都会给你。"璐璐狡辩道。

在把所有物品装进箱子里的时候，她留下了几件璐璐的衣服和一包没有抽完的万宝路香烟。

她穿上那件裙子，看着镜子里的自己。依稀想起璐璐从前穿着它的样子。

刚到纽约的时候，璐璐告诉她，不要错过任何一个酒会，哪怕你没有请柬。事实上，璐璐从来都没有请柬。她只是买一本艺术杂志，翻到最后一页，从画展开幕预告里找到自己感兴趣的，抄下时间和地址。璐璐是因为一个酒会才买下这条裙子的。那次她跟着璐璐一起去了。那是她去过的唯一一个酒会。

璐璐捏着一杯鸡尾酒在人群中穿梭，踩着 10 厘米的高跟鞋，身姿却敏捷如豹。她迅速辨认出那些人中谁是有来头的，凑上去和他们搭讪。她和他们讨论墙上的画，还有最近热门的展览和音乐会。她全部的见解都来自杂志和其他社交场合的道听途说。不过已经足够了，璐璐说，最重要的一点是，无论说什么，都不要赞美，要抱怨。抱怨某个餐馆的口味大不如从前、百老汇的歌剧现在简直没法看、隐藏在布鲁克林的小酒吧如今挤满外国游客。对方肯定会积极响应，纽约这座城市的最大特点，就是聚集着全世界对生活不知满足的人。

璐璐看上去很迷人，穿着酷似巴尼斯百货公司本季新款的连衣裙，挽着仿制的赛琳小包，没有人会知道，她在布朗克斯和别人合租一个房间。这种自信程玮永远都没有，她不知不觉已经退到人群的外围，一个人站在角落里，希望不要被别人注意到。然而，她还是被注意到了，先是一个女人，走上来问洗手间在哪里，过了一会儿，一个男人环视四周，把空酒杯交到她的手里。为了让自己显得有事做，她开始假装看墙上的画，看得全神贯注，甚至包括旁边名卡上的名字和尺寸。后来，一个戴着棒球帽的中国男孩挽救了她。他走过来和她说话，说她是整个酒会上唯一认真欣赏这些画的人。她很担心他会问她对那些画的评价，好在没有。他们聊了一会儿，她慢慢放松下来。画廊邀请重要的客人共赴晚宴，璐璐攀谈上某位客人，和他一起走了。程玚和棒球男孩是少数留下来的人，他们喝了桌上剩下的几杯鸡尾酒，站在那里说了很多话，直到侍应走出来，从他们的手中收走了杯子。

他们去了一间汽车旅馆。房间冷得像冰柜，空调感冒了似的淌下水滴。做爱的时候，男孩身上顶着一床棉被，程玚感觉自己在一条漆黑的隧道里。那个冬天的大多数时间，都是在隧道里度过的。

男孩叫小松。他没有请柬，酒会那样的场合还是第一次去，同样是陪朋友，而朋友也把他丢下了。她发现他们真的很像，就这样，两个被丢下的人捡到了彼此，不知道应该感到可悲还是庆幸。

"能从酒会上找到一个这么不入流的人，你真是有本事。"璐璐一副恨铁不成钢的样子。

"我和你不一样，我不是一个喜欢冒险的人。"程玚说。璐璐喜欢看惊悚电影，艳遇、凶杀、遗产……而程玚喜欢冗长和平淡的那种，像一个老人晒着太阳，细数一些琐碎的往事。

"我看不是。你骨子里也喜欢，否则一个人跑到纽约来做什么？"

一个人到纽约来，是程玗有生以来冒过的最大的险。未免太大了，地心引力都消失了，很长一段时间里，她觉得自己处在一种自由落体的状态。

"来这里不是想跟以前过得不一样吗？"璐璐说，"这话可是你自己和我说的。"

程玗摇了摇头："现在我觉得哪里都是一样的。"

和小松谈恋爱，或许意味着对生活的全面妥协。她所做的唯一一点坚持，是仍旧跟璐璐住在一起。小松不喜欢璐璐，很早就让她搬去和他们一家人住，但她一直不肯。她需要璐璐，尽管需要得不是很多。璐璐就像一个天井，让她能够不时仰起头，看一看外面变幻的风景。那是纽约的风景。明知道只是一种暂时的状态，她却在努力维系，如同早上赖床一般，直到有一天，振聋发聩的铃声把她惊醒。

那是她第一次和美国警察打交道。傍晚回家的时候，她看到他们站在公寓楼的下面。蓝色的制服令她一阵莫名紧张，好像自己是个没有身份的偷渡客。

整幢楼被拦起来。房门敞开，里面灯火通明，到处站满了人，她多么希望是璐璐在家里开派对。她坐在沙发上，等着警察带她去录口供。他们仍旧忙碌着，在那个房间里穿进穿出，好像还能挽救什么似的。许多双脚在地板上移动，小心翼翼地绕开当中的一块阴影。深李子色的阴影，她眼睛的余光里都是。她抱住膝盖，把脸埋了起来。

隔壁住的新加坡女孩站在门口，问这里发生了什么。警察告诉她，一位叫李文娟的女性被杀害了，他不懂得声调，一律用平声念出"李文娟"三个字。李文娟是璐璐的名字。虽然她自己一直不喜欢，可是死的时候，她还是得叫这个名字。

警察初步怀疑是情杀，凶手是被害人两个星期前新交的男友，一个俄罗斯人。

"你见过他吗？"警察手中晃着他的照片。

她摇头。那个人看起来带着高加索的寒意，很苍老，蓄着一脸的络腮胡子。她记得璐璐曾经有过一个络腮胡子的男友。

"不能找络腮胡子的男人，"分手后，璐璐咬牙切齿地说，"都是野蛮人，内心阴暗。"

警察临走时说，如果有新的进展会告诉她。但他们没有打来电话。

第二天是文学节开幕。下午夏晖有一场演讲，程玠很想去听，却被陈彬遣去安排晚上酒会的事。陈彬是华人协会的负责人。他一面说开幕酒会一定要体面，一面又让她去换一种更便宜的香槟。

她下午三点才赶到会场，夏晖的演讲已经结束。正是茶歇的时间，人们都站在外面。夏晖正和两个女人说话，手里捧着一杯咖啡。她没有吃午饭，饿得发晕，匆匆忙忙地取了几块点心。陈彬走过来，脸色难看，小声对她说，夏晖不高兴了，嫌把他的发言顺序安排在那两个流亡作家后面了，而且主持人介绍他的时候，说错了他的作品的名字。他说这是他参加的最糟糕的文学节，声称要取消媒体采访，晚上的酒会也不参加了。

"你去安抚一下他的情绪，酒会嘉宾的名单早就公布了，他不来，我们可就难堪了。"

"我？"

"嗯。他对你印象挺好的，演讲之前还问我，你怎么没有来。"陈彬说。

两个女人走了一个，剩下的那个穿着芥末黄色花呢套装的女人，一脸痴醉地望着夏晖。这位杨太太程琤是认识的，前天布置会场的时候就来过，怨陈彬没有给自己寄请柬。陈彬立即把责任推到程琤的身上，还当着那个女人的面批评了她。杨太太走后，陈彬说，这种人多了，在华人圈子里混各种场子，还以为自己是名媛。

程琤又取了两块点心和一杯咖啡。水果塔的味道不错，淋着糖浆的草莓令人觉得幸福。远处有一道寒森森的目光射过来，恨不得要把她手中的碟子打翻。她抬起头，陈彬正看着自己。

她把剩下的水果塔塞进嘴里，扔掉纸杯和碟子，朝着夏晖走去。她没有走到他跟前，而是在相隔不远的地方停下，等着他发现自己。他的目光掠过又折回，落定在她身上，脸上露出惊喜。

"你好像瘦了一点。"他看着她走过来，微笑着说。杨太太回头看到是她，一脸纳罕：

"你们早就认识？"

"昨天才第一次见面。"

杨太太微张着嘴，神色讶异。程玮连忙岔开话题：

"演讲还顺利吗？"

"非常精彩。就是太短了，我们都想听你再多说点呢。"杨太太笑着对他说。

夏晖笑了笑，转头看着程玮："昨天你真应该跟我们一块儿去，那个酒吧太棒了。"

程玮没说话，低头看着自己的鞋子。空气在他们中间凝结。过了一会儿，杨太太说：

"对不起，我还有事，先走了。"她走的时候，轻蔑地看了程玮一眼。

程玮问夏晖："我打搅你们说话了吧？"

"当然没有。你解救了我。你看不出来吗？"

"我以为你早就习惯了，无论什么情况都能应对自如。"

"我一直提醒自己不要变成那样。"

"为什么？"

"作家一定是因为对这个世界感到不适应才会写作，如果他对一切都很适应，那还有什么可写的呢？"

"作家都很任性，是不是？"

"这不算是任性。"

"那突然取消采访和拒绝参加晚宴算不算呢？"

"哦，在这儿等着呢。"他笑起来，"我都忘了你是在这里工作的了。"

"我只是觉得你既然都来了，为什么不参加一下呢？"

"说实话，这种规格的文学节，我现在都拒绝，这次不过是顺便来见见老朋友。"他捏扁手中的空纸杯，走过去扔掉，"明天晚上还要飞巴黎，我的法文版刚出来，好几个重要报纸要做采访。"他鼓起腮帮，吐了一口气，"我想给自己放半天假，不知程小姐能否批准？"

"我哪里有批准的权力啊？"她笑着说。

"但我不想让你为难。"他收住笑，诚恳地看着她。

"不会。我不过是负责一些会务的杂事。"她说。

工作人员走出来，宣布下半场的会议要开始了，请大家回到会场。夏晖看着人们陆续走进去，转过头来对她说：

"好吧，我要走了。"

"现在吗？现在就要走了吗？"

"对，趁着他们没有派另外一个说客来，偷偷地走掉。"

"我不是说客。"她小声嘟囔。

"好吧，你不是。"他穿上大衣，将滑下来的围巾搭上肩膀。

他没有立刻走，还站在原地。她低着头，挪动着脚，把它们移进方形瓷砖的边框里。

"这份差事对你重要吗？"他把双手抄在口袋里。

"嗯？"她怔了一下，摇摇头，"我只是临时来帮忙的。"

"真的？"

"嗯。"

"那不如和我一起走吧？"

"去哪里？"她抬起眼睛。

"我来想想看，"他说，"去拿外套吧，我在大门口等你。"

璐璐死后，她请了长假，然后辞掉了社区图书馆的工作。她从前对于记忆数字颇为擅长，能背出书脊上长长的编号。但是璐璐死后，她忽然什么都记不住了，看到长串的数字就很烦躁。

她仍住在那套公寓里。和房东说好会住到月底，走时会把房子打扫干净。小松怎么劝也没用，她说只想一个人待着，慢慢整理东西。房东已经把招租启事贴出去，不断有人来看房子，他们没有看报纸，也没有遇到隔壁的新加坡女孩，所以不知道这里发生过什么。他们只是看到房间的墙壁上，贴满了璐璐的宝丽来相片。

"她回国了。"她解释道。有那么一刹那，她觉得璐璐可能真的回去了。客死他乡，或许是离开他乡的一种方式。

陈彬来的时候，她还以为又是看房子的人，但他说他找璐璐，电话打不通，就过来看看。陈彬所在的那个华人协会，负责筹办一些和中国有关的会议和展览。最近在策划一个华语文学节，璐璐曾答应他去帮忙。

"璐璐好像很少参加这种活动啊。"程琤说。璐璐一向瞧不起任何和华人沾边的活动，觉得它们庸俗、腐朽。

"没错，不过这次文学节邀请了很多著名作家，"陈彬说，"还有夏晖。你大概不了解璐璐，她可是个文学青年，夏晖所有的书都读过，她说这次一定要让他给签个名。"

"我听她说起过。"程琤说。她不知道自己为什么要撒谎。

"真不敢相信，她这个人已经不在了……"陈彬的眼眶红了。程琤忽然有种直觉：璐璐一定和他睡过。他们沉默地坐着，凭吊了一会儿逝者，临走的时候，陈彬问她愿不愿意代替璐璐去帮忙。

"有报酬的，虽然不是很多。"

程琤答应了。

小松坚决反对，他认定和璐璐有关的一切都很危险。

"我只是想多见见人。"她无法告诉他，璐璐死后她有多么孤独。

没有人看到他们离开会场。她担心有人追出来，走得很快，他跟在后面。街上没有什么行人，也很少有车经过。扫起来的积雪堆在马路沿，像堆了一半的雪人。两棵被丢弃的圣诞树，横在垃圾箱的旁边。她很少来曼哈顿上东一带，这里的街道很陌生，有一种奇怪的清冷，如同舞台上的布景。她听着身后跟随的脚步声，觉得好像是在一部电影里。

他们过了路口，走到中央公园。大片的积雪很完整。靴子踏在上面，扬起厚厚的雪粉。被惊动的松鼠蹿到树上，站在枝头上看着他们。

"嘿，可以停下了吗？"他气喘吁吁地在后面喊。

她停下来，回过头去看，他已经在几十米之外了。

"跑那么快，简直像两个逃犯！"他快步走上来。

"没错，我们就是在越狱啊。"

"你为什么那么兴奋呢，越狱的愿望好像比我还迫切。"

"哪有的事？"她拉起衣领，扣上外套最上面的扣子，"现在我们去哪儿呢？"

"找个地方坐一会儿，可以吗？"

"那就还得继续走，前面才有咖啡馆。"

接近中午的时间，咖啡馆里没有什么人，一个很老的男人坐在角落里读《纽约时报》。点单的时候，他让她替自己决定。梳着马尾的女侍应很快把喝的送了上来，她的咖啡，他的英国茶。

"我想起小时候逃学的事。"她撕开糖包，往咖啡里倒了一半。

"你还会逃学吗？我以为你一直是乖学生。"

"其实只有那么一两回。"

"为了什么事？"

"什么也不为。当时班上有两个经常逃学的学生。我很好奇我们在教室里上课的时候，他们都在外面做什么，有一天就跟着他们一起跑出来了。"

"结果呢，你们做了什么？"

"好像什么也没有做，我想不起来了，就只记得那么跑出来。"

他笑起来："所以今天也是一样？我就好比那个经常逃学的学生？"

"啊，我没这个意思，"她看看他，试探着问，"你是吗？"

"是啊，我小学二年级就开始逃课啦，"看到她一脸惊讶，他会心一笑，"那时候停课闹'革命'，想上课也没得上。"

"那是哪一年啊？"

"1966 年。全中国都逃学了。"

"真的很难想象，听上去总觉得像是另外一个世界。"

"我就是从另外一个世界回来的人。"他说。

"唉，好吧。"她拿起杯子，发现咖啡已经喝完了。角落里的男人不知道什么时候走了，整个咖啡馆只剩下他们两个人。她一时有些恍惚。

"现在我们去哪里呢？"她问。

"你不想待在这儿了吗？"他在浓密的阳光里眯起眼睛。

"也没有啊。"她说。她只是觉得应该去个什么地方，才不算浪费了这个下午的时光。

"你有什么想法吗？"他向后倚靠在椅背上。

"不是说你来想吗？"

"嗯，可这儿我一点都不熟，以前每次来都有朋友带着。"

"不然去拜访你的朋友？"

"哪个朋友？"

"随便哪个，你不是说有很多朋友在这里吗，汉学家、出版人、大学教授……你去见他们就是了，不用管我，我可以在旁边坐着，那样挺好的，我喜欢听有意思的人说话。"

"他们都很没意思。"

"怎么会呢？"

"真的，和文学节上的人一样没意思，我们不是刚逃离出来吗？"

"可他们是你的朋友，待在一起应该会自在很多吧？"

"还是现在这样比较自在，你觉得呢，晚一点我们再看好吗？"

"嗯。"她点了点头。

过了一会儿，他忽然坐直身子：

"我有个主意，不如带我去那些你经常去的地方看看吧？咖啡店啊，餐厅啊，百货公司啊，超级市场啊，都可以。"

"那有什么可看的？"

"那样我就可以知道，你平常的生活是什么样的。"

"你会觉得很无聊的。"

"我觉得很有意思，你只管去做你平常做的事，不用特别照顾我，就当我不存在。"他挥了挥手，示意结账，"走吧，我们去吧。"

她跟着他走出咖啡馆。平常做的事，在地铁站出口的食物店买捆在一起出售的隔天面包吗？坐在公寓楼下的 Z 形防火梯上发呆、喂野猫吗？她多么希望这个下午能过得有一点不同。

去联合广场是一个折中的选择。那里也是她经常去的地方，还有很多商店和旧书店，总好过到她的住处附近，一个平淡无奇、嘈杂拥挤的居民区。

他们决定坐地铁。虽然地铁站有一些远，不过他很乐意走过去——他强调，完全按照她平日的方式。

在地铁站，她站在自动售票机前面给他买票。他看着她手里的红色圆肚子的零钱包，一副很佩服的样子：

"那么多零钱。"

她把找回来的零钱放到里面，束紧勒口递给他。他托在手心里，掂了几下：

"很久没看到这么多零钱了。"

"因为你太有钱了。"

"不是，在中国，零钱越来越少见了，它们已经失效了。"

"是吗，太可惜了，我很喜欢用零钱，付账的时候想尽办法凑出正好的数额，会觉得很有成就感。"她自己笑起来。

他望着她，眼睛亮晶晶的，就像在夜空中发现了一颗未命名的小行星。

她去了一趟洗手间，他站在地铁口外面等着。回来的时候，一个黑人正在和他说话。他只是摇头，连连摆手，露出很不耐烦的表情。他误解了那人的意图，以为是乞讨或是推销，然而事实上他是在问路。她走上去，告诉他怎么走。夏晖显得有一点窘迫。

她竟然没有注意到他不会说英语。在会议上有翻译，昨天他见的朋友会讲中文，没有哪个场合需要他讲英语。也许从来都没有，他总是被保护着，不会陷入如此尴尬的境地。他似乎被伤了自尊心，一路上都很沉默，只是紧紧跟在她身后，像一个害怕被丢掉的小孩。

他们从联合广场中央的地铁口上来，周围是一圈大大小小的商店，橱窗上贴着令人兴奋的大红色"SALE"。她问他是否要给家人买什么礼物，他说不用。她指给他看一家很大的商店，告诉他三楼有一家卖家居用品的很不错，她在那里买过几个靠垫和一个灯罩。她问要不要上去看看，他迟疑了一下，说都可以。

她从来没有和男人一起逛过家居用品商店，还是一个陌生的男人，那种感觉实在奇怪，两个没有生活交集的人，看着各种摆放在家里的东西，温馨的、柔软的，放在床头、贴着皮肤的东西。她帮小松的妈妈挑了一件珊瑚绒的睡衣做生日礼物。

　　先前她担心这个下午过得太快，现在却觉得非常漫长。她又带他去了一家很有名的二手书店。但他无法读英文，对那些书不感兴趣，只是让她带自己去看中国作家的书。她在很深处的一个拐角找到了，仅仅占据书架最底下的两排，要蹲在地上才能看到书名。其中有一本书是他的。但他说有三本都翻译成了英文，让她再找找看。她跪在地上，找得头发都散开了，还是只有那一本。

　　"这是家二手书店，找不到的书，说明没人舍得卖。"她安慰道。

　　他点点头："就这本《替身》翻译得不好，很可惜。"

　　但她还是决定买下来请他签名。后来他们在书店里的咖啡厅坐下，他把书翻到扉页，握着钢笔，抬起头问她的名字，"程珵"是哪两个字。她心里有个念头一闪而过，这本书应该是璐璐的。虽然现在依然可以写上她的名字，但是程珵没有那么做。她不怎么相信灵魂的事，死亡就是一切都结束了。所以，璐璐不需要任何纪念物。

　　天色渐渐发暗。他们决定去吃晚饭。虽然他表示吃什么都可以，但她还是用心选择了一家餐厅，在中央公园里面。他们坐车返回那里。

　　餐厅在湖边，造成船屋的样子。恰好有一张临窗的桌子没有被预订，看出去是结冰的大湖，覆盖着厚厚的白雪。

　　"你选的地方很好。"他看着窗外，"这里你常来吗？"

　　"我就来过一次。"她不无遗憾地说，"要是早点来就好了，天一黑，就什么都看不见了。"

　　点菜的时候，他还是要她替自己决定。她给他点了牛肉，自己要的是鳕鱼。她合上菜单递给侍应的时候，他说：

　　"喝点葡萄酒吧。"

　　他们要了一瓶智利的红酒，她试尝之后点点头，侍应帮他们倒上。

　　他举起杯子跟她碰了一下："这个下午过得很愉快。"

　　她说："真的吗？让你走了那么多的路。"

　　"真的。"他说，"我每次出国都安排得很满，见人、开会、演讲，从一个地方赶到另一个地方，从来还没像今天下午这样——"

　　"这样漫无目的的，是吧？完全不知道要去哪里。"

　　"就是不要目的。人总是有很强的目的性，所以才活得那么累。"

　　此时，窗外已经天光散尽，大湖消失了轮廓，只剩一片荧白，悬浮在夜色当中。

　　他喝了一点酒，渐渐恢复了精神。

"你一个人住，还是和男朋友一起？"他问。这是第一次涉及私人话题。

"一个人，之前还有一个室友。"

"不和男朋友一起住吗？"

"你怎么知道我有男朋友的？"

"一种感觉。"他说，"没有吗？"

"有。"她点点头。

"不过你应该是那种很独立的女孩，有自己的空间，"他说，"你跟国内的年轻女孩很不一样，你身上没有那种浮躁的、贪婪的东西。"他厌恶地皱起眉头，似乎曾深受其害。

"有时候我觉得离这个世界挺远的。"她笑了笑，"可能因为是水瓶座吧。"

"又是星座。现在的年轻人好像都很信，真的准吗，所有的人就分成那么十来种吗？"

"上帝要造那么多的人，总是要给他们编个号，分一分类吧。"她说，"就像图书馆里的书，每一本都和其他的不同，但是它们也会被分类和编号。这样想要哪本书的时候，才能很快找到，而且再添新书的时候，也比较容易避免重复。"

"你真厉害，"他说，"让上帝变成了一个图书管理员。"

"我只是打个比方……"她连忙解释，很怕被他认为是亵渎神明。在她的想象里，作家都有坚定的信仰。

侍应把主菜端上来了。牛肉和鳕鱼看起来让人很有食欲，他们切成几块，与对方交换。她觉得应该问他一些问题，可是她对文学了解得实在太少了。

"你写作的时候，是不是需要特别安静的环境，与世隔绝的那种？"她问。

"年轻的时候是这样，总想躲到没有人的地方去写作。"

"现在呢？"

"现在愿意待在热闹的地方，每天会会朋友、喝点酒。"

"人年纪大了，不是应该喜欢清净吗？"

"可能还不够老吧。不过没准儿越老越爱热闹，"他笑了笑，"我只是说我自己啊，别的作家可能不这样。"

"我只认识你一个作家。你什么样，我就觉得他们也什么样。"她说。

"那我可要表现得好一点。"他说。

她笑起来。但他没笑。

"有时候想一想，多写一本书，少写一本书，有什么区别呢，也就这样了。真是没有当初的野心了。"他有些悲凉地望着外面的湖。

过了一会儿他转过头来：

"我想起了一点往事，想听吗？"

"当然。"

"写第一部长篇的时候，我儿子刚出生，家里房子小，为了图清净，我到乡下住了几个月。那地方很荒凉，只有几幢空房子，据说是风水不好，人都搬走了。我就在那里写小说，傍晚到最近的村子里吃饭。有一天喝了酒，回来的时候一脚踩空，从山坡上滚下去了。当时醉得厉害，就在那里睡着了。醒来发现自己躺在大石头上，面前是一片茫茫的大湖。像极了聊斋故事，一觉醒来什么都不见了。我当时没想到老婆孩子，第一个反应是，我那个写到一半的小说呢？它是不是一场虚幻，其实根本不存在？"

他怔怔地坐在那里，好像等着自己从故事里慢慢出来。侍应走过来，拿走了面前的盘子。

"那个时候，我也许是一个称职的作家。"他说。

两个中年男人从外面进来，皮鞋上的雪震落到地板上。壁炉在角落里吱吱地摇着火苗。邻桌的情侣沉默地看着菜单。

"我知道你说的那种感觉。"隔了一会儿，她说。

很多时候，她也感觉自己是在一个梦里。璐璐没有死，因为她并不存在。小松一家也不存在，她根本从未到美国来。这一切都是梦，梦像一条长长的隧道，穿过去就可以了。

去洗手间的时候，她沿着一条木头地板之间的缝隙，想试试自己还能不能走直线。镜子里的自己，嘴唇被葡萄酒染成黑紫色，像是中了剧毒。手机在口袋里震动起来，小松的名字在屏幕上闪烁。她伸手按掉了它，感觉到一丝快意。

夏晖提出再到酒吧喝一杯，她想也没想就说好。需要点锋利的东西，把梦划开一道口子，然后就可以醒过来了。

推开餐馆的门，冷空气吹散了脸上的酒精。心像一个攥着的拳头，慢慢地松开了。

"我们走到湖上去吧。"她转过身恋恋不舍地说。

"滑冰吗？"

"就想在上面站一下，你不觉得它就像一块没有人到过的陆地吗？"

"别傻了，冰一踩就碎了。"他说。

几个美丽的少女站在大街上，寒风镂刻出雕塑般的五官，幽蓝色的眼影在空中划出一簇磷火。一个女孩走上来问程玎要烟，她耸耸眉毛，为自己未满十八岁感到无奈。程玎递给她一支烟，按下打火机，用手挡住风。女孩把烟含在两片薄唇之间，偏着头凑近火焰。她闻到女孩身上甜橙味的香水。

另外几个女孩也走过来，对着他们微笑。她把那包所剩不多的万宝路送给了她们。

"我看到这些女孩，就会很难过。"她看着她们的背影说。

"为什么？"

"我觉得自己老了，而且好像从来都没有年轻过。"

"小丫头，你这才走到哪里啊？路还长着呢。"他伸过手来，拍了拍她的头。她的眼圈一下红了。

从湖边的餐厅来到酒吧，如同从云端堕入尘世。暧昧的光线融化了头发上的雪花，冬天的肃穆淹没在轻佻的音乐里。人们叫嚷着，好像谁跟谁都很亲密。他们坐在那里，显得有些格格不入。大衣搭在椅子上，口袋里的手机在她的背后震动，像一颗就要跳出来的心脏。她有一点同情小松。

夏晖比画着问侍应又要了一瓶酒。

"你明天还要赶飞机呢。"

"没关系。"他看着她，像是在说他们有的是时间。

"你知道吗，"她把刚倒上的酒一饮而尽，"我有一个朋友很崇拜你，读过你所有的书。"

"是吗？"他笑了一下，似乎已经司空见惯。

她摇着杯子悲伤地说："本来来的应该是她。可我呢，我从来没有读过你的书，我对你一无所知。"

"这不是很好吗？"他说，"没有东西隔在我们中间。"

"不好。要是她的话，和你会有很多话可说。"

"傻姑娘，不用说话，过来，"他轻声对她说，"坐到这儿来。"

她站起来，碰倒了面前的酒杯。她跌跌撞撞地走过去，被他一把拉入怀里。他开始吻她，一只手温柔地抚摩着她的后背，好像她是一只猫。她听到血突突地撞击太阳穴，杯子在桌上咯噔咯噔地滚动着，酒顺着桌沿往下淌，滴滴答答地打在靴子上。

他在她耳边说：

"我们去你住的地方，好吗？"

"我不想回去，再也不想了。"她拼命地摇头。

"为什么？"

她没有说话。

他捧着她的脸，再次含住她的嘴唇。他塌陷的眼眶周围有很多皱纹，在激烈的呼吸里颤抖。

"我们去吧。"他说。

她笑了一下，脑海中浮现出他住的那间酒店。旋转门，吊灯，合拢的电梯，铺着暗花地毯的走廊，尽头是一扇紧闭的门。他的房间，像一个神秘的抽屉，正在缓缓打开。爵士乐从楼下的酒吧传来——她差点儿忘了，一场只属于今夜的即兴演奏。

"伍迪·艾伦。"她轻声说。

"什么？"他问。

"没什么。"她摇摇头。黑色账单夹已经放在桌上，他从皮夹里取出霉绿色的钱，侍应合上账单夹，拿起来。她看着侍应走了，他的背影被一团光劈成了两个。她太热了，就要化了。

"我们走吧。"他说。

"去哪儿？"她喃喃地说。

她记得他们上了一辆出租车，在后座亲吻。她有一部分意识非常清醒，如同后视镜里司机的眼睛，炯炯地望着自己。她甚至能说出公寓的地址，并且指挥司机绕了几条小路，准确地停在楼下。她还记得开门的时候，又拿错了钥匙。她把之前的那把从钥匙环上取下来，甩手扔掉了。

此后的记忆，就变得很模糊。好像只剩下她一个人，痛苦地翻身，灼烫如铁的皮肤淬起火星。直到不真实的清晨到来，她看到自己跌跌撞撞地跑下楼去。天空呈现出仁慈的浅灰色。野猫坐在防火梯上，像遇到陌生人一样警惕地瞪着她。

璐璐从远处走过来与她会合，身上穿着她留下的另外一条黑色裙子，长长的裙摆一个皱褶也没有。

"我们快走吧，来不及了。"她拉起程玎的手。

"去哪儿？"

"别怕，"璐璐笑起来，"纽约还有很多你没有去过的地方呢。"

她们走了很久，来到了湖边，水中央有一个小岛，白得晃眼。

"我们得游过去，可以吗？"璐璐转过头问她。

她不会游泳，可是这不重要。她点了点头。

"扑通"一声，璐璐消失在水中。她也纵身跳了下去，紧跟在璐璐身后。这时一阵奇怪的声音从远处传来。像是有人在擂鼓，她还没来得及分辨清楚，那声音已经像绳子一样箍住了自己，把她朝某个方向拉过去。

程玎睁开眼睛，听到急促的敲门声。

"开门！开门！"小松在外面大吼。

她坐起来，看到夏晖抱着一团衣服，冲到衣柜跟前，拉开门敏捷地钻了进去。

"开门！我知道你在里面！"小松用拳头哐哐砸门。

程珵跳下床，拉开柜子的门。夏晖缩在角落里，脸埋在垂下来的藕粉色连衣裙里。

"那是璐璐的裙子。"她蹙起眉头说，伸手把他拽出来。

"你出去吧。"她说。

"现在吗？"夏晖惊恐地看着她，指了指门口，"可是……"

她好像什么也没听见，抓着他的胳膊来到门口。

"你至少等……"他脸色惨白，近乎哀求。

她霍地拉开了门，把他推了出去。正要关门，感觉有什么东西绊住了脚，夏晖的大衣，她把它踢出去，合上了门。

她回到床上，闭上眼睛。小松大声咆哮，好像跟夏晖厮打起来。渐渐地，门外的声音越来越远，就像回头去看岸上的景物，它们一点点变小，缩成黑点。她眺望前方，已经看不到璐璐的身影。洁白的小岛就要消失了。她一头扎进水中，划开手臂，奋力地朝着它游过去。

大乔小乔

一

　　上瑜伽课前，许妍接到乔琳的电话。听说她到北京来了，许妍有些惊讶，就约她晚上碰面。电话那边沉默了片刻，乔琳用哀求的声音说，你现在在哪里，我能过去找你吗？

　　她们两年没见面了。上次见面是姥姥去世的时候，许妍回了一趟泰安，带走了一些小时候的东西。走的时候乔琳问，你是不是不打算再回来了？许妍说，你可以到北京来看我。乔琳问，我难过的时候能给你打电话吗？当然，许妍说。乔琳总是在晚上打来电话，有时候哭很久。但最近五个月她没有打过电话。

　　外面的天完全黑了，她们坐进车里。照明灯的光打在乔琳的侧脸上，颧骨和嘴角有两块瘀青。许妍问她想吃什么。她转过头来，冲着许妍露出微笑，辣一点的就行，我嘴里没味儿。她坐直身体，把安全带从肚子上拉起来说，能不系吗？勒得难受。系着吧，许妍说，我刚会开，车还是借的。乔琳向前探了探身子说，开快一点吧，带我兜兜风。

那段路很堵。车子好不容易才挪了几百米，停在一个路口。许妍转过头去问，爸妈什么时候走？乔琳说，明天一早。许妍问，你跟他们怎么说的？乔琳说，我说去找高中同学，他们才顾不上呢。许妍说，要是他们问起我，就说我出差了。乔琳点点头，知道，我知道。

车子开入商场的地下车库。许妍踩下刹车，告诉乔琳到了。乔琳靠在椅背上说，我都不想动弹了，这个座位还能加热，真舒服啊。她闭着眼睛，好像要睡着了。许妍摇了摇她。她抓起许妍的手，放在自己的肚子上，低声说，孩子，这是你的姨妈乔琳，来，认识一下。

在黑暗中，她的脸上露出微笑。许妍好像真的感觉到什么东西动了一下。像朵浪花，轻轻地撞在她的手心上。她把手抽了回来，对乔琳说，走吧。

许妍捂着肚子蹲在地上。明晃晃的太阳，那些人的腿在摆动，一个个翻越了横杆。跳啊，快跳啊，有人冲着她喊。她用尽全身力气站起来，横杆在眼前，越来越近，有人一把拉住了她……她觉得自己是在车里，乔琳的声音掠过头顶，师傅，开快点。她感到安心，闭上了眼睛。

许妍已经忘记自己曾经姓乔了。其实这个姓一直用了十五年。办身份证的时候，她改成了姥姥的姓。姥姥说，也许我明年就死了，你还得回去找你爸妈，要是那样，你再改成姓乔吧。从她记事开始，姥姥就总说自己要死了，可她又活了很多年，直到许妍在北京上完大学。

许妍一出生，所有人听到她的啼哭声，都吓坏了。应该是静悄悄的才对，也不用洗，装进小坛子，埋在郊外的山上。地方她爸爸已经选好了，和祖坟隔着一段距离，因为死婴有怨气，会影响风水。

怀孕七个月，他们给她妈妈做了引产。据说是注射一种有毒的药水，穿过羊水打进胎儿的脑袋。也许医生打偏了，或者打少了，她生下来是活的，而且哭得特别响。整个医院的孩子哭声加起来，也没有她一个人的声音大。姥姥说，自己是循着哭声找到她的。手术室没有人，她被搁在操作台上。也许他们对毒药水还抱有幻想，觉得晚一点会起作用，就省得再往囟门上打一针。

姥姥给了护士一些钱，用一张毯子把她裹走了。那是个晴朗的初夏夜晚，天上都是星星。姥姥一路小跑，冲进另一家医院，看着医生把她放进了暖箱。别哭了，你睡一会儿，我也睡一会儿，行吗？姥姥说。她在监护室门外的椅子上，度过了许妍出生后的第一个夜晚。

许妍点了鸳鸯锅，把辣的一面转到乔琳面前。乔琳只吃了一点蘑菇，她的下巴肿得更厉害了，嘴角的瘀青变紫了。

怎么就打起来了呢？许妍问。乔琳说，爸在计生办的办公楼里大吼大叫，保安赶他走，就扭在一块儿了，不知道谁推我一把，撞到门上了。许妍叹了口气，你们跑到北京来有什么用呢？乔琳说，我只是想来看看你。许妍问，那他们呢，你为什么就不劝一下？乔琳说，来北京一趟，他俩情绪能好点，在家里成天打，上回爸差点把房子点了。而且有个汪律师，对咱们的案子感兴趣，还说帮着联系《聚焦时刻》栏目组，看看能不能做个采访。许妍说，采访做得还少吗，有什么用？乔琳说，那个节目影响大，好几个像咱们家这样的案子，后来都解决了。许妍问，你也接受采访吗？挺着个大肚子，不觉得丢人吗？乔琳垂着眼睛，抓起浸在血水里的羊肉扑通扑通扔进锅里。

过了一会儿，乔琳小声问，你在电视台，能找到什么熟人帮着说句话吗？许妍说，我连我们频道的人都认不全，台里最近在裁员，没准明天我就失业了。她看着乔琳，是爸妈让你来的吧？乔琳摇了摇头，我真的只想来看看你。

许妍没说话。越过乔琳的肩膀，她又看到了过去很多年追赶着她的那个噩梦。上访，讨说法。爸爸那双昆虫标本般风干的眼睛，还有妈妈磨得越来越尖的嗓子。当然，许妍没资格嫌弃他们，因为她才是他们的噩梦。

　　她爸爸乔建斌本来是个中学老师，因为超生被单位开除了。他觉得很冤，老婆王亚珍是上环后意外怀孕，有风湿性心脏病，好几家医院都不敢动手术，推来推去推到七个月，才被中心医院接收。他们去找计生委，希望能恢复乔建斌的工作。计生委说，只要孩子活下来，超生的事实就成立。孩子是活了，可那不是他们让她活的啊。夫妻俩开始上访，找了各种人，送了不少礼，到头来连点抚恤金也没要到。

　　乔建斌的精神状况越来越糟，喝了酒就砸东西，还总是伤到自己，必须得有人看着才行。虽然他嚷着要回去上班，可是谁都看得出来，他已经是个废人了。王亚珍的父母都是老中医，自己也懂一点医术，就找了个铺面开了间诊所。那是个低矮的二层楼，她在楼下看病，全家人住在楼上，这样她能随时看着乔建斌。乔琳是在那幢房子里长大的。许妍则一直跟着姥姥住。在她心里，乔琳和爸妈是一个完整的家庭，而她是多余的。乔建斌看见她，眼睛里就会有种悲凉的东西。她是他用工作换来的，不仅仅是工作，她毁了他的一切。王亚珍的脸色也不好看，总是有很多怨气，她除了养家，还要忍受奶奶的刁难。奶奶觉得要不是她有心脏病，没法顺利流产，也不会变成这样。每次她来，都会跟王亚珍吵起来。她走了以后，王亚珍又和乔建斌吵。这个家里的所有人都在互相怨恨。没有人怨乔琳。她是合情合理的存在，而且总在化解其他人之间的恩怨。那些年她做得最多的事，就是劝架和安抚。她在爸妈面前夸许妍聪明懂事，又在许妍这里说爸妈多么惦记她。她一直希望许妍能搬回来住。可是上初中那年，许妍和乔建斌大吵了一架，从此再也没有进过家门。

许妍骑着她那辆凤凰牌自行车经过诊所门前的石板路。乔琳从二楼的窗户探出头来，朝她招手。快点蹬，要迟到了，乔琳笑着说。许妍读初中，她读高中，高中离家比较近，所以她总是等看到了许妍才出发。有时候，她会在门口等她，塞给她一个洗干净的苹果。

许妍的手机响了。是沈皓明，他正和几个朋友吃饭，让她一会儿赶过去。许妍挂了电话。面前的火锅沸腾了，羊肉在红汤里翻滚，油星溅在乔琳的手背上。但她毫无知觉，专心地摆弄着碟子里的蘑菇，把它们从一边运到另一边，一片一片挨着摆好。她耐心地调整着位置，让它们不要压到彼此。然后她放下筷子，又露出那种空空的微笑说，刚才是你男朋友吗？许妍嗯了一声。乔琳说，你还没跟我说过呢。你什么都不跟我说，从小就这样。他是干什么的？许妍说，公司上班的白领。乔琳又问，对你好吗？许妍说，还行吧，你到底还吃不吃？乔琳说，有个人让你惦记着，那种感觉很好吧？

餐厅外面是个热闹的商场。卖冰激凌的柜台前围着几个高中女生。许妍问，想吃吗？乔琳摸了摸肚子，好像在询问意见。她趴在冰柜前，逐个看着那些冰激凌桶。覆盆子是种水果吗？她问，你说我要覆盆子的好，还是坚果的好呢？那就都要，许妍说。我不要纸杯，我想要蛋筒，乔琳笑着告诉柜台里的女孩。

那是九月的一个早晨，许妍升入高中的第一天。乔琳撑着伞，站在校门口。见到她就笑着走上来，你怎么不把雨衣的帽子戴上，头发都湿了。她伸出手，撩了一下许妍前额的头发说，真好，咱们在一个学校了，以后每天都能见到。放学以后别走，我带你去吃冰激凌，香芋味的。

路过童装店，乔琳的脚步慢下来。许妍顺着她的目光望过去，亮晶晶的橱窗里，悬挂着一件白色连衣裙。发光的塔夫绸，胸前有很多刺绣的蓝粉色小花，镶嵌着珍珠，裙摆捏着细小的荷叶边。乔琳把脸贴在玻璃上说，小姑娘的衣服真好看啊。许妍问，你希望是男孩还是女孩？男孩吧，乔琳说，如果是男孩，说不定林涛家里能改变主意。许妍问，他后来又跟你联系过吗？乔琳摇了摇头。

汽车驶出地下车库。商业街灯火通明，橱窗里挂着红色圣诞袜和花花绿绿的礼物盒。街边的树上缠了很多冰蓝色的串灯。广告灯箱里的男明星在微笑，露出白晃晃的牙齿。乔琳指着他问，你觉得他长得像于一鸣吗？许妍问，你这次来联系他了吗？

乔琳说，我没有他的手机号码了。许妍沉默了一会儿，说快到了，我给你订了个酒店，离我家不远。乔琳点点头，双手抓着肚子上的安全带。

于一鸣走过来，坐在了她和乔琳的对面。他 T 恤外面的衬衫敞着，兜进来很多雨的气味。空气湿漉漉的，外面的天快黑了。于一鸣抹了一把脸上的水，冲她们笑了。他的下巴上有个好看的小窝。

到了酒店门口，乔琳忽然不肯下车。她小心翼翼地蜷缩起身体，好像生怕会把车里的东西弄脏。许妍问，到底怎么了？乔琳用很小的声音说，别让我一个人睡旅馆好吗？我想跟你一起睡……她抬起发红的眼睛说，求你了，好吗？

车子开回到大路上。乔琳仍旧蜷缩着身体，不时转过头来看看许妍。她小声问，旅馆的房间还能退吗？他们会罚钱吗？许妍说，我只是觉得住旅馆挺舒服的，早上还有早餐。乔琳说，我知道，我知道，对不起。

车窗起雾了，乔琳用手抹了几下，望着外面的霓虹灯，用很小的声音念出广告牌上的字，直到车子开上高架桥，周围黑了下去。她靠在座椅上，拍了拍肚子说，小家伙，以后你到北京来找姨妈好不好？许妍没有说话，她望着前方，挡风玻璃上也起雾了，被近光灯照亮的一小段路，苍白而昏暗。

乔琳盯着于一鸣说，你的发型真难看。于一鸣说，我知道你剪得好，可我回去两个月不能不剪头啊。乔琳揽了一下许妍说，来，认识一下，这是我妹妹，亲妹妹。于一鸣对乔琳说，走吧，该回去上晚自习了。乔琳说，你先去，我跟我妹妹坐一会儿，好久没见她了。于一鸣说，咱俩也好久没见了，说好去济南找我也没有去。乔琳笑了，明年暑假吧，我跟我妹妹一起去。于一鸣走了。许妍说，别跟人说我是你妹妹行吗，非得让所有人都知道家里超生的事吗？乔琳垂下眼睛说，知道了。许妍问，你们在谈恋爱？乔琳说没有。许妍说，别骗我了。乔琳说，真的，他来泰安借读，高考完了就走。许妍说，你也可以走啊。

乔琳笑了一下，没说话。

二

许妍找到一个空车位，停下了车。刚下来，一辆车横在她们面前，车上走下一个戴着黑框眼镜的男人。他说，又是你，你又把车停在我的车位上了。许妍认出他就住在自己对门，好像姓汤。有一次他的快递送到了她家，里面是一盒迷你乐高玩具。她晚上送过去，他开门的时候眼睛很红。她瞄了一眼电视，正在放《甜蜜蜜》。张曼玉坐在黎明的后车座上。

许妍说，我不知道这个车位是你的，上面没挂牌子。她要把车开走，男人摆了摆手说，算了，还是我开走吧。他钻进车里发动引擎。乔琳笑着说，他一定看出我是孕妇了吧。现在我到哪里都不用排队，一上公交车就有人让座，等孩子生下来，我都不习惯了。

许妍打开公寓的门。她的确没打算把乔琳带回家。房子很大，装修也非常奢侈，就算对北京缺乏了解，也猜得出这里的租金一般人很难负担。但是乔琳没有露出惊讶的神情，也没有发表评论。她站在客厅中间，低着头眯起眼睛，好像在适应头顶那盏水晶吊灯发出的亮光。

过了一会儿，她回过神来，问许妍，你主持的节目几点播？许妍说，播完了，没什么可看的。乔琳问，有人在街上认出你，让你给他们签名吗？许妍说，一个做菜的节目，谁记得主持人长什么样啊？她找了一件新浴袍，领乔琳来到浴室。乔琳指着巨大的圆形浴缸问，我能试一下吗？许妍说，孕妇不能泡澡。乔琳说，好吧，真想到水里待一会儿啊。她伸起胳膊脱毛衣，露出半张脸笑着说，能把你的节目拷到光盘里，让我带回去吗？放心，不告诉爸妈，我自己偷偷看。

乔琳的毛衣里是一件深蓝色的秋衣，勒出凸起的肚子。圆得简直不可思议。她变了形的身体，那条被生命撑开的曲线，蕴藏着某种神秘的美感。许妍感觉心被什么东西蜇了一下。

电话响了。沈皓明让她快点过去。听说她要出门，乔琳的眼神中流露出恐惧。许妍向她保证一会儿就回来，然后拿起外套出了门。

许妍睁开眼睛，看到自己躺在病房里。墙是白的，桌子是白的，桌上的缸子也是白的。乔琳坐在床边，用一种忧伤的目光看着她。许妍坐起来，问乔琳，告诉我吧，我到底怎么了？乔琳垂下眼睛说，你子宫里长了个瘤子，要动手术。子宫？许妍把手放在肚子上，这个器官在哪里，她从来没有感觉到它的存在。乔琳说，你才十七岁，不该生这个病，医生说是激素的问题，可能和出生时他们给你打的毒针有关。

……医生站在床前，说手术很顺利，但瘤子可能还会长，以后可以考虑割掉子宫，等生完孩子。但你怀孕比较困难。他没说完全不可能，但是许妍知道他就是那个意思。

医生走了，病房里很安静。许妍望着窗外的一棵长歪了的树，分出去的旁枝被锯掉了。乔琳说，我知道我说什么都没用，可是我以后真的不想生孩子。不知道为什么，想想就觉得可怕。

许妍赶到餐厅的时候，沈皓明已经有点喝多了，正和两个朋友讨论该换什么车。上个月，他开着花重金改装的牧马人去北戴河，半路上轮轴断了，现在虽然修好了，可他表示再也无法信任它了。

他们有个自驾游的车队，每次都是一起出去，十几辆车，浩浩荡荡。许妍跟他们去过一次内蒙，每天晚上大家都喝得烂醉，在草地上留下一堆五颜六色的垃圾。有一天晚上，许妍和沈皓明没有喝醉，坐在山坡上说了一夜的话。他们两个就是这么认识的。许妍跟所有的人都不熟，是另外一个女孩带她去的，那个女孩跟她也不熟，邀请她或许只是因为车上多一个空座位。到了第五天，许妍坐到了沈皓明的那辆车上，他们一直讲话，后来开错路掉了队。两个人用后备箱里仅剩的烟熏火腿和几根蜡烛，在草原上度过了一个难忘的夜晚。

回北京那天，许妍有些低落，沈皓明把她送回家，她看着车子开走，觉得他不会再联系她了。她知道他是那种有钱人家的孩子，周围有很多漂亮女孩，只是因为旅途寂寞，才会和她在一起。也许是玩得太累了，第二天她发烧了。她躺在床上，觉得自己像一根就要烧断的保险丝，快把床单点着了。她感到一种强烈而不切实际的渴望。帮帮我，在黑暗中她对着天花板说。每次她特别难受的时候，就会这么说。

傍晚她收到了沈皓明的短信，问她要不要一起吃晚饭。她摇摇晃晃地从床上爬起来，化了个妆出门了。那不是一个两人晚餐，还有很多沈皓明的朋友。她烧得迷迷糊糊的，依然微笑着坐在沈皓明的旁边。聚会持续到十二点。回去的路上，她的身体一直发抖。沈皓明摸了摸她的额头，怪她怎么不早说，然后掉头开向医院。在急诊室外面的走廊里，他攥着她的手说，你让我心疼。她笑着说，大家都挺高兴的，这是个高兴的晚上，不是吗？

那个夏天，沈皓明时常带她参加派对。那些派对在郊外的大房子里举行，总有穿着短裙的女孩带着她们的外籍男友。直到夏天快过完，她才确定自己成了沈皓明的女朋友。那时她已经学会了自己卷头发，并且添置了好几条短裙。到了九月末，她和几个从前要好的朋友坐在路边的烧烤摊，意识到自己以后也许不会再见他们了。来北京八年，一直在认识新朋友，进入新圈子，那种不断上升、进化的感觉，给她带来一些满足。

你想去莫斯科吗，沈皓明扭过头来看着她，春天的时候咱们开车去莫斯科吧！好啊，许妍说。她想到旷野上的星星，以及那些因为喝醉而感觉自由一点的夜晚。

饭局散了，许妍开车把沈皓明送回他爸妈家。当初租房子的时候，他是准备跟她一起住的。后来觉得上班太远，多数时候就还是住在他爸妈家。那边有好几个保姆伺候，饭菜又可心。他爸妈也不希望他搬出来，好像那样就等于认可了他和许妍的关系。

你表姐安顿好了？沈皓明忽然问，明天我妈让你来家里吃饭，喊她一起吧。许妍说，不用，她自己有安排。沈皓明说，后天律师所没事，我可以陪你带她转转，买买东西。许妍说好。

回到家已经是凌晨一点。乔琳还没睡，正靠在床上看电视。她好像在哭，抹了抹脸，对许妍笑了一下说，你看过这个节目吗，把一个城里的孩子和一个农村的孩子对调，让他俩在对方的家里住几天。结果那个农村孩子把城里的"爸妈"给她买早点的钱都攒下来，想给农村的奶奶买副新拐杖。许妍说，都是假的，节目组安排好的。乔琳说，怎么会呢，那个农村孩子哭得多伤心啊。

许妍换上睡衣，在床边坐下说，你怎么会失眠呢，孕妇不是应该贪睡吗？乔琳说，我每天睁着眼睛到天亮，看什么都是重影的，好像那些东西的魂全跑出来了。许妍问，去医院看过吗？乔琳回答，说是精神压力大，可他们不让吃安定。许妍沉默了一会儿问，你后悔吗，把孩子留下来？乔琳笑着说，怎么会呢，我把衣服都买好了，白色的，男女都能用。

半年前乔琳打来电话，说自己怀孕了。男的叫林涛，比乔琳小两岁。和她在同一家商场当售货员。他父母一直告诫他，不能跟乔琳谈恋爱，沾上她爸妈，一辈子都别想安生。得知乔琳怀孕，他吓坏了，休假躲了起来。乔琳厚着脸皮找到他们家，林涛的母亲给了她一些钱，让她把孩子打掉。乔琳爸妈说，怎么能打掉？就去林家闹，还跑到商场去找乔琳的领导。乔琳把工作辞了，跟她爸妈说，你们要是再闹，我就死在你们面前。

那段时间，乔琳常常给许妍打电话。她在那边问，为什么我的生活里总是有那么多的纠纷呢？

十月的一个早晨，两个女生在学校门口拦住了她说，你就是乔琳的小跟班吧，最好离那个狐狸精远点，别沾得自己一身骚。许妍不算意外。她已经发现乔琳在学校里非常有名，追她的男生很多，背后说闲话的也很多。

放学后她和乔琳碰面，没有提起这件事。走到大门口，那两个女生又来了。她们低着头，哭丧着脸说，我们说错话了，对不起，你千万别放在心上。乔琳皱着眉头，一言不发。

她们又去了冷饮店。于一鸣很快也来了。乔琳瞪着他，你的眼线挺多啊。于一鸣说，怎么了？乔琳说，别装傻，你让王滨去吓唬李菁菁了？于一鸣说，太嚣张了，不给她们点颜色看看怎么行？乔琳说，你要是真拿王滨当哥们儿，就别让他干这种事。他身上背着两个处分，再有一回就得开除。于一鸣说，我绝不允许她们这么败坏你。乔琳笑了笑，我才不在乎呢。

许妍对乔琳说，如果我是你，大概会把孩子打掉。乔琳显得很惊恐，怎么可能，他是个生命啊。许妍说，这个世界上有很多错误的生命，生下来只会受苦。乔琳说，别说了，我绝对不能那么做。

许妍很清楚，乔琳不能那么做是因为爸妈。他们最初是反对计划生育，后来变成连堕胎也反对。特别是王亚珍，成了这方面的斗士。她经常守在医院门口，拦截去做流产的女人，讲各种怨灵的故事，还去吓唬医生和护士，让他们放下手术刀到寺庙里超度。有那么几个女人听了她的话，没做流产，生下孩子以后拍的满月照片，被王亚珍扩印得很大，拿在手里到处宣传。她还爱讲自己的故事：我的小女儿，当时被他们逼着流掉，又打激素又打毒针，我有心脏病，差点死在手术台上。可孩子不是照样健健康康地活下来了吗？你们现在什么困难都没有，有什么理由不要孩子？以后她一定也会把乔琳当成单亲妈妈的典范。至于乔琳该如何抚养那个孩子，她根本不去想。这几年一直都是乔琳在养家，现在她还没了工作。

她们的不幸，最终都会变成爸妈上访的资本。就像许妍子宫里生瘤，也被他们到处宣扬，无非是为了多要一笔赔偿金。许妍心里的愤怒，如同休眠的火山，这时又燃烧起来。所以或许并不完全是为了乔琳，更多的是想反抗爸妈的意志，给他们沉重一击——她又给乔琳打了电话。乔琳有点受宠若惊，你从没给我打过电话。许妍说，你最好再考虑一下，留下这个孩子，一生可能都完了。乔琳说，可他是活的啊，在我身体里动，真的很奇妙，那种感觉你不会懂的……许妍冷笑了一声，是啊，那种感觉我不会懂的。以后你的事我也不会再管了。

乔琳没有再打来电话。许妍偶尔想起来，会在心里算算月份，想一想孩子还有多久出生。

乔琳坐在操场的看台上，咬着一根棒冰，嘴上都是鲜艳的色素。许妍走过去说，你躲到这儿有用吗？乔琳不说话。许妍问，你是不是特别喜欢看男生为了你打架？既然你不想跟他们谈恋爱，为什么还要对他们好，让他们围着你团团转呢？乔琳说，可能害怕孤独吧，她抬起头，咧开橘色的嘴唇笑了，你是不是很讨厌我这样的女孩？

许妍在床上躺下，伸手关掉了台灯。但仍然不够黑，窗帘的缝隙间夹着一道颤巍巍的光。她正犹豫是否要去消灭那簇光，乔琳的手穿过阻隔在中间的被子，找到了她的手。她说，你还记得吗，从前姥姥生病我把你领回家，咱俩挤在我那张小床上。许妍说，那是很小的时候，上了初中我就没再去过。

乔琳握紧了她的手说，我知道上回我说错话了，一直想给你打电话，可是真怕你再劝我把孩子打掉……许妍，承认吧，你现在后悔了。乔琳说，没有，我想通了，不管我给这个孩子什么，给多给少，他都是奔着他自己的命去的。你小时候受了不少苦，现在不是也过得挺好吗？许妍问，你自己呢，你是奔着什么命去的，干吗非要背那么重的担子呢？乔琳在黑暗中笑了一声，我爱逞能，老觉得没我不行，其实我有什么用啊？她捏了捏许妍的手心，上访的事我早就不抱希望了，就是跟林涛怄一口气。当时他说，你家里要真是讨到了说法，再也不闹了，我就娶你。其实怎么可能啊，人家肯定早交了新女朋友。

许妍翻了个身，闭上眼睛。她感受着乔琳滞重的呼吸。如同一艘快要沉没的船。一个显而易见的却一直被她忽略的事实是，她的姐姐过得很糟，而且也许再也不会好了。她能帮她做什么吗？

她能。沈皓明自己就是律师，而且热心，爱帮朋友。他爸爸又有很多政府关系。

她不能。她根本无法开口。从一开始她就隐瞒了家里的事，说爸爸走了，妈妈死了，她是跟着姥姥长大的。这不是撒谎，她对自己说，这只是出于自保。谁能接受一对不停闹事、总是被保安驱逐和扭走的父母呢？不过，既然她一直说乔琳是她的表姐——是不是可以让他们帮一帮这个表姐呢？但是也有风险，她爸妈曾在采访里提到过小女儿的名字，还说她现在在北京生活。一旦那些资料被翻出来，她的身份就掩饰不住了。

许妍勉强睡了几个小时，天快亮的时候醒了。她感觉到乔琳在耳边呼吸，嘴巴里的热气涌到她的脸上。她睁开眼睛，乔琳在曦光中望着自己。她一时想不起来从前什么时候，她也是这样望着自己，用那双圆圆的大眼睛，好像明白了什么重要的事要告诉她。但是她并没有开口。

你看我也是重影的吗？许妍问。

乔琳说，不，我看你看得很清楚。

于一鸣站在她的教室门口。他说乔琳三天没来上课了。许妍说，我爸把腿摔断了，她得照顾他。于一鸣说，我知道，快考试了，这样下去不行，你带我去找她。

外面下着雪，马路结冰了。他们推着自行车往前走。风很大，雪乱糟糟地降下来，天空像个马蜂窝。于一鸣的头发又长长了，他的脸很白，下巴上有个好看的小窝。他神情凝重地说，帮我劝劝乔琳，让她好好复习，跟我一块儿考到北京。许妍说，她不想走。于一鸣说，她在这里没有出路。许妍问，北京什么样？于一鸣说，北京的马路特别宽，到处都是商店，还有很多咖啡馆。你好好学习，两年以后也考过去。许妍问，我？于一鸣说，是啊，我们在北京等你。

许妍怔怔地看着他。他口中呼出的白气在空中上升，然后散开了。

三

第二天，许妍录节目录到下午五点，然后匆匆忙忙赶去买甜点。那家蛋糕店是从巴黎开过来的，最近上了不少时尚杂志。她每次都为带什么礼物去沈皓明家而伤脑筋。

小巧的纸杯蛋糕陈列在玻璃柜里，上面镶着翻糖做的高跟鞋和花环，像是一件件奢华的珠宝。价格当然也贵得离谱，她最终决定买四个。这时乔琳打来电话，问她什么时候回来。许妍说，冰箱上不是有外卖单吗，你先叫东西吃啊。乔琳说，我不饿，你家门怎么锁，我在屋子里喘不上气，想出去走走。许妍把门锁的密码告诉她。她重复了一遍，要是我等会儿忘了，能再给你打电话吗？

挂了电话，许妍扫视了一圈玻璃柜，目光落在一个有跳舞小人的纸杯蛋糕上。小人单脚支地，抬起双臂，好像正准备起跳，飞离地面。我要这个，她跟柜台里的女孩说。

许妍听到乔琳在身后喊自己。她追上来，把手里的布袋递给许妍说，裙子我帮你借好了，领子有点大，你别两个别针就行了。许妍说，我真的不想主持了。乔琳说，你要是不主持，我就也不跳舞了。晚会咱俩都不参加了。许妍问，干吗要费那么大力气帮我争取呢？乔琳笑了，大乔小乔，要一起出风头才好。当时在学校已经有很多人知道她们是姐妹，并且管她们叫大乔小乔。

保姆开了门，要帮许妍拿东西。许妍捧着蛋糕盒说，我自己拿到客厅吧。三个女人坐在客厅的沙发上喝香槟。其中一个短发女人笑盈盈地看着她，对另外两个说，皓明就喜欢这种瘦瘦高高的女孩。旁边披着披肩的女人说，现在的男孩都喜欢这种身材的。

一个八九岁的男孩跑出来，是沈皓明的弟弟沈皓辰。他手里牵了一只短腿腊肠狗。那只狗穿着蓝色羽绒坎肩，背后有个帽子，跑快一点帽子就扣过来，盖住它的脸。沈皓辰把狗拽到沙发边，向大家介绍，它叫贝利，有点感冒了。挑高细眉的女人问，你上次那条狗呢？沈皓辰说，送走了，妈妈嫌它老翻垃圾桶。短发女人说，你妈一开始可是爱它爱得不行啊。男孩耸耸肩，我妈妈是个很难捉摸的女人。三个女人笑起来。披着披肩的女人说，皓辰，过来，让阿姨抱抱。男孩勉为其难地向前走了两步，把头转向一边，阿姨，我也感冒了。披着披肩的女人摸了摸他的后脑勺，都这么大了，真是有苗不愁长啊。挑高眉毛的女人放下香槟杯说，后悔了吧，当时都劝你跟于岚一起去，还可以做个双胞胎。

谁在说我坏话呢，我可是听到了，一个矮胖的女人走进来，穿着深蓝色香云纱裙子，腰部有一朵白色荷花，是沈皓明的妈妈于岚。你儿子，短发女人说，他说你是个很难捉摸的女人。于岚笑起来，对男孩说，宝贝，你昨天不是还说我不用开口，你都知道我要说什么吗？男孩说，我知道你要说什么，但我不知道你在想什么。挑高细眉的女人说，你儿子是个哲学家。

男孩抬起头问于岚，能让许妍姐姐陪我去玩吗？于岚说，好啊。她笑吟吟地朝许妍走过来说，我都没看到你来了。许妍微笑着说，我买了甜点，饭后可以吃。太好了，于岚说，那我就不让大李再去买了。许妍在心里飞快地算了一下，四块蛋糕，自己不吃，她们四个女人刚好一人一块。

她跟着沈皓辰来到后院。那里有几簇假山和一个凉亭，前面是一小片结冰的水塘。沈皓辰问，你说贝利能在上面滑冰吗？

许妍说，不行，它会掉下去。玩点别的吧，我陪你去搭乐高。沈皓辰摇摇头，我想陪着贝利，它太孤单了。许妍说，它感冒了，需要休息。沈皓辰说，都是我妈，非让它睡在花房里。许妍问，为什么不让它到屋子里去？沈皓辰说，我妈说我们还不了解它的脾气，要观察一段时间，惠惠姐姐刚来的时候，她也不让她跟我们一起吃饭，说她嘴巴臭，可能有胃病。

许妍通过这个男孩知道了他们家不少事。包括沈皓明刚和她在一起的时候，于岚还给他介绍过一个银行行长的女儿。没准他们见了面，她没问过沈皓明。以后恐怕还有律师的女儿、医生的女儿，她显然不是理想的儿媳，不过他们也没公然反对。有一次沈皓辰说，我妈说哥哥带什么女孩回来都无所谓，谈谈恋爱又不是当真的。许妍相信沈皓辰不至于蠢到不知道这些话不该讲给她听，他是故意的，好让她心里难受。他也会把他妈妈讲保姆小惠的话告诉小惠，然后站在门外听小惠在房间里偷偷哭。这是一种什么爱好，许妍不知道，用沈皓明的话来说，他弟弟是个内心阴暗的小孩。

他们相差十八岁，沈皓辰叼着奶嘴的时候，沈皓明已经系着领结跟爸爸去参加慈善晚会了。他对弟弟没太多感情，一开始甚至忘了跟许妍讲。后来有一次随口讲到他，许妍惊讶地问，为什么？什么为什么？沈皓明问。许妍说，为什么能生两个孩子？沈皓明说，哦，我爸妈都入了加拿大籍。其实不入也可以，罚点钱就是了。

沈皓明推门走出来，对许妍说，我到处找你呢。他冲着沈皓辰的屁股拍了两下，别老缠着别人，你就不能自己玩会儿吗？沈皓辰哀求道，我们等会儿出去吃冰激凌吧。沈皓明不理他，拉着许妍走了。

　　沈皓明的爸爸沈金松和几个男客坐在偏厅的沙发上。沈皓明带着许妍走过去，把她介绍给两个没见过的客人。他爸爸说，皓明，给你李叔叔拿支雪茄来。走出房间，沈皓明咕哝道，他怎么还有脸来？你说谁？许妍问。沈浩明说，那个戴鸭舌帽的男的，做生意把周围的朋友坑了一个遍，大家都不跟他来往了。沈皓明返回偏厅的时候，许妍拉住他说，笑一下。沈皓明皱着眉头，干什么？许妍说，你的怒气都写在脸上，让别的客人看到不好。沈皓明勉强露出一个微笑。许妍也给他一个微笑，进去吧，我去问问你妈妈那边有什么需要帮忙的。

　　许妍回到大客厅，发现又来了两个女客人。蛋糕不够分了，她有点不安地盯着桌子上的白盒子。开饭了，于岚对她说，我们过去坐吧。

　　这种家宴是沈家的传统，每个星期都有一两回。客人彼此相熟，不会感到拘束。许妍环视四周，低声问沈皓明，高叔叔没来？沈皓明说，他开会，晚点来。披着披肩的女人问，皓辰呢？于岚说，让他跟保姆吃，那孩子絮絮叨叨的，大人都没法好好说话了。

　　戴鸭舌帽的男人挨着女人们坐，一直保持沉默，每当那碟花生米转到面前的时候，他都会夹起一颗。你的古董店还开着吗？旁边的女人问他。没有，他回答，停顿了几秒说，不过我正打算重新开起来。女人问，还在原来的地方吗？啊，对，他说。一个男客人笑了笑，你确定吗？那一带盖了新楼，租金涨了四五倍。所有人都看向戴鸭舌帽的男人，屋子里一时很静。许妍觉得自己所分担的那份尴尬比其他人的多。她理解那个戴鸭舌帽的男人，他一定很渴望成功，只是运气差了点。

饭吃到一半，高叔叔来了。许妍也弄不清这个高叔叔到底做什么工作，只知道他权力很大，帮人铲了不少事。戴鸭舌帽的男人忽然来了精神，一直看着高叔叔，听他跟周围的人讲话。他们笑起来的时候，他也跟着笑了。

晚饭结束后，大家移到偏厅喝茶。沈金松和高叔叔去了另外一个房间，戴着鸭舌帽的男人也跟了进去。沈皓明对许妍说，他肯定有事要让高叔叔帮忙。许妍问，他会帮吗？沈皓明说，不知道，我们去看电影吧？许妍说，早走了你妈妈会不高兴。沈皓明说，管她呢。许妍笑了一下，你可以不管，我不能不管。她拉着沈皓明来到客厅，女人们正坐在那里聊天。沈皓明听到她们都在谈论衣服和包，就说我还是去男士那边吧。

许妍在于岚旁边坐了一会儿，发现桌上的水果叉不够，就起身去拿。让佩佩把甜酒打开，于岚在她身后说。经过走廊，她看到沈金松他们还在那个房间里，好像在说什么房子的事。

她拿着叉子从厨房出来，听到旁边的房间里传来奇怪的声音。好像是干呕，伴随着细小的嘶叫声。她敲了两下，推开门。是沈皓辰，正仰面躺在地上哭。那间屋子长期闲置，空荡荡的，只有一个书柜立在墙边。她蹲下来，说你可真会挑地方。沈皓辰不理她，闭上眼睛继续哭。许妍问，就因为没陪你去吃冰激凌？沈皓辰抹了把眼泪说，我早就习惯了。许妍问，为什么不叫你的朋友来家里玩呢？沈皓辰说，你要是整天转学，还会有什么朋友吗？他摇了摇头，说这个家里没有一个人真的关心我。许妍说，不要对别人有什么期望，你得自己变得强大起来。沈皓辰撇了一下嘴，我还是个孩子呀。许妍说，孩子怎么了？沈皓辰哀求道，你能让我自己静一会儿吗？我不想回房间，惠惠姐姐像只鹦鹉，一直说个不停。

许妍带上了房间的门。她确实没想过沈皓辰会有什么痛苦。生在这样的家庭，不是应该从梦里笑出声来吗？但是现在看起来，他或许也是一个多余的孩子。他爸妈要他不过是为了装点生活，其实已经没有耐心再陪他长大一遍了。于岚不能放弃太太们的聚会和旅行，沈金松不能放弃打高尔夫和应酬。沈皓辰总是和保姆待在一起，一任又一任的保姆。他满意的他妈妈不满意，他妈妈喜欢的他不喜欢。

许妍回到客厅，她的蛋糕盒子被打开了，摊在桌上，里面的蛋糕一个也没有动。有两个上面的花蹭在盒子上，变成了一坨红色烂泥，只有立着跳舞小人的那个仍旧完好。小人踮着脚尖，好像正从一堆废墟里往外爬。

戴鸭舌帽的男人出现在门口，咧开嘴冲着于岚笑了笑说，我来跟你说一声，我要走了。于岚点点头，让司机送你一下？男人说，我叫了辆车，司机好像迷路了。于岚说，坐下等一会儿吧。鸭舌帽迟疑了一下，走过来坐在沙发上。许妍把自己那杯没有动的甜酒放到他跟前，对他笑了笑。

　　快去把你的貂皮大衣拿来！短发女人把手搭在于岚的肩上。还有那个绝版的蜥蜴皮，挑高细眉的女人说。于岚去取了灰蓝色的貂皮大衣，还有几只包。女人们走上前，有的试穿大衣，有的摆弄着包。只有许妍和鸭舌帽坐在沙发上。鸭舌帽探身向前，目光呆滞地盯着茶几上的东西。他忽然伸出手，拿起那个有跳舞小人的纸杯蛋糕，整个塞进了嘴里。

　　乔琳走到舞台中央，射灯的光不偏不斜地打在她的脸上。她天生知道光在哪里。她趋着步子，荡着纤长的腿，将裙摆转得飞快。每次她双脚离开地面的时候，许妍都感觉到心里一紧。她不知道自己是在担心，还是在希望发生点什么。直到乔琳平安地弯腰谢幕，她才松了一口气，然后忽然难过起来。她想，很多年后，台下的人不会记得是谁主持了这场晚会，但他们一定记得乔琳跳舞的样子。

　　十点过后，客人陆续离开。许妍帮保姆收酒杯，被沈皓明堵在厨房门口。他搓了一下许妍的腰，眨眨眼睛说，不如今晚你就睡在这里吧？许妍挣脱开，一脸正色地说，跟我说说，你是从多大开始留女生在家过夜的？沈皓明耸耸眉毛，十七？你爸妈也答应吗？许妍问。沈皓明笑着说，他们到我房间来了好几次，我估计是想看看有没有准备避孕套。你准备了吗？许妍问。沈皓明收住笑容，神情变得凝重，我想向你坦白一件事……其实我有一个……年轻时候总会犯些错误对吧……他低下头，双手捂住脸。许妍想把他的手拉开，他拼命躲闪，直到迸发出笑声，他一边笑一边摆手，我实在是憋不住了……许妍推了他一下，自己还觉得演得挺像是吧？沈皓明笑着问，要是我真从外面领回来个孩子，你帮我养吗？许妍说，那得看长得好不好看了。沈皓明说，好看，比我还好看。许妍说，养啊，为什么不养，省得自己去生了。沈皓明伸出双手兜住她，不行，你至少还得生两个。许妍望着他，笑了笑。她说，我还是回去吧，表姐一个人在家。沈皓明说，好吧，我明天陪你们，给你们当司机。许妍说，不用，她脾气怪，你在她会不自在。

许妍穿上外套，拢了一下头发，转过身来问，对了，刚才那个人找高叔叔什么事？沈皓明说，前些年他在郊区找了块地盖房子，当时和乡政府签过合约，但是不作数，现在地要被收走了……许妍问，这事难办吗？沈皓明说，嗯，不过高叔叔去想办法了。许妍说，所以还是会帮他？沈皓明说，不然呢，他住哪里呢？

回去的路上，许妍在心里掂量，是鸭舌帽拆房子的事难办，还是她爸妈的事难办。既然他连那个名声不好的人都愿意帮，是不是也意味着他可以帮她呢？不，不是她，是她的表姐乔琳。再找机会吧，她想，应该多和高叔叔见几面，让他觉得自己是沈家的一员。

许妍回到公寓，发现乔琳坐在楼下大堂的沙发上。她抬起头，抱歉地冲许妍笑了一下，我把密码忘了，你的手机关机。许妍问她坐了多久。她说没多久，我一直在院子里转悠，把开着的小商店都逛了一遍。这里真好，人都很和气，还借给我厕所用。

许妍看着她，乔琳，你能别把自己弄得那么惨兮兮的吗？

乔琳从三轮车上跳下来，笑着对她说，我把写字台给你拉来了，反正我以后再也不用学习啦。许妍打量着那张写字台，桌腿上的贴画已经斑驳，她还记得贴画刚贴上去的时候，上面那张明艳的赵雅芝的脸。她确实觊觎这张书桌很久。姥姥在窗台上搭了块木板，她一直在那上面写作业。

许妍问，成绩出来了？乔琳吐了吐舌头，连那个破烂煤炭学院也没考上。她们把写字台搬下来，乔琳拍了拍手上的灰说，我已经找到工作啦，明天就去华联商场上班，以后你买"美宝莲"都是员工价。她的手指上涂着藕粉色的指甲油，穿着低腰牛仔裤，长头发在胸前甩来甩去。她身上的美丽还在增加，但她好像并不把自己的美丽当回事。那股潇洒的劲儿特别令男孩着迷。

四

第二天，十点不到她们就出门了。往常的周末，许妍会和沈皓明在床上赖到十一点，然后去吃个早午餐。但是这一天，天刚亮许妍就醒了。失眠大概会传染，她就没见乔琳闭过眼睛。但是乔琳坚持说自己睡了一会儿，还做了梦，梦见自己生了个罐子人。罐子人？许妍皱起眉头。对，乔琳说，就是那种马戏团里的小孩，养在罐子里，手脚都萎缩了，只有头特别大。她打了个激灵，跳下床，说我去做早饭了。

厨房里传出葱油的香味。乔琳用平底锅烙了两个葱花饼。这是小时候最熟悉的食物，许妍来北京以后就没有再吃过。要不是再闻到这股味，她已经忘记世界上还有这种食物了。

许妍想先带乔琳去景山，那附近有一段红墙她很喜欢。街上的车不多，她们静静听着广播里的歌。乔琳抿着嘴唇，似乎很悲伤。许妍说，别想了，那只是个梦。乔琳点点头，知道，我知道。没事的，我在等汪律师的电话，他说今天会打给我的。许妍觉得乔琳在把某种压力传递给自己，这令她感到很烦躁。

车子剧烈地震了一下，许妍回过神来，猛踩刹车，可是已经撞上了前面的车。乔琳拱起身体，护住了肚子。前车的女人对着许妍一通抱怨，然后给交警打了电话。交警来了，许妍把车上翻遍了，也没找到驾驶证，只好给沈皓明打电话。过了几分钟，沈皓明拨过来，说在家里找到了，上次司机修车取出来，忘记放回去了。沈皓明说，我给你送过去，你在哪里？许妍沉默了几秒钟，说出了自己的位置。

她回到车里。乔琳头靠着车座，双手还放在肚子上。许妍说，我男朋友正赶过来，我跟他说你是我表姐，你不要提爸妈的事。乔琳点点头，知道，我知道。许妍还想交代几句，见她闭上了眼睛，就没有再说。

沈皓明到了，处理完事故，他坐上驾驶座，侧过头来冲乔琳笑了笑，表姐，我开车可稳了，你安心睡会儿吧。

已经过了十一点，沈皓明提议先去吃午饭。他把车开到附近的购物中心。三楼有家粤菜馆，于岚常约人在那儿吃早茶。沈皓明把菜单交给乔琳，让她看看想吃什么。乔琳看了一下，又把它递给许妍。许妍低头翻菜单，总觉得乔琳在看自己。一屉虾饺上百块，显然不是白领能负担的。乔琳大概早就把她识破了，借来的车、租的房子，一切都充满破绽。她抬起头的时候，乔琳微笑着说，我吃什么都可以，辣一点就行。

我就知道许妍得撞，沈皓明说，不撞个两三回哪算真会开车？可是车上坐着你，不能有半点马虎。我早就跟她说今天我来给你们当司机……乔琳笑了笑，已经很麻烦你了。沈皓明说，她以前不也常麻烦你吗，她说上高中的时候你很照顾她，给她买雨衣、陪她打吊针……乔琳淡淡地说，那不算什么。沈皓明说，有时候表亲反倒更亲，我和我表姐的感情就比跟我弟的好……乔琳问，你有个弟弟？沈皓明说，对啊，一个爱哭鬼，烦死人了。乔琳说，怎么能生第二个孩子呢？沈皓明笑了，你怎么跟许妍问的问题一模一样，我爸妈拿了加拿大护照。乔琳喃喃地说，哦，外国人……沈皓明说，以后我跟许妍至少生三个，你的小孩不愁没人玩。乔琳点点头，好啊。许妍埋头吃着刚上来的石斑鱼。生三个？她似乎听到乔琳在心里暗笑。

乔琳的手机响了。许妍很怕她会在沈皓明面前接起电话，但她站起来，离开了桌子。许妍对沈皓明说，下午你不用陪了，我就带她在后海逛逛。沈皓明说，我跟任国栋吃晚饭，上次他女儿百天不是没去吗，没事，五点出发就行。

乔琳回来了，脸色凝重，失神地盯着面前的盘子。她不吃，许妍也不劝。直到听沈皓明说，那我们走吧，她站起来，屈着腿往外走。沈皓明喊住她，把落在椅背上的羽绒服交给她。

乔琳跟在他们后面，双手抓着她的羽绒服。里子朝外，破了个洞，钻出一簇棉絮。许妍简直怀疑她是故意的，想要他们给她买件新大衣。沈皓明说，我是不是应该给任国栋的女儿买点东西？买什么呢？他们绕着商场走了半圈，沈皓明忽然停住脚步，指着橱窗说，就买这个吧。小小的白色纱裙被云彩簇拥着，跟上回许妍和乔琳看到的那件一模一样。应该是连锁店铺，橱窗也布置得一模一样。沈皓明问乔琳，知道你的宝宝是男孩还是女孩吗？乔琳摇摇头。沈皓明说没事，转身进了那家商店。

乔琳立即告诉许妍，汪律师说他接不了这个案子。她咬了咬嘴唇说，他去开会了，我等会儿再打个电话求求他。许妍说，别这样，乔琳，你以前不这样。乔琳眼泪涌出来说，我真没用，什么事也办不成。沈皓明拎着纸袋走出来，把其中一只递给乔琳说，我买了个礼盒，里面什么都有，白色的，男女都能穿。乔琳把头扭到一边，抹着脸上的眼泪。沈皓明尴尬地拿着纸袋。过了一会儿，乔琳才回过头来，挤出一个微笑说，谢谢，真的谢谢你。

他们到后海的时候，天已经很阴。空气中零星飘着一点凉丝丝的小雪。河面结着厚实的冰，是青灰色的。沈皓明说，出来走走心情是不是好点了？乔琳点点头说，谢谢你们。许妍转过脸，朝河的方向看去。河中央有一只鸭子形状的船，冻住了，船身倾斜，鸭头望着天空。

乔琳说，我们那里也有一条河，叫奈河，比这个还宽。沈皓明说，我以为你们那里都是山呢，我还跟许妍说什么时候去爬一次泰山。乔琳说，小时候有一回，我和许妍亲眼看到一个放风筝的小孩掉到水里，淹死了。他妈妈在岸上大哭，围了很多人。许妍说，我不记得了。乔琳说，你站在那里，我怎么拽都不肯走。一直等到人都散了，你用竹竿把那个孩子的风筝挑下来，拿着回家了。沈皓明问，那个小孩是她朋友吗？她想要那个风筝做纪念？乔琳笑了笑，她就是想要那个风筝。许妍盯着乔琳的脸。乔琳没有看她，好像还沉浸在回忆里，说那孩子的妈妈后来每天在岸边哭，抱着经过的人的腿，求他们去救她儿子。再后来岸边的树都砍了，盖起一排楼房。她沉默了一会儿，对沈皓明说，许妍想要什么是不会说的。沈皓明说，对，她什么都憋在心里。乔琳说，不要紧，只要你一直在那里，默默支持她就行了。

许妍看着面前的湖。午后的太阳照着水面，淬起一片金光。于一鸣放下桨，让他们的船在水上漂。乔琳忽然开口说，我看见过水怪。有个放风筝的小孩掉到河里，水面上升起一团白烟。那团白烟朝我们这边飘过来，我吓坏了，拉起许妍的手就跑。可她好像被定住了似的，站在那里一动不动。我就也没跑，挽住了她的胳膊，心想要是水怪过来，就把我们一块儿带走吧。乔琳俯身向湖面，撩了几下水说，于一鸣，什么时候教我们游泳吧。

雪越下越大，河显得更灰了，冻住的鸭子船在身后变小，拐了个弯，看不见了。路边有间咖啡馆，他们决定进去坐一会儿。推开门，里面都是人。沈皓明说，嘿，整个后海的人全都躲到这儿来了。许妍付了钱，在等饮料的地方排队。做咖啡的男孩像是新来的，把热牛奶打翻了。沈皓明从背后戳了戳许妍，你表姐把手机落车上了，我陪她去拿一下。许妍说，等买了咖啡一起去吧。沈皓明说，没事，很近，然后转身走了。

隔着玻璃窗，许妍看到他们朝来的方向走去，乔琳好像在说什么。她烦躁地看着那个做咖啡的男孩，把手中的收据折成小块，又摊开。乔琳也许是故意的，汪律师不帮她，她就慌了神，觉得沈皓明没准儿能帮忙，就想跟他说一说。许妍气恨地用力一挣，把收据撕成了两半。

做咖啡的男孩拿过撕碎的收据，仔细辨认着上面写的是什么饮料。你们连基本的培训都没有吗？许妍气呼呼地问。她把咖啡放在桌上，拉开椅子坐下。乔琳会跟沈皓明说什么呢？事情万一败露了，她应该怎么解释呢？她脑袋一片空白，什么说辞也想不出来，只是不断去按手机，看时间的数字变化。

他们终于回来了。乔琳没坐下，她看了许妍一眼说，我再去打个电话。许妍看着沈皓明，想从他的表情里读出一点信息。但他一直在低头看手机。许妍碰碰他的胳膊，拿起桌上的咖啡递给他。他喝了一口，皱起眉头说，真难喝。乔琳回来后，脸色依然凝重，她喝了两口水，捧着杯子发愣。沈皓明看了看外面的雪，对许妍说，你就别开了，我让司机来接你们。

车来了，她们先坐上，沈皓明去取了先前在童装店给乔琳买的东西，让司机放在后备箱。他凑到车窗前对乔琳说，表姐，这两天你要是不走，到我家来玩。乔琳点点头，一直望着沈皓明走过去，钻进车里。他人真好，乔琳对许妍说。

路上她们没有说话。司机拐了个弯去加油。发动机熄灭，广播里的音乐停止了。乔琳望着窗外纷飞的雪说，我明天就回去了。许妍说好。

太阳从头顶移开，风吹着湖面，水的气味升起来。船从午睡中醒了过来，一点点动起来。许妍、乔琳和于一鸣不约而同地向后靠，蜷缩着腿躺下去，仰脸望着天空。也许是在等晚霞出现，但是渐渐不重要了。许妍合上了眼睛。湖水像一双温暖的手臂环绕着自己。它的脉搏一起一伏，节律微小而有力。船在缓慢地动着，可他们没什么地方要去。不去对岸，也不回去。他们三个好像可以一直那么待着，谁也不会离开。

好像什么都不重要了。许妍松开了眉头。她不再计较他们到底有多么爱彼此。她只是知道她爱他们。那股强烈的感情使她觉得自己并不是多余的。她是他们当中的一员，即便是微不足道、可以被舍弃的，她也不在乎。

她睁开眼睛的时候，晚霞已经来过了。只有几片很小的云彩挂在天边。湖面一片金色，望不到尽头。但只是一瞬间，湖水转眼就开始变灰。当她转过脸去的时候，看到乔琳正望着湖面，似乎已经注视了很久很久，又好像是她的目光使湖面暗了下去。于一鸣还没有睁开眼睛，嘴角带着一丝淡淡的笑意。不要睁开眼睛，许妍在心里这样祝福着他。因为随即他会发现太阳已经落下去，船要往回开了。他们的旅行结束了。

晚饭许妍叫了外卖。乔琳没怎么吃，她说想去床上躺一会儿。许妍吃完看了会儿电视。她到卧室的时候，乔琳正坐在床上发呆。许妍走过去拉窗帘。路灯下，有个穿着羽绒服的男人在遛狗。是对门那个姓汤的邻居。他仰起头看了一会儿月亮，从地上抱起狗，夹在胳膊底下，走进了楼洞。

许妍听到乔琳在身后轻声问，沈皓明能帮上咱们吗？许妍转过身来看着乔琳说，你自己没问他吗？你们两个去拿手机的时候。乔琳摇了摇头，我什么也没跟他说，他问我想不想来北京工作，他可以安排，我说不用了。哦，许妍应了一声。乔琳说，他是律师，又认识挺多人的，没准儿还能托上关系……许妍问，你怎么知道他是律师的？乔琳说，他自己说的，我真的什么都没问。她低下头，看着拱起的肚子，汪律师不接我的电话了，电视台那边也没回信，我实在没有办法了。这事折腾了那么多年，总得有个了结……许妍笑了一声，你为我考虑过吗？你是不是觉得我想要什么就有什么，过得很容易？你想过几天安稳日子，我不想吗？你小时候至少有个完整的家，我有什么？她的眼圈红了，这么多年了，你们就不能放过我吗？乔琳也哭了，对不起，对不起，我不该来打扰你……她仰起脸，吸了几下眼泪说，你没看到爸妈现在什么样子，爸早晨醒了就喝酒，手抖得已经拿不住筷子了，妈整天守着电脑，到各种论坛发帖子求助，隔一会儿发一遍，那些人骂她是疯子，把她踢出去，她就重新注册了再发……我真的管不了了，我的身体垮了，在街上晕倒过好几回……她停住了，定定地看着前方，好像要把什么东西看清楚。

桌上的台灯照着乔琳，但她的脸是暗的，腮颊被阴影削去了。许妍望着她，她容貌的改变令她感到惊讶。那些青春时的光彩消失了，这也许是必然的，可它们好像从来没有存在过。没有人可以通过这张脸，想象出她少女时代的模样。许妍仿佛从二楼教室的窗户里看到那个总是微微扬起脸的长腿姑娘正穿过校园，她从那扇大门走出去，然后消失了。她去了哪里？

许妍走到床边。握住乔琳的手。那只手很烫，热量从指缝间汩汩流出来。乔琳的手指很长，这肯定不是许妍第一次注意到这一点，或许在漫长的青春期的某一天，她偷偷打量过这双手，暗暗惊讶于它们的美。但是现在，她第一次意识到，这双手很适合弹钢琴，要是它们能在童年的时候遇到一个钢琴老师的话，他肯定会这么说。要是那时候遇到一个舞蹈老师，可能也会说她适合跳舞。这具承载着苦难的身体，或许同时蕴藏着某种天赋。但是天赋不重要，对有些人来说，一生中没有任何一个时刻，会有人坐下来讨论一下他们的天赋。许妍想起大三的时候，她得到了去电视台实习的机会，后来被留下了，那个频道的主任对她说，我并不觉得你很有当主持人的天赋，知道为什么选你吗？因为你身上有股劲，想从人堆里跳起来，够到高处的东西。

许妍握着乔琳的手，坐下来。她感觉自己在靠它取暖。但屋子里很热，地板也是热的，一点都不像十二月。她说，我答应你，我会去问问沈皓明。具体怎么说，我要想一想。我这么做不是为了爸妈，只是为了你，你明白吗？许妍攥了一下她的手说，给我一些时间好吗？乔琳点了点头。

十点过后，沈皓明打来电话。他说你猜怎么着，礼物拿错了，给你表姐的那袋才是给任国栋女儿的裙子。许妍夹着手机打开纸袋，解掉奶油色的缎带。那件缀满珍珠的小礼服折叠着，静静地躺在盒子里。要我现在送过去吗？她问。不用，沈皓明说，反正给你表姐买的礼盒任国栋女儿也能用。我打赌你表姐生女儿，他在电话那边笑起来，我买的裙子肯定能派上用场。

五

从北京回去不到一个月，乔琳就生下了一个女儿。比预产期早了一个多月，但是孩子很健康。她发过来几张照片，小小的一团，手脚却很长。沈皓明看了两眼说，跟你长得有点像。

那个月许妍很忙。台里在筹备一个新节目，过年的时候开播。每天连着录十来个小时，一段话反复说。这期间她去过沈皓明家一次，沈金松没在，只有于岚和几个太太在打麻将。许妍替了几圈，输掉六千块。临走时于岚说，咱们过年再打。许妍想这倒是个讨于岚开心的法子，于是她说服沈皓明过年不去苏梅岛，而是留下陪他爸妈。到时没准儿还能在家宴上遇到高叔叔。

许妍接到电话的时候是傍晚。还有三天就过年了，下午她和沈皓明去买了一堆烟花。回来的路上有点下雨，据说到了后半夜会转成雪，气温降十度。此前一些天北京都很暖和，让人有一种春天来了的错觉。

手机响了，跳动着一个陌生的号码，当时她正站在沈皓明家的花房里，指挥保姆把兰花搬到屋里去。沈皓辰也被喊来帮忙，许妍觉得让他干点体力活儿有好处，至少没那么多时间胡思乱想。他撇了撇嘴说，这些花可真丑。她双手叉腰看着他，你觉得什么花好看？假花，他回答。她让沈皓辰把面前这一盆搬到客厅，然后接起了电话。

是她妈妈。在那边大声号哭，告诉她乔琳自杀了，晚上一个人出门，跳进了城边的那条河。还在抢救吗？还在抢救吗？她连着问了好几遍。她妈妈说是昨天的事，人已经没了。许妍挂断了电话。

周围一片寂静。她搓了搓手上的泥巴，搬起一盆兰花往外走。天气湿漉漉的，好像已经下雪了，仿佛有些凉飕飕的东西，带着爪子，紧紧地揪住了她的头皮。她伸出手，想触碰到空中的雪花。"砰"的一声，花盆跌落在地上。瓷片在地上打转。嗡嗡，嗡嗡。

沈皓辰走过来，看着她脚边的花盆。哈哈，他有点得意地说，假花就不会摔得稀巴烂。走开，她冲着他喊，蹲下把兰花从碎瓷片里捡起来。沈皓辰吓坏了，站在那里没有动。许妍敛起兰花磕了磕土，抱着它们走了。

她把花放在旁边的座位上，将车驶出了别墅区的大门。窗外是呼啸的大风，雪花如同决绝的蛾，砸在挡风玻璃上。她紧握方向盘，浑身发抖。泪水在眼眶里转悠，她蹙着眉头，盯着前面的路。为什么乔琳要这样做？她感到很愤怒，在北京的最后一个晚上，她不是答应得好好的，回去等着她的消息？她为什么就不能等一等呢？

车子冲下高速，擦着一辆卡车开过去，横冲直撞地拐了几个弯，在一片空旷的停车场停住。她狠狠地砸着方向盘，喇叭发出尖锐的鸣响，她不是说会想办法的吗，为什么不相信她呢？她靠在椅背上，大声哭起来。

手机在旁边座椅上响了好几遍，是沈皓明。她坐在黑暗里，等屏幕最终暗下去的时候，才对着它喃喃地说，我姐姐死了。

她没有回去参加追悼会。

除夕夜下着小雪。她站在院子门口，看沈皓明点着了烟花。她仰起头，望着光焰绽放、坠落。天空又黑了下去。几片雪落在她的脸上。

她给家里打了个电话。她妈妈一直在哭，不停地说，乔琳为什么那么狠心抛下我们？那边传来婴儿的啼哭声，还有她爸爸的咒骂声，盆碗掉在地上，发出叮叮当当的响声。她妈妈问，你到底什么时候回来啊？这好像是她第一次对许妍表达需要。再过几天吧，她回答。你永远都别回来！她爸爸吼了一声，电话挂断了。

许妍一直没有回泰安。她心里有股怒气无法消退。她觉得乔琳不理解她，不相信她，甚至根本不希望她过得好。她这么做是为了让她永远感到内疚。在很长一段时间里，这股怒气有效地抑制了悲伤，使她可以正常入睡。

四月的一天，她去沈皓明家吃晚饭。那天只有他们自己家的人，吃了从巴黎运回来的生蚝和新西兰螯虾。于岚抱怨生蚝没有上次的新鲜。你下个月不就去巴黎了吗？沈金松拿着遥控器换台，屏幕上出现了一个穿白色西装的女主持人。她看了一眼手中的稿子，抬起头来：

"一九八八年，在泰安的一家医院里，患有风湿性心脏病的王亚珍生下了第二个女儿。她没有一丝做母亲的喜悦，只是感到很恐慌。在她的身旁，那个只有三斤八两的女婴睁开眼睛，好奇地打量着这个世界。那一刻她是否知道，这个世界等待她的不是温暖的祝福，而是冷酷的责罚呢？手术室的门外，乔建斌坐在长椅上，一夜没有合过眼。在经历了辗转于计生委和医院之间的几个月后，他已经疲倦不堪。然而他们家的厄运才刚刚开始……"

许妍盯着屏幕，一只手攥着毛衣领口，感觉自己就快要窒息。

这个《聚焦时刻》有时候还能看看，沈金松说。于岚说，有什么可看的，不是钉子户就是超生。妈妈，妈妈，沈皓辰说，我算超生的吗？于岚说，宝贝，生了你，加拿大政府还给我奖励呢。

"……记者来到乔建斌家。乔建斌被开除以后，全家人就以这家诊所维持生计。现在门口依然挂着'平安'诊所的招牌，但是已经好几年没有来过一个病人了。一楼的诊断床上堆满了各种保健药。有的早已过了保质期，王亚珍就留给家里人吃。她拿起一瓶药给记者看，这个是帮助睡觉的，我大女儿老睡不着，我就让她吃……在过去二十多年里，乔建斌和王亚珍一直通过各种途径寻求帮助，希望单位能恢复乔建斌的工作……"

镜头掠过他们家。角落里的蜘蛛网，桌子上油腻的桌布，泛着黄渍的马桶，最后停在墙上的照片上。那是一张他们全家的合影，可能也是唯一一张。当时许妍四五岁，站在最右边，乔琳的手搭在她的肩膀上。

许妍感觉所有人的目光好像都朝这边涌过来。她几乎就要从座位上弹起来，冲出房间。

随后，主持人讲述了这些年乔建斌家的生活，也讲到那个超生的小女儿，因为早产和用药的原因导致不孕。但她的去向并没有提及。也没有提到乔琳的女儿，只是说乔琳这些年，一直在为这件事奔波，导致恋爱失败，也失掉了工作。两个多月前，有天晚上她像往常一样，哄孩子睡了觉，然后离开家走到河边，跳了下去。

画面切回演播室。女主持人说："就在自杀的前一天，乔琳还给本节目的编导发过一条短信。在短信里，她这样说：'陈老师，我恳求您给我们做一期节目。这不是我们一家人的问题，很多家庭都有类似的遭遇。我相信节目播出以后，一定会引起很大的反响。如果还需要什么材料，您随时找我。给您拜个早年！'"主持人垂下眼睛，停顿了几秒，"我们将这期迟到的节目献给乔琳，希望她能安息。同时，我们也希望热心的律师朋友能跟乔建斌一家联系，帮助他们走出困境。感谢您的收看，我们下期再见……"

沈皓明气呼呼地说，这也太操蛋了。于岚看了他一眼，你想干吗？这种案子又不是你管的。沈皓明说，我可以去问问我同学，说不定有人愿意接。沈金松说，犯不着打官司，这种事找对了人，就是一句话的事。于岚说，有捐款电话吗？直接给他们打点钱过去就是了。

保姆端上水果。电视里已经在播连续剧，但许妍不敢去看屏幕，仿佛先前的画面下一秒就会再跳出来。她缩着肩膀，低头盯着面前的盘子，直到听到沈皓明说，我们走吧，才站了起来，跟随他走出大门。她抱着自己的包坐进车里，身体一直在发抖。你的外套呢？沈皓明问。她才发现忘记穿了，别回去拿了，她几乎用哀求的语气说。车子停了，她走下来，发觉自己在一个空旷的院子里，周围都是深红色的砖墙。她打了个寒战，问这是哪里。沈皓明说，苏寒有个生日派对，我不是跟你说了吗？

屋子里很吵，拼起来的长桌两边坐满了人。除了苏寒，她一个都不认识。沈皓明挨个儿介绍，她一直点头，却记不住任何一个名字。这是方蕾，沈皓明指着右边的女孩说，她跟我在英国一个学校，也读法律，算是我学妹。女孩笑了，你没念几天就转走了，也好意思自称是学长？沈皓明说，嘿，学校的校友录里可是有我。女孩耸耸眉毛，那是为了让你捐钱好吗？沈皓明笑起来。许妍也跟着笑了一下。笑意在她的脸上一点点消失，泪水突然涌出来。

乔琳拉着她的手往山上走。许妍说，快下雨了，回去吧。乔琳说，你要去北京了，我得给你求个护身符。许妍说，可是摆摊的都回去了啊。乔琳说，再往上走走看嘛。

大雨降下，她们跑进一座庙里。两人抖着身上的雨水，乔琳长头发上的水珠溅在许妍的脸上，她咯咯笑起来。许妍说，严肃点，菩萨会生气的。乔琳收住笑，环视了一圈大殿，低声问，这个庙是求什么的啊？

许妍支起手肘，托住腮悄悄抹去眼泪。沈皓明正在问那个叫方蕾的女孩，你什么时候搬回来的？方蕾耸耸眉毛，你怎么知道我搬回来了呢，我看起来不像是回来度假的吗？沈皓明摇了摇头，我才不信你在英国待得下去呢。

她们并排站在大殿中央。菩萨的脖子伸进黑暗里，看不见脸，但许妍能感觉到，有一簇白光从上面照下来。

乔琳小声问，你说那么多人来求她，她能帮得过来吗？许妍说，只帮她喜欢的人吧。乔琳笑着说，那她肯定喜欢我。当时我一直盼着妈妈能把你生下来。而且我还说，想要个妹妹。你瞧，菩萨就把你给我了。许妍说，当时你才两岁，就知道求菩萨了？乔琳说，我说不出来，但心里想的东西，菩萨一定能知道。许妍说，你要是知道后来发生的事，当初就不会那么希望了。乔琳说，我还是会那么希望的。我从来都没觉得不该有你，真的，一刹那都没有，我只是经常在心里想，要是我们能合成一个人就好了。她握住了许妍的手。她的手心很烫，仿佛有股热量流出来。

给我们拍张照片好吗？许妍听到有人在喊自己。是苏寒，她正站在方蕾和沈皓明的身后。许妍接过手机。苏寒笑着问沈皓明，还记得吗，那阵子每个周末我们三个都开车到郊外 BBQ。后来过了一个暑假，回来大家都变得很忙，就没有再聚。也可能你们两个聚了，没有叫我。方蕾斜了她一眼，你说对了，我们在瞒着你谈恋爱。沈皓明点点头，后来她把我踹了，我伤心欲绝，就回国了。苏寒笑起来，小心你女朋友当真，回头跟你吵架。沈皓明说，她才不会呢。

大殿里飘过几丝凉飔的风，雨好像停了，有个人靠在门边看着她们。那人穿着一件破袄，逆光里看不到脚，还以为是坐着，后来才发现，脚被袄盖住了，他是个矮人，很老，布满皱纹的脸像一团揉搓起来的废报纸。她们往外走，他在一旁开口说，你们想知道自己的命运吗？她们对望了一眼，没停下脚步。他说，不收钱，我就当给自己解闷。

他走到她们跟前，仰起脸盯着乔琳说，你早运不顺，有一些坎儿，三十岁以后越来越好。乔琳问，怎么个好法？他回答，儿孙满堂，有人送终。乔琳笑起来，有人送终就算好吗？矮人没回答，把头转向许妍，你啊，想要什么东西，都得跟别人去争。许妍问，那最后能争赢吗？他摇了摇头，说我不知道。许妍问，你也有不知道的事啊？他说，有一些。

苏寒用手指戳了戳沈皓明说，你可得劝劝方蕾，她现在是个愤怒少女，什么都看不惯，整天批判社会。沈皓明说，这叫回国综合征，过一段就好了。方蕾问，就像你吗，坦坦荡荡地做着你的沈家大少爷？沈皓明有点激动地说，别把我想得那么麻木不仁好吗？我一直都想做点事啊……

然后他讲起出门前看的电视节目来：有对夫妻意外怀了二胎，按规定应该打掉，忘了为什么拖了好几个月，反正不是他们自己的责任，七个月才去引产，孩子生下来竟然活着……苏寒感慨道，命可真大。沈皓明说，可是这算超生，男的丢了工作……讲到乔琳自杀的时候，方蕾摇头，这是我觉得最可悲的，因为上一辈的问题，子女的一生都毁了。苏寒说，这个故事有意思的地方是，合法生的姐姐死了，不合法出生的妹妹倒是活下来了。现在他们不就只有一个孩子了吗，还算超生吗？

许妍离开座位，走进洗手间，反锁上门。

乔琳不是不相信她，而是对世界不抱什么希望了。许妍记得乔琳最后一次打来电话，是一天清晨。她说，我今天出月子了。许妍问，你的奶够吃吗，现在能睡着觉吗？乔琳没有回答，只是说，都挺好的，我就是跟你说一声，你去忙吧。她的声音淡淡的，没有高兴，也没有悲伤，只是有种解脱的感觉。她好像一直在等这一天。等孩子出生，等她过了满月……她那么迫切地希望解决爸妈的事，不是期盼能过什么新生活，只是希望有一个让自己心安一点的结果。如果没有，她也不能再等了。她已经松开了双手。

外面的人在不耐烦地敲门。许妍拧开水龙头，把脸伸到水柱底下。外面的声音消失了。好像沉入了河中，耳边只有汩汩的水声。我就是想来看看你，乔琳转过脸来笑着说。那双有点发红的眼睛在黑沉沉的水底望着她。然后熄灭了。

许妍回到座位上，跟沈皓明说自己可能着凉了，想先回去。沈皓明说，我们一起走吧。在车上，他说，方蕾听我讲了新闻里的那个事，也挺来气，说她有几个从国外回来的律师朋友，没准儿有谁愿意接。我回头再给高叔叔打个电话，让他跟泰安那边的人说一下。这事反响很大，不解决一下，他们也难交代。许妍怔怔地望着他，这是乔琳拿命换来的，她想，眼泪掉下来。沈皓明很惊讶，这是怎么了？他抓住许妍的手，你不会是当真了吧，以为我和方蕾谈过恋爱？我们在开玩笑啊。许妍摇头，没有，没有，我只是有点感动，你心肠真的很好，她望着沈皓明，伸过手去，摸了摸他的脸颊。他拿下巴蹭了蹭她的手心，笑着说，我忘刮胡子了。

六

五月初，许妍回了一次泰安。学校已经给乔建斌恢复了工作，按照退休教师的待遇发工资。据说那期《聚焦时刻》惊动了北京的大人物，出面打了电话。但是乔建斌和王亚珍对结果并不满意，因为赔偿金的事没有落实。他们还在继续上访。

自从节目播出以后，他们接受了不少采访。乔建斌的口才练得越来越好，见到摄像机镜头，眼睛就放光。他有些得意地告诉许妍，那些记者都挺佩服他的，觉得这个社会就缺他这种有点轴的人。王亚珍开了个微博，在上面写这些年他们家的遭遇，被几个有名的记者和学者转发了，很多人在下面留言。王亚珍每条留言都会回复，谈得来的，还加了QQ。

这些外界的关注使他们一天到晚都很忙碌，暂时缓解了丧女之痛。但是一旦他们回到眼前的生活，意识到乔琳永远不在了，情绪就会再度崩溃。家里的灯坏了，没有人修。冰箱里臭烘烘的，还放着乔琳买的蛋糕和酸奶。桌上的婴儿奶粉敞着盖子，已经结成了疙瘩。一到天黑，蟑螂就变得猖狂，在桌子上到处爬。于是王亚珍又哭起来。乔建斌的情绪比较两极。有时候安静地坐在那里，对着桌上的酒瓶发呆。有时候暴跳如雷，大骂乔琳没良心，白白把她养到那么大。王亚珍哭完了，就在那台陈旧的电脑前坐下，开始写微博：

"你们不知道我的大女儿有多好，长得漂亮又懂事，性格活泼，所有的人都喜欢她。我难过的时候，她总是安慰我说，妈妈，都会过去的。这个世界上没有过不去的事……"

她写着写着又哭了起来。许妍走过去坐在她的旁边。她转过身，搂住了许妍。许妍轻轻拍着她的背，让她安静下来。电脑发出叮一声，王亚珍从许妍的怀里坐起来，抹了一把眼泪，有人回复我了，她说着，连忙握住鼠标点击了两下。

回来的最初两天，许妍住在附近的旅馆里。第三天晚上，乔琳的孩子有点发烧，她留下来照看她，睡在了乔琳的床上。枕巾没有换过，上面还有乔琳没带走的香波的气味。许妍枕着它，想起小时候的愿望，从未被她承认过的愿望，那就是她可以睡在这张床上，不，不是和乔琳一起，而是她自己。这个破烂不堪的家，对她有一种吸引力，她渴望自己能作为一个合法的女儿，住在这幢房子里。在漫长的童年和青春期，她见过不少优秀的女孩，富有的、美丽的、聪明的，可是她一点也不想成为她们。她只想成为乔琳。她想取代她，占有她所拥有的东西。即便那些东西包含痛苦和不幸，也没有关系。因为她觉得那是本来应该属于自己的东西。如果没有乔琳……她无数次这样想。小时候她和乔琳站在河边，一样的太阳照着她们，可是她感觉到乔琳在阳光里，而自己在阴影里。如果没有乔琳……她可以向右挪两步，走到阳光底下。

小时候的愿望是如此真挚和恐怖，一直被她揣在心里，缓缓向外界释放着毒素。很多年后，它实现了。乔琳不在了。现在她睡在乔琳的床上，作为爸妈唯一的女儿。许妍把脸埋在枕巾里，失声痛哭。她可以撤销那个愿望吗，这一切是否会有所不同？乔琳会幸福一点吗，而她是不是能长成另外一个人？乔琳不在了，她并不能走到阳光底下。她将永远留在阴影里。

婴儿发出响亮的啼哭声。许妍抱起了她。黑暗中，孩子皎洁的脸上没有泪痕，也没有难过的表情，好像先前发出的哭声只是为了把许妍从痛苦里拉出来。她静静地看着许妍。小巧的眼仁里像是蓄满了宽广的海水。许妍想对着它忏悔，但更想把所有的祝福都给它的主人。如果她的祝福也像她童年的愿望一样有法力，她希望她能得到自己和乔琳永远无法得到的幸福。

许妍从于一鸣身旁醒来，时间是凌晨三点钟。旅馆的窗户关不严，寒风钻进来。立冬了，北京很冷。许妍约于一鸣吃了晚饭，然后又去喝酒。快结束的时候，乔琳忽然在他们的谈话中消失了。许妍记得于一鸣怔怔地望着自己。随后的记忆一片模糊。许妍不记得自己说了什么，于一鸣说了什么，他们有没有接吻。她好像有点疼，也可能没有，只是她觉得自己应该有点疼。

　　她把于一鸣叫醒了。他从床上翻下来，抓起地上的衣服。女朋友还在家里等他，喝醉之前他就强调过这一点。他一边穿衣服，一边对许妍说，我知道是因为你刚来北京，有点想家，过些日子就好了。

　　走到门口，许妍喊住了他，拿起背包伸手进去摸索。他问怎么了，许妍说，乔琳有个东西让我带给你。他站在那里等了一会儿，她还是没有找到。他说，我真得走了，以后再说吧，然后拉开门走了。

　　那支钢笔一直放在书包的隔层里，许妍前两回见于一鸣总是忘记给。也许是想有个和他再见面的理由。但是现在，她非常想把那支笔给他。她打开灯，把包里的东西倒在地上。

　　乔琳的孩子特别安静。在度过最初那段离开母亲的日子之后，她很快适应了新生活。每次喝完奶就睡着了，醒来只是轻轻哭几声，然后安静地等着。许妍抱起她的时候，孩子把头贴在她的胸口，好像在听她的心跳，脸上露出一丝微笑。每次放下她，她都会嘤嘤地发出两声，许妍心里一紧，又把她抱了起来。

外面已经很暖和，她抱着孩子走到太阳底下。槐花开了，地上落了厚厚的一层花瓣，被风吹着，散了又拢到一起。她走到河边，在石阶上坐下，想让孩子睡一会儿。但是孩子不睡，和她一起注视着面前的河。你闻到你妈妈的味道了吗？她问孩子。孩子笑起来。

孩子叫乔洛琪，名字是乔琳取的，但是好像没有人记得她的名字，爸妈都管她叫孩子。乔琳的孩子。他们好像仍把她看作是乔琳的一部分。她的圆眼睛和乔琳很像。有时候望着它们，许妍会有一种想和乔琳说话的渴望。但她不知道该说什么，她想说的乔琳应该都知道。现在乔琳知道世界上所有的事。知道许妍回来了，知道她和孩子在一起，知道她很想念她。

离开的那天清晨，许妍又抱着孩子出去散步。路过火车站，她对孩子说，这里面有火车，呜呜呜，汽笛拉响，然后哐当哐当开走了。以后等你长大了，坐着它去找我，好不好？孩子没有笑，静静地看着她。她心里一紧，攥住了孩子的手。她无法想象孩子如何在那样一个破败的家里长大。

回到家，许妍把晾在门口的婴儿衣服叠起来，放在柜子里。她看到了那个纸盒，压在柜子最底下，露出一个角。打开盒子，那件白色连衣裙和她记忆里的不一样，塔夫绸没有那么硬，荷叶边也没有那么复杂。她给孩子穿上，把她抱到窗口。阳光照在孩子胸前的那些小珍珠上，像雀跃的音符。你知道你很漂亮吗？她小声对孩子说。孩子软软地趴在她的肩上，用脸蛋蹭着她的脖子。

许妍坐在火车上，听到鸣笛声一阵心悸。她合上眼睛，想睡一会儿，但是耳边都是嗡嗡的噪声。她心烦意乱地拧开水，咕咚咕咚喝下去，然后盯着窗外飞快掠过的树和房屋。她一点点安静下来，并且做了个决定。回去以后，她要把所有的事都告诉沈皓明。他早晚有一天会知道的。她想跟他商量，等孩子大一些，把她接到北京住。要是有可能，她想收养她。

司机在车站等她，接她去吃晚饭。沈皓明订了一间日本餐厅。刚谈恋爱的时候，他们来过一回，从榻榻米包间的玻璃窗望出去，能看到小小的日式园林，但是现在天色太晚，覆盖着青苔的石头都变黑了。喝点酒吧，她跟沈皓明说。我正想说呢，沈皓明拿起酒单翻看。

清酒端上来，盛在圆肚子的蓝色玻璃瓶里。她和沈皓明碰了一下杯子。沈皓明问，片子什么时候播？她怔了一下。沈皓明说，这次出差拍的片子。她说，哦，下个月吧，还不知道剪出来什么样。然后她问沈皓明，你妈妈去巴黎了吗？沈皓明说，没呢，下周走，她们非要坐徐叔叔的私人飞机。许妍说，挺好，她们四个可以在飞机上打麻将。沈皓明撇了撇嘴说，无聊透了。

窗外园林的轮廓被夜色吞噬，只剩下被灯光照亮的一角，石头发出幽绿的光。许妍喝了一杯酒，抬起头看着沈皓明说，你知道吗，我一直觉得你身上有很多可贵的品质……她笑了笑说，你知道我不擅长表达，可我真的觉得你特别善良，有正义感……沈皓明问，你干吗要说这个呢？她说，而且你对我很包容，我们的家庭情况不同，生活习惯也不一样，我身上肯定有很多地方让你不舒服……沈皓明打断她，别说这种话行吗？许妍又给自己倒了一杯酒，把发烫的脸贴在杯子上说，我十八岁来到北京，谁也不认识。课余时间我当家教、做导购、帮人主持婚礼，赚了钱给自己买衣服，去西餐厅吃饭。我就是想过体面一点的生活，你明白吗，我小时候家里什么都没有，连写字台也没有，要在窗台上写作业……我特别珍惜现在的生活，珍惜你，所以我一直……许妍哭了起来。沈皓明蹙着眉头望着她，她心里一凛，不知道怎么说下去。

服务员送进来甜点。两人默默吃着。沈皓明给她倒了酒，又把自己那杯添满。许妍喝了一口，鼓起勇气说，我表姐，冬天来北京的那个……沈皓明"啪"的一下把杯子放在桌上。许妍愣住了。他沉了沉肩膀说，我这两天，在方蕾那里过的夜，嗯，他又倒了一杯酒说，我本来想过几天再说，可是你把我说得那么好，让我很惭愧，我没打算瞒你，你知道我最讨厌骗人的。许妍茫然地点点头。她攥住酒壶，想再倒一杯酒，但始终没有把它拿起来。瓶壁上有很多细小的水滴，像一种痛苦的分泌物。她轻声问，你们俩的事是刚开始，还是已经结束了？沈皓明不说话，点了一支烟，白雾从他的指缝里升起来。许妍用手臂支撑着从榻榻米上站起来说，我先走了，等你想清楚了，告诉我你打算怎么办吧。

她拉开门向外走，沈皓明追出来，把外套披在她身上说，你又忘了穿大衣。然后他张开双臂拥抱了她。这是最后的告别吗？她一阵心悸，推开他跑到路边，拦下一辆出租车。

回到家，她发觉自己浑身滚烫，好像在发烧，就设了闹钟，吞了两片药躺下来。帮帮我，她在黑暗中说。外面天空发白的时候，她感觉乔琳来了，背坐在床边，扭过头来望着自己。她的目光并没有应许什么，却使许妍平静下来。

闹钟响了很多遍，她挣扎着坐起来，看了看另外半边床，很平整，没有坐过的痕迹。她洗澡，烤了两片面包。手机上跳出一条短信。她没有看，走过去拉开窗帘，外面下雨了。她把杏子酱涂在面包上，慢慢吃起来。吃完才拿起手机，点开短信。

沈皓明：我们还是分手吧，对不起。

她喝光杯子里的牛奶，拿起伞出门了。

请假十天，积压了很多工作，她一口气录了三期节目。中场休息的时候，编导进来跟她聊节目改版的事：活泼一点，别死气沉沉的行吗？要是收视率再这么低，节目就得停播了。许妍说，那我就去主持一档新闻节目。编导朗朗地笑起来，《聚焦时刻》那种吗？真没看出你身上还有社会责任感。

许妍换了一套衣服，坐在镜子前补妆。她问化妆师，你觉得我剪个短发怎么样？化妆师说，嗯，挺好。别再留齐刘海了，挡着额头影响运势。许妍笑了笑说，听你的。

回家的路上，许妍拐进一家美发店。从那里走出来，天已经黑了。夏天夜晚的风吹着脖子，很凉爽。她去便利店买了两个面包，然后往家走。路边有一家酒吧，或许是新开的。她朝里面张望了几下，有很温暖的灯光。她推开门走进去。

酒吧很小，只有一个男人趴在角落里的桌子上。她坐上吧台，点了一杯莫其托。角落里的那个男人走过来，要添一杯威士忌。是对面那个姓汤的邻居。他冲她点了点头，然后回到自己的座位。

店里放着喑哑的电子乐，像是有什么东西发霉了。喝完第三杯，她觉得自己应该醉一次。她从来没有试过，交过的几个男朋友都很爱喝酒，她必须保持清醒，好把他们送回家。有人在敲桌子。她抬起头来。店主面无表情地说，我要关门了，我女朋友在家等我呢。然后他走到角落里，把她的邻居叫醒，站在那里看着他把口袋里的钱摊在桌上，一张张地数着。

许妍坐在姥姥家门口。明天就要动身去北京，箱子已经装好，还有很多小时候的东西要处理。她把纸箱拖到外面，坐在门槛上慢慢挑。乔琳朝这边走过来，手里举着两个蛋筒冰激凌，融化的奶浆往下淌。她坐在许妍的旁边，把香草的那只递给她。

乔琳说，我买了支钢笔，你帮我送给于一鸣。她们默默吃着冰激凌。一个住在隔壁院子里的小男孩走过来。十来岁的样子，站在那里看着她们。乔琳指着冰激凌说，下回我给你买一个，好吗？男孩没说话，仍旧站在那里。地上散着从箱子里拿出来的乱七八糟的玩意儿。装风油精的瓶子、装雪花膏的铁皮盒子、一块毛边的碎花布……这些不称为玩具的玩具，曾是许妍童年最心爱的东西。乔琳说，雪花膏盒子好像是我给你的。许妍说，我拿纽扣跟你换的。什么纽扣？乔琳问。许妍说，那是我最喜欢的纽扣，你竟然不记得了。她把蛋筒塞进嘴里，起身进屋洗手，忽然听到背后发出"叮咣"一声响。

隔壁的小男孩从地上那堆东西里拿起一只风筝，转身就跑。乔琳对她说，走，我们把它抢回来！

男孩到了胡同口，转了个弯，朝大马路跑去。她们被一辆车拦住，落下了很远。但她们还在往前跑。乔琳脚踝上的链子发出丁零零的声响。她的长头发在风里散开了。许妍闻到香波的气味。小男孩消失在马路的尽头，但她们没有停下。头顶上翻卷着乌云。许妍恍惚发现这一会儿的工夫，把小时候整天走的那些街都走了一遍。如同是快进的电影画面，一帧帧飞过，停不下来。乔琳拉了她一下，伸手指了指天空。在天空的最远端，一只绿色的风筝，正在一点点升起来。

许妍停下来，和乔琳仰头望着天上。那只风筝垂着两条长长的尾巴，像只真正的燕子。它在大风里探了个身，掠过低处的黑云，又向上飞去。

　　许妍和她的邻居站在酒吧的屋檐下。邻居说，好像又下雨了。她笑着说，有什么关系呢？邻居说，我希望下雨，这样土能好挖一点。许妍晃了晃她的短发，你说什么？邻居说，我的狗死了，我等会儿去埋它。它现在在哪里？许妍哈哈笑起来，你不会把它冻在冰箱里了吧？邻居的脸抽搐了一下说，我真的不想回家，我们能再喝一杯吗？许妍说，好啊，我家里有酒。邻居问，你男朋友呢？许妍说，分手啦。邻居说，遗憾。对了，什么时候能尝尝你做的饭，经常在走廊里闻见，特别香。许妍说，也可能是外卖。邻居说，不是，周围所有的外卖我都吃过。许妍问，你没有女朋友吗？邻居说，我喜欢的都不喜欢我。许妍说，你肯定有很多怪癖。邻居想了想，喜欢在浴缸里泡澡的时候吃橙子算吗？

　　雨下大了，他们跑起来。许妍踩到一个大水洼，雨水溅了一身。她笑起来。来到屋檐底下，邻居抖了抖身上的雨水，转过头来问，对了，你的表姐怎么样了？她的孩子好吗？许妍不笑了，望着他。

　　他说，有天晚上我下来遛狗，拿着手电乱扫，结果忽然在灌木丛边看到一个女人，躺在那里跟死了似的。我刚想喊保安，她睁开了眼睛，说没事，我只是晕倒了。我想扶她起来，但她说想再躺一会儿。我也不好意思丢下她，就坐在旁边，陪她聊了一会儿天。许妍问，她都说什么了？邻居说，忘了……哦对，她说，我肚子里的小家伙好像很喜欢北京，不想离开这儿，我就跟他说，你很快会回来的，你以后会在这里长大的……嗯，你表姐还说，到时候别忘了带我的狗和她玩……

许妍哭起来。乔琳从未说过要把孩子托付给她。然而她却知道孩子会来北京的，大概是笃信自己和许妍之间的感情，并且因为她了解许妍是什么样的人，也许比许妍自己更了解，那颗在掩饰和伪装中裹缠了太多层、连自己都无法看清的心。

许妍看向天空，好让眼泪慢点掉下来。她点点头说，孩子很快会来的，跟你的狗一起玩……

邻居说，狗死了啊，我今晚要去埋它……

许妍喃喃地说，你不知道那孩子有多乖，一点都不吵，你一逗她，她就咯咯笑个不停，是个女孩，很漂亮，眼睛圆圆的，穿着白裙子，像个小公主……

邻居说，哦，那我再养一条狗吧……

雨声淹没了他的话。许妍站在屋檐底下，静静听着外面的雨。她不知道能否照顾好孩子，以后会不会为了前途想要抛弃她。她对自己完全没有把握。可是此刻，她能感觉到手心里的那股热量。有些改变正在她的身上发生，她的耐心比过去多了不少。也许，她想，现在她有机会做另外一个人了。

沼泽

－ 我循着火光而来 －

那女孩身上有一种悲剧性的东西。她席地坐在路边摆摊，卖着一些廉价的首饰。霉绿色的长裙，外面裹着栗红色的大披肩，头发上缀满了银饰和铃铛，一副浪迹天涯的打扮。首饰都是她自己做的，密匝匝地放在四方形的赭黄色毯子上。有一条系着红色项圈的土狗趴在旁边，啃着一个硬邦邦的肉包子。已经接近傍晚，太阳还是明晃晃的，她叼着一支烟，捻起蜡线穿过一颗琉璃珠。

　　那条街是大理最繁华的地方，开满了餐厅、咖啡馆和酒吧。路边有卖唱和给人画肖像的流浪艺人，还有许多像她那样摆摊的年轻孩子。可是她很不同。第一次从她身边经过的时候，美惠就用那双研读莎士比亚戏剧的眼睛捕捉到了她身上的悲剧性。那种悲剧性与境遇无关，也不涉及命运。

那天是除夕。街上都是游客。卖纪念品的商店挤满了人，咖啡馆的露天座找不到任何空位。小广场上，戴白族头饰的导游对着喇叭大喊，召集走散的团员。美惠被人群推搡着走了好几条街，终于看到一个僻静的巷子，就拐了进去。巷子深处有一座天主教堂，典型的白族建筑，雕花的飞檐，层叠的瓦片，矗立在上面的十字架显得很突兀。院子里很静，礼堂的门关着，美惠在门口的台阶上坐下来。她开始觉得这时候到大理来，可能不是一个明智的选择。现在只有等天色暗下来，街上的人应该会少一些。她摘下太阳眼镜，适应着强烈的日光。茶色镜片上映出她的脸。高颧骨、深凹的大眼、薄而分明的嘴唇，一副冷硬的面孔。应该化一点妆，她知道，那样会让自己看上去温柔一点。一个月前，她刚过完 40 岁的生日，那之后她连镜子都没有好好照过。她知道自己这两年老得很快。

过了一会儿，背后的门打开了，一个穿着黑色长袍的男人走出来。他说他是这里的牧师。

"你是不是有什么需要祷告的事？"

"不，没有。"她站起身来。

"我们这里也有客栈，房间很干净。"牧师说。

美惠摇了摇头，匆忙地离开了。从前在英国的时候，她信过上帝，把每日的祈祷当作一种预防疾病的维生素，最终却发现并无用处。

美惠选了一家做江浙菜的餐馆吃年夜饭。餐馆非常小，只有三张桌子，花瓶里插着马蹄莲，白色吊灯投下暖橘色的光。老板是一个五十多岁的女人，菜也是她自己烧的，戴着套袖，白色围裙看起来很干净。美惠点了面筋塞肉、红烧带鱼和冬菇菜心，还要了一壶黄酒。她往酒里加了两颗话梅，慢慢地喝着。外面开始响起鞭炮声，窗户被火光照亮，像一只瞪大的眼睛。酒精在体内散开，她感觉胃里很温暖。

邻桌是一对年轻的夫妇，带着一个小男孩。小男孩七八岁，用筷子敲着碗沿，嘴巴里发出各种怪声。他的存在令美惠稍微有些不安。果然，男孩吃了一会儿，就从座位上跳下来，在屋子里四处转悠。然后他走过来，站在桌子前面盯着美惠。他那种鄙夷的眼神一下刺痛了她。美惠放下筷子。

"走开！"她低声对男孩说。

男孩撇了撇嘴巴，转身走了。

小孩都很邪恶，而且最势利了，美惠早就见识过了。她妹妹的儿子就和这个男孩差不多大，去年过年的时候，他把一只死金鱼放在了她的大衣口袋里。"冬冬只是想和你做游戏。"她妹妹说。今年除夕原本也应该在妹妹家过的，快过年的时候美惠忽然改变了主意，买了一张机票飞到这里。妹妹不再是原来的妹妹了，自从生了那个可怕的儿子，整天的生活都是围着他转，变得越来越蠢了。她觉得妹妹真是可怜。当然，妹妹也认为她可怜。她知道妹夫家的那些人都觉得她很可怜。他们小心翼翼地询问着她的生活近况，在大谈别人幸福美满的家庭的时候，忽然想起她在场，然后偷偷地望她一眼。去年过完年的时候，妹妹终于鼓起勇气，提出了要帮她介绍男朋友的事。她说她一个人很好，自由自在，可以到处去旅行。

"因为我看起来孤独，冬冬就觉得应该和我'做游戏'是吗？"她问妹妹，"所以他才把死鱼放在我而不是别人的口袋里对吗？"

美惠看着餐馆的老板把面前的空碟子收走了。还剩下一点酒，她都倒在了杯子里。那个男孩正在追着餐馆里养的黄色大猫满屋子跑。她躲得了妹妹的小孩，却躲不了全世界的小孩。要是可以许一个来年的愿望，美惠真希望把这些小孩都发射到火星上去。

从餐馆里走出来，冷风扑在发烫的脸上。天空中布满了炸开的烟火。美惠沿着上坡的街道慢慢往回走。远处能看到淡淡的深蓝色山影，好像顺着这条路一直走，就能走到山的里面去似的。路上的餐馆都打烊了，只有几家酒吧还开着，门口闪着绿荧荧的灯光。路过一家音乐很吵的酒吧时，美惠看到一个女孩坐在门口的台阶上。是那个摆摊的女孩。她把一撮烟丝放在烟纸上，用舌头舔着烟纸的边缘。三个喝得醉醺醺的男人从酒吧里走出来，有个男人拍了拍女孩的肩膀：

"新年快乐！"

女孩无动于衷地点起了烟。

"新年快乐！"另外一个男人吹着口哨响应道。他们摇摇晃晃地走远了。

女孩捏着烟，深深地吸了一口，然后闭上眼睛。她仰起脖子，缓缓地松开嘴唇。她吐烟的样子，仿佛是把身体里的一部分交给了那团烟雾。美惠一直站在那里，看着她抽完那支烟，然后把手抄进风衣口袋里，转身向前走了。

她推开客栈的门，院子里很吵。几对住在那里的情侣围坐在石头桌子旁边，一边喝酒，一边玩牌，等着零点的到来。他们叫嚷着，要惩罚那个输了的人。一个胖女孩被他的男友横着抱起来。女孩发出"咯咯咯"的笑声。美惠绕过他们，走上了楼梯。有一团黑乎乎的东西伏在她房间的窗台上。是两只猫。一只正叠在另一只上面，拱着身体，发出呜呜噜噜的叫声。美惠从地上拣起一块小石头，恶狠狠地砸过去。春天还没有到，这些猫就发情了。

过了初六，游客渐渐都离开了，古城安静了许多。那几天，美惠几乎哪里都没有去，除了坐索道上过一次苍山顶。每天出门就能望见那座山，她想上去看一看。山上什么也没有，除了大片的积雪。非常冷，那些挂着雪的树看起来好像早就死去了，可它们还站在那里，毫无改变，因为时间也冻住了。美惠只待了一会儿，就坐上了下山的索道。她不喜欢爬山，但过去她爬过很多山。在过去很长的时间里，她的个人喜好并不是最重要的。

从索道走下来，她看到一群年轻人背着背篓，里面有好几个大塑料瓶，装着从山脚下灌满的山泉水。还有人手里拿着一把刚采的野花。美惠跟在后面，听他们谈论着骑单车环洱海、油菜花快要开了，以及今天天空中云彩的形状像什么。没有人说起汽油涨价、小孩上幼儿园或者各个国家的移民政策。一路上美惠呼吸着山上新鲜的空气，丝毫没有感觉到累。

她觉得自己也许可以试着在这里住下来。

她找到一家可以长租的客栈。白族的老房子改建的两层小楼，院子里有一棵很大的李子树，就要开花了。老板是三十出头的上海男人，辞去了外企的工作，卖掉房子搬来了这里。一年有很多时间都在外面旅行。后来可能开始担心坐吃山空，就租下了这个院子开客栈。客栈刚开张不久，连名字都没有。

"你觉得叫'翼'怎么样？"老板问她。

她的房间在二楼走廊的尽头，里外两间，各有一张大床。一个人住实在有些浪费。但那间在最里面，又有很好的采光。

春节之后是淡季，房间一时很难租出去。老板也不着急，忙着准备自己的东南亚旅行。他找来了一个帮他看店的伙计。那个男孩叫阿海，是本地的白族人，长得又高又壮。他的皮肤黑得可怕，老板第一次带他来是晚上，美惠在二楼看到他们从外面进来，好像老板和他的影子并排在走路。阿海住在一楼最外面的那个房间里，屋子小得只能放下一张单人床，也没有窗户，美惠怀疑那从前是用来养牲口或者放饲料的。

"有什么需要就和阿海讲。楼下的厨房可以随便用，有空的话带些朋友来玩，一起做饭吃。"老板来向美惠道别，"就把这里当成是自己家吧。"

不过，美惠还是很少走进那间厨房，只是用那里的冰箱储放牛奶和水果。她买了一只平底锅，因为有一天忽然很想吃蛋炒饭。但只用过一次，就搁在那里了。她曾经很爱做饭，可是现在对烹饪完全失去了兴趣。而且她也不想和阿海共用一只锅。有一天晚上她去冰箱放水果的时候，发现平底锅里有一些黑乎乎的土豆块，撒满了猩红色的辣椒面。阿海似乎很爱吃土豆，有两回美惠出门，在院子里碰到他端着一只大碗从厨房里出来，碗里都是大块的土豆。他总是穿着黑色 T 恤，分不清是不是同一件，靠得稍微近些就能闻到一股酸臭味。初春的天气还有些冷，但他始终穿着拖鞋，裤管卷到膝盖上，小腿上是一层密匝匝的毛，也许是长得黑的缘故，连汗毛看起来也格外黑些。他从来都不笑，也极少说话。和他讲话的时候，他脸上毫无表情。美惠简直怀疑他是一个从山林里跑出来的野人。那间小屋子好像是他藏身的山洞，只有吃饭时他才会短暂地出来一下，再就是临睡前会记得去关上大门。

美惠渐渐忽略掉他的存在。院子里总是很安静。李子树的花都开了，白色花瓣被风摇下来，像细细的雪。美惠把桌子搬到了树下，有时她会泡一壶茶，坐在那里看书。她随身带了几本小说，但看得很慢。书里的事情已经不能打动她了。

不过有一个好兆头是，她不再失眠了。她开始睡得很多，做很少的梦。

白天的阳光太猛烈，美惠通常等到傍晚才出门，找个咖啡馆坐一会儿。她早就戒掉了咖啡，去那里只是为了听听旁边的人讲话。咖啡馆都小得只有几张桌子，邻桌的人好像是在她的耳边讲话。她听他们谈论着哪里有一个合算的院子出租、去印度的特价机票，以及哪支著名的乐队本月会来大理演出。大多数资讯对她来说毫无用处。不过她的确也从他们那里知道了哪一家餐馆有广式的煲汤，哪里可以买到二手的英文书。有时咖啡馆里坐满了人，她就只在那些细窄的巷子里走一走。在那些从前的习惯里，散步可能是唯一保留下来的一个。

古城很小。走来走去都是那几条路。女孩摆摊的那条街她每天都会走。那里有一家很大的水果摊，可以让她买些青枣和山竹，还有一家不错的面包店，她有时会拿上一根小法棍当第二天的早餐。每次经过那个摆摊的女孩，美惠总是放慢脚步，远远地看着她。她的摊位前面总是围着大学生模样的女孩，拿起首饰在自己的身上比画着。她们叽叽喳喳的，美惠不愿意靠近。

有一天傍晚，美惠坐在咖啡馆里喝东西，就听到邻桌的两个女孩谈到了那个摆摊的女孩。

"初初去不了新疆了，她得继续在这里摆摊。"一个梳着齐刘海的女孩说。

"为什么？"她的朋友问。

"前阵子她因为严重贫血住院了，花了很多钱，医药费是别人帮忙垫的，得还上才能走。"

"她看起来挺壮的啊。"

"谁知道呢？"

"她那个男朋友呢？"

"她刚出院的时候就分了。因为那个男的和别的女孩上了床，这样的事据说也不是头一次了。"

"真看不出那个男的有什么好，唱歌的时候眯缝着眼睛，样子好猥琐。"

"初初喜欢啊，觉得他写的歌很有思想。你什么时候见过他啊？"

"不是有天晚上你带我去樱花酒吧的吗？初初也在，已经喝醉了。"

"哎哟，现在都没有人敢和她去酒吧了，她喝醉了还得把她拖回家。"

"所以呢，你打算一个人去新疆了？"

"我还是想有个人做伴。不过就算初初真的能去，我恐怕也得好好想想。她每天晚上都要喝酒，而且万一再贫血晕倒，我还得陪她去医院。"

"她可真是一个麻烦的人呀。没问你借钱吧？"

"没有，她应该知道我是肯定不会借给她的。"

她们又聊了一会儿别的，才结了账起身离开。大理摆摊的女孩那么多，可是美惠没有理由地知道，初初就是自己所看到的那个女孩。

第二天中午，天空开始下雨。美惠站在窗前，看着外面的李子树簌簌落下许多花瓣，像她每次梳头时掉落的大把头发，让人心慌。她拉上了窗帘。旅馆的房间很冷，美惠打开电热毯，一觉睡到了天黑。雨已经停了。美惠用冷水洗了脸，穿起外套出门。地上还是湿漉漉的，水洼漾着一小钵光，那个叫初初的女孩应该不会出来摆摊了吧，美惠想。但她还是不知不觉走上了那条街。

远远就看到了那个女孩。摊位四周围了一圈那种缠挂在圣诞树上的串灯。旁边多了一块硬纸壳牌子，上面用彩笔写着"手工首饰，旅行的记忆——尼泊尔—泰国—斯里兰卡—印度"。摊位前面没有人，女孩捧着一次性的纸碗，埋头吃着酸辣粉之类的东西。美惠慢慢地走过去。她迟疑了一下，蹲下身随便拣起一串手链。廉价的珠子歪歪扭扭地挤在一条绳子上，湖蓝配艳金，还缀着许多铃铛。她又拿起另外一条，青色珠串上缀着苗银的镂空吊坠和铃铛。

"那个是青金石。要贵一些。"女孩说。她的声音里掺杂着一部分没有变声的童音，有些沙哑，像个被锁在房间里的小女孩发出的嘶喊。美惠问了价钱，所谓的贵一些是一百块。

一辆自行车戛然停在摊位前面。

"初初！"坐在车上的年轻男人唤了一声。美惠没有猜错。

"还在摆摊啊，"那个男人说，"什么时候变得这么勤快了？"

"睡了一下午，醒过来没事干，就出来继续摆摊了。"初初揉了揉眼睛。

"又吃这种没营养的东西，你不是贫血吗？"男人暧昧地笑了笑，"去我那里，我做给你吃啊。"

"改天啦。你收摊了？"

"两条狗在家里等着呢。"男人用脚蹬了一下地，"先走了。"

"好的，记得帮我问租房子的事情啊，我很快就得搬出来了。"

"现在哪里有那么便宜的房间啊！"男人扬了扬手，踩着自行车咯吱咯吱地离去了。

女孩低下头，搅动着纸碗里的酸辣粉。那股油腻腻的酸辣味逸散出来，让美惠有些反胃。

"初初，你还在啊，我们先走啦。"一对情侣经过的时候热情地打招呼。

"我也快收摊了。"女孩说。

美惠匆忙地挑选了两条手链，反正她永远也不会戴。她很久没有买过首饰了。去年在马德里，她丢了那枚戒指。她记得很清楚是把它放在了旅馆房间的盥洗池旁边，可打扫卫生的女人坚持说没有看到。她用不流利的西班牙语向酒店经理描述着那枚戒指的样子，说不下去又改成英语，反反复复，直到落下眼泪来。从那时开始，每次旅行她都会丢一两件首饰。她等着它们全部从她的生活里消失，并且也不打算再添置。

美惠没有还价。她付了钱，站起身来，但没有立即离开。

"这些石头和珠子都是你从尼泊尔和印度带回来的吗？"美惠问。

"我没去过尼泊尔和印度。"女孩眨眨眼睛，"不过我要去的，只是一直没有办护照。"

"那你还写这个，"美惠指了指她身旁的牌子，"摆明是欺骗啊。"

"我卖得很便宜，撒的都是一百块以内的小谎。"

"那你为什么又要告诉我呢？"

"反正你都付钱了啊。"女孩捏了捏她的那只玫粉色的皮革钱包。

"可我本来还打算再买呢。"美惠一脸认真地说。

"我迟早会去的，我只是、只是暂时被困在这里了，"初初辩解道，"你多买一点，帮我攒够了旅行的钱，等我真的去了尼泊尔和印度，再从那里买些珠子和石头编成首饰还给你。"

"好吧。"美惠笑着说，"那我明天再来买一百块钱的小谎。"

"我再做些新的。"初初说，"你喜欢红色还是黑色？"

"少加几个铃铛怎么样？"美惠摇了摇她买下的那两串。

离开摊位，美惠一个人走去餐馆。初初说喜欢铃铛，是因为晚上一个人走路的时候，也会觉得好像很热闹。但美惠还是把两串手链攒在手心里。里面的珠子隔着铁皮轻轻地撞击着她的手心，发出微闷的声响。这一丁点热闹，对她来说就足够了。

那天以后，美惠每个下午都会到初初的摊位去，随便买一两件东西，和她说说话。初初总是跑到对面的小面馆去借一条板凳，让她陪自己坐一会儿。美惠起先有些不自在，不过很快就习惯了。有时候，她会想象自己真的是一个摆摊的人。

初初只有二十四岁，虽然长久的日晒和颠沛流离的生活使她看起来更老一些。要了解她很容易，她是那种什么话都和别人讲的人。出生在重庆附近的乡下，是长女，下面还有两个弟弟。因为孩子太多，不堪重负，五岁那年父母把她送给了一个远亲，没过几天那个人反悔了，又把她送了回去。据说是找人拆了八字，说她命里会克男性长辈。后来他们就把她寄养在奶奶家。奶奶很早就守寡了，在那里她没有人可以克。初中的时候她开始逃学。但成绩一直不错，最终还是考上了一所大学。家里给她的生活费，她通常很快就花完了。她开始不断离开学校，去附近的地方旅行。有时候只是想坐坐火车，到了目的地没有出火车站又折返回来。大四那年，她没有把家里给的学费交给学校。那些钱被用来买了一架相机和一张火车票，还有几件当时她觉得相当漂亮的衣服。学校没有发给她毕业证，可是她不在乎。毕业典礼那天，她已经到了云南。她开始一边打工，一边继续旅行。摆摊之前她在酒吧调酒。据说有时能调出"很销魂的酒"，有时则让人无法下咽。但后来离开的原因是她自己喝醉了，有人把吧台里的威士忌都偷走了。她开始摆摊，把批发来的珠子随心所欲地编成一件件首饰。有时很好看，有时丑得要死。"我需要灵感。"她说，她把它当作一项需要创造力的工作来做。也恋爱过几次，都是对方离她而去。

"我太需要自由了，所以他们才会无法忍受吧。"她自己说。至于那个在乐队唱歌的男友，她几乎只字未提。不过她那条名叫"小米渣"的土狗是他送给她的。她号称很爱它，却总想把它送给别人。因为她觉得自己快要离开大理了，虽然按照目前的赚钱速度，她至少要待到明年夏天。

不过，初初的生意的确不错。那些游客经过的时候，总是会不知不觉地停下脚步。不是因为那些首饰，而是出于对她的好奇。她总是穿着披披挂挂的长裙，颜色鲜艳到令人惊愕，手腕、脖子和头发上挂满了首饰，像是一个神秘的吉卜赛女人。经常有人会要求和她合影，她风尘仆仆的形象符合人们对于流浪的向往，是他们想要收存的旅行记忆。他们和她攀谈着，因为她是那种他们想在旅行中认识的人。她和他们很快成为朋友。等到她收摊，他们就请她去喝酒。他们需要仰赖她，才能找到隐藏在巷子深处的酒吧，喝上便宜又好喝的老挝啤酒，这让他们觉得不虚此行。而对于初初来说，只要有免费的啤酒喝就足够了。音乐很吵，大家不用说什么话，就只是喝酒，纵情地喝，一醉方休。

告别的时候，她的新朋友很伤感，有人搂着她的脖子哭，因为明天或者很快就要回到乏味的日常生活里去了。

那些人其实是在消费她，美惠心想。但她没有说。她知道要是她说了，初初一定会耸耸肩膀说："我不在乎。"她的可悲之处在于无知无畏。她什么都不知道害怕，那正是美惠喜欢她的地方。

美惠只和初初一起去过一次酒吧。那天初初坚持要请她吃饭，说是为了感谢之前她买过自己那么多首饰。她们去了初初常去的一家小餐馆。美惠让自己学着宽容，但还是忍不住掏出纸巾擦拭茶杯。菜都是辣的，用初初的话说，只有吃很辣的食物，才能感觉自己是活着的。走出餐馆的时候，初初忽然问她能不能陪自己去酒吧待一会儿。

"大鸣会在。今天是星期五。"初初轻声说。大鸣就是她那个搞乐队的男友。每个星期的这一天都会在樱花酒吧演出。有人告诉她，他就要离开大理，搬回西安了。所以她想再见他一面。

"我们就喝一杯好吗？"初初说，"喝完就走。"

她们点了啤酒，在酒吧最靠近舞台的位子上坐下来。初初握着酒瓶，和她面前的那瓶撞了一下。

"干杯！"她说，撩了撩额前的头发，"我看上去还行吗？"

"不错。"美惠说。

"我又胖了。我自己知道。"初初说，"他喜欢瘦的，身上的肋骨摸起来就像一把琴。"

一个光头的男人走上小小的半圆形舞台。不是初初要等的人。

"大鸣通常都要晚些才会上场。"初初说。

一小簇光打在光头歌手的脸上。深陷的眼窝，他已经不再年轻了。他深情地撩着吉他，唱起一首很老的粤语歌。酒吧里的年轻人面无表情地听了一会儿，就各自喝酒聊天了。只有美惠一个人在心里跟着哼唱。听歌是很容易出卖年龄的。旁边的人聊天声音越来越响，不断迸发出一阵阵笑声。唱完一首以后，光头歌手看着下面，似乎想等这一阵吵闹过去再开始唱。等了一会儿，情况并没有好转，他又拨起吉他，继续唱了。美惠一直仰着头看着那个歌手，她只是觉得，要是那个歌手能感觉到她的目光，也许就不会觉得太孤独。

"一到晚上就觉得手脚发冷。我得喝点烈的。"初初跑到吧台，点了一杯伏特加。光头歌手离开了舞台，但他喝了一杯酒，又重新回来了。

"唱点来劲的！"底下有人嚷道。但他一开口，又是一首舒缓的老歌。有人站起来走了。初初变得焦躁起来，很快把酒喝光了。

"再给我一杯，一样的！"初初拉住一个服务生，问他今晚还有没有别的歌手来演出。服务生摇了摇头，说他也不清楚。

服务生端着酒走回来。他站在那里，盯着初初从钱包里掏出钱来付账。他显然认定她已经喝醉了。

"钱不用找了，还要一杯。"初初看着美惠，"我请你喝。你平常都不喝酒吗？你难道就没有什么难过的事吗？"

"要是喝完了不用再醒过来我就喝。"美惠说。

初初摇晃着酒杯，用一只手拢起耳朵：

"你说什么？"

美惠摇了摇头。她在等演出结束，然后马上离开。她早就该走了。可她只是不想让光头歌手太难过。

服务生又回来了，手里捏着那张粉红色的钱。

"嘿，怎么回事？酒呢？"初初冲着他嚷道，"你可别告诉我酒全都卖光了！"

"酒还有。"服务生顿了顿，"不过这是一张假钱。你恐怕得换一张。"

初初翻腾着空空如也的钱包，摇了摇头：

"你只能要这张。我没有别的钱了。"

"可这张真的是假钱。在亮一点的地方就能看出来，都不用机器。"

"你的意思是就我一个人蠢，看不出来是吗？"初初从他手里接过那张钱，拿在眼前看着。"这是下午的两个姑娘给我的，"她对美惠说，"她们在我的摊子上待那么久，就是为了把这张假钱花出去。"她冷笑了一声，把那张钱揉搓成一团，攥在手心里，"要是陌生人就算了，可我们是认识的，去年在拉萨，我们住同一间青年旅社，还一起喝过酒。"初初转过脸来，迷茫地看着美惠，"这是为什么呢？"

"这很正常。"美惠说。

"你知道吗，"初初说，"和大鸣上床的女孩就是我的朋友。后来她还来向我道歉。我问她怎么有脸来。她说她觉得我会原谅她，因为我们是朋友。天哪，因为我们是朋友！"她"砰"的一下把酒杯摔在桌子上，"去他妈的朋友！"

"所以只有陌生人是最善良的，也是最安全的。"美惠苦涩地笑了一下。

"那些买了我首饰还请我喝酒的陌生人。"初初说，"我仰仗的全是他们的善良。"她挥着手臂说，好像在和那些不在眼前的人干杯。

"对不起。"服务生说，"你们可以先把钱付了吗？"

光头歌手终于唱完了最后一首歌。他收住声，怔怔地看着台下寥寥的观众，神情有些恍惚，仿佛刚从另外一个世界回来。

"谢谢。"他有点虚弱地说。

只有美惠一人鼓掌。走下台的时候，歌手转过脸来。他们看着彼此，短暂地、匆忙地笑了一下。也许这就是陌生人的善良吧。她回过头来时，初初已经不在她的座位上了。

"你说什么？他已经回西安了？"初初追着一个梳着鸡冠头的男人从后台走出来，"他是什么时候走的？"

"我真的不知道。"男人拉上夹克的拉锁，朝门口走去。

"那你怎么那么确定他回去了呢？"初初跌跌撞撞地追到门口。

男人停下脚步，看着她：

"你也可以再去他的住处找找看。"

男人要跨出门去，初初挡在了他前面：

"为什么呢？他为什么不等到星期五的演出完了再走？"她对着他嘶喊。

那个男人不安地望了望酒吧里的其他客人："每个星期都有星期五。他不能那么一直演下去，你说对吧？"

"可他至少应该再见我一面的啊……"

"他可能不这么想。"鸡冠头的男人轻轻地拨开她的身体，走出门去。

初初蹲在门口大哭起来。美惠走过去，拍了拍她的肩膀。

"好了，别哭了。要哭也等回到家再哭吧。"美惠抓住她的手，把她拉了起来，"当着那么多人的面，让人家幸灾乐祸地看笑话。"

"我只是想再看看他，这个要求过分吗？"初初号哭着，把脸埋在她的怀里。她感觉到女孩的眼泪穿过衣服，落在她的皮肤上。那些发烫的毒素轻轻地撞击着她。

"好了。会好的，一切都会好起来的。"美惠说。她的声音很小，小到只有自己能听到。

那天之后，初初的情绪一直很低落。摆摊的时候无精打采，游客忽然变得很少，生意糟糕得一塌糊涂。到了周末该交房租的时候，她连一半的钱也没有凑足。老板说，现在碰巧有人想租，所以她必须在两天之内搬走。

"我打算到洱海边上搭一顶帐篷，你说怎么样？"初初问美惠，"有很多情侣在那里搭帐篷，为了晚上看星星。"

美惠笑了笑。她沉默了一会儿，开口说：

"你可以先住在我那里。我那里有两个房间。不过我睡眠很差，所以你晚上不可以太晚回来。"

"告诉我，是天上的哪个神仙派你来的啊？"初初睁大眼睛，笑嘻嘻地看着她。

第二天，美惠很早就醒了。她把放在外面房间的行李箱拖进来，收起摊放在床上的衣服。她找来一只玻璃瓶，灌满水，把花瓶里的野花分出一半插进去，摆放在外屋的床头上。她拿出一块新毛巾，挂在洗手间的架子上。毛巾是天蓝色的，摸起来很柔软。她愿意多给那个可怜的女孩一些温暖。还有两张镶在木头框子里的小版画，绘着维多利亚时代的大摆裙和太阳帽，是她从布拉格的古董店买的。她粘上挂钩，把小画挂上去，退后几步打量着。屋子里顿时有了一点家的气氛。从前她喜欢在墙上挂照片，家里的客厅有一整面墙上都是，现在她却觉得还是画比较好。照片是太残忍的东西。

拾掇完屋子，她发觉自己出汗了，连脚心也是热的。很久没有做过家务了，几乎忘记了这种劳动之后的愉悦。时间还早，初初中午过后才会搬过来。她洗了一个澡，站在镜子前面吹干头发，又耐心地拔掉新长出来的白头发。她躺在床上看了一会儿书，手机在床头柜上闪动起来。是女友莉莉打来的电话。前几天就打来过几次，她都没有接。但她今天心情不错，只略微迟疑了一下，就按下接听键。

"你难道打算在那里定居了吗？"莉莉在那端嚷道。

"我只是想先住一段时间。"美惠说。

"Peter 去过，说那里就是一个县城，公共厕所都是露天的，晚上没有灯，很恐怖。"

"多住一些时候就会觉得不一样。"

"可能吧。噢，我想起来了，Peter 公司从前的一个员工在那里买了房子。要不要我打个电话给他啊，你可以去他家玩，吃个饭。他太太做的布朗尼特别好吃。"

"不用了。你不要打电话。"

"我只是希望你能有个人说说话，不至于总是一个人，那么孤单……"

"我现在很好。"

"在那里也交到几个朋友了吧？"

"嗯，有几个。"

"台湾人吗？要么就是上海人。好像这两个地方的人去得特别多。"

"莉莉，我得挂了，等会儿有朋友要来找我。"

"你要好好的，让自己快点好起来……"

挂断了电话，她走到窗前。院子里，阿海正拿着一把长柄剪刀给李子树剪枝。剪下来的长枝堆在地上，上面还带着几朵来不及凋谢的小花。

要是告诉莉莉，她交了初初这样的朋友，莉莉大概会昏过去吧。可是她不在乎。昨天晚上她还有些忐忑，担心自己做了错误的决定。现在却不再怀疑了。她从床边坐下来，感觉内心很平静。她不需要朋友，她要的只是一点陪伴，轻松的、没有伤害的陪伴。她能感觉到，自己正在慢慢好起来。况且初初的确可怜。这段痛苦的日子会很难挨，美惠知道，她也需要自己的陪伴。

下午三点过后，初初来了。她找了一辆三轮车运行李。两个女孩陪她一起过来，一个抱着一盆杜鹃，另一个牵着初初的那只土狗。她们都是住在她原来住的那家客栈里的。矮而丰满的女孩叫佳佳，瘦高的那个是敏子。

"好漂亮的院子啊。"敏子说，"我也想搬过来了。"

"别想！"佳佳把狗放到地上，"肯定比我们那里的贵得多。"

阿海闻声走出来。蹙着眉头看着她们从车上把纸箱卸下来。他站了一会儿，转身走回了房间。

"狗不是找到新主人了吗？"美惠看着那只狗撇着耳朵兴奋地在院子里绕圈。

"那个男孩抱走才一天，又反悔啦。小米渣的命和我可真像。"初初说，"可以让它先在这里住几天吗？"

"这得问问阿海。"美惠指了指最边上的那间小屋子。

"噢，好的，"初初说，"我等会儿就去和他说。"

美惠带着她们走上二楼，推开房门。

"初初你这是交了什么运气哪？"敏子在房间里兜了一圈，感慨道。初初咪咪地笑起来，摩挲着墙上的小画。

"哟，好多英文小说啊。"佳佳发现了立在桌子上的一排书，她抽出一本翻看着。

"美惠姐是研究英国文学的，在伦敦住过很多年呢。"初初说。

"我在这里的一个二手书店买的，"美惠说，"很便宜。"

佳佳把书放回去，又拿出另外一本："我想借两本回去看，可以吗？"

"你英语有那么好啊？"敏子凑过来，看着那本书。

"明年不是要去印度旅行吗，想多学一些。"佳佳说。

"这里有一本关于印度的小说，"美惠俯下身，扫视着那排书，"也没有太多复杂的语法。"

"小米渣又叫了，我下去看一看，顺便和那个阿海说一下。"初初说。

"美惠姐，伦敦美不美啊？"敏子问，"我常看那些街拍照片，特别喜欢英伦范儿的打扮。"

"挺美的，不过雨水很多。"美惠说。

"就因为这个回来啊？"敏子说，"要是我才舍不得呢。"

"这两年都在外面旅行。以后可能还会回去的吧。"美惠说。

"酷！"敏子拍手，"要是以后我到伦敦，就去找你玩。"

美惠能感觉到两个女孩很崇拜自己。而她也不讨厌她们。她们身上都有一种蒙昧的东西。

初初从外面跑进来，拖着长长的裙子，像一只风筝似的。

"厨房好大啊！"初初说，"美惠姐，我们大家晚上一起做饭吃好不好？喝点酒，算是庆祝一下。"

"你每天不都在庆祝吗？"佳佳咕哝道。

"我来做饭，你们什么都不用管。"初初说。

"天哪，"敏子说，"快把辣椒都藏起来！"

"对了，你和阿海说了吗？"美惠问。

"他很喜欢狗，小米渣正在他的屋子里玩呢。"初初笑着说。

美惠出去买了啤酒和水果。她走进院子，闻到一股辛辣的油烟气。初初正站在炉灶前炒菜。另外两个女孩在洗菜和剥蒜，美惠走进厨房又被推出来。她们让她只管等着吃就好了。

她在李子树下坐下来。厨房里传出哗啦哗啦的水声、毕毕剥剥的热油的声响，以及女孩们一阵阵的嬉笑。她静静地听着，感觉到脚底下的青石板在轻轻颤抖。

有些东西正在活过来。

晚餐是豆瓣鱼、荷兰豆炒腊肉、回锅肉、土豆炖鸡和青菜汤，还有满满一大盆麻辣小龙虾。

"每天不工作，还总吃大鱼大肉，真的很有罪恶感。"敏子把筷子分发给大家。

"慢慢就好了，"佳佳说，"我刚辞职那会儿也这么想。"

"大理真是失败者的天堂。"敏子说。

"一帮失恋、无业的女人。"佳佳说，她的目光落在美惠的身上，"美惠姐，你结婚了吗？"

"我丈夫去世了，两年前。"美惠说。

敏子放下筷子看着她。

"突发心脏病。"美惠说，"当时我们要到巴黎旅行，在希斯罗机场候机，他去买一份报纸，后来人们发现他倒在机场商店的门口。"

"老天！"佳佳轻声说。

"也是意料之中的事。"美惠说，"他比我大很多，二十五岁。"

"不过，现在总算都过去了，是吧？"初初说，"来，我们喝酒吧！"

她们碰了杯。啤酒太满了，沿着美惠的手背淌下来。丝丝冰凉的感觉，让人觉得夏天就要来了。现在，那些事情已经可以讲出来了。在她说出来的时候，她感觉它们像一只木筏被推远了。

"等天气热一些，我们就去洱海边喝酒。"初初说，"然后跳到水里游泳。"

"当心那里有沼泽。"敏子说。

"小心一点就是了。"初初说。

小屋子的门开了，阿海出来了，往厨房走去。他今天终于换了一件蓝色 T 恤，那只土狗跟在他的身后，摇着长满杂毛的尾巴。

"喂，喂，阿海！"初初对着他挥手，"过来和我们一起吃吧。"

阿海停下脚步，站在那里看着她们。他竟然朝这边走过来，美惠几乎有点不相信。初初从厨房搬出一只凳子，让他坐下。

"喝点酒吗？别客气。"初初说。

阿海点点头。他把手放在膝盖上，坐得笔直，让美惠想起拉法格广场的雕塑。他盯着桌上的菜看了很久，才拿起筷子，夹了两片土豆到自己的碗里。

"天哪，鱼根本没熟，"敏子拿筷子戳着鱼，"肉里还渗着血呢！"

"你们只吃熟了的嘛，把带血的留给我。我正好贫血。"初初说。

"他们说你住院其实是因为打胎。"佳佳看着初初，"哎，到底是不是啊？"

"有人要喝汤吗？"初初拿起汤勺，"汤是不辣的。"

美惠把碗递过去。那只土狗在蹭她的腿。它在桌子底下穿来穿去，仰起脸看着上面的人。

"过来！"初初吐出一块鸡骨头丢给它。

"不能给它吃那个，"阿海忽然开口说，"鸡翅膀上的细骨头能把胃扎破。"

初初看着他，抿嘴一笑：

"阿海，我才发现你是左撇子啊。"

天已经完全黑了。阿海走到门口，打开院子里的灯。李子树上的花在稠黄的灯光里变得苍白，看上去有些像假的。他们已经吃饱了，桌上的菜还剩下很多。红辣的油汤在碗里结成厚厚的一层，像母蟹子的黄。

"探索太空的时间到了！"初初拿出一个揉搓起来的纸巾团，小心翼翼地打开。

"不是都抽完了吗？"佳佳说。

"又问老陆要了一些。"初初捏起碎叶子放在烟纸上。

"美惠姐，你来一点吗？"佳佳问。

美惠摇了摇头。

"其实没什么的。只是稍微有点兴奋，然后就会想睡觉。"初初说。

"这是一种终极逃避，"美惠说，"实在没有地方可以去的人，才会躲进这种麻醉里去。"

"阿海，试试吗？"初初问。

"不要唆使未成年人。"佳佳说，"阿海还很小吧？"

"我二十二岁了。"阿海说，看着初初点燃了卷好的烟。

"还是个少年嘛。"敏子说，从初初手里接过烟，"我都快三十岁了！真不敢相信。"

佳佳把烟还给初初："要是有音乐就好了。"

"美惠姐，你的电脑可以放音乐吗？"初初问。

美惠回房间去取电脑。她从箱子里找出带来的 CD 包，翻看着里面的碟片。她选了一张迷幻电子乐，是从前常听的，稚嫩沙哑的女声，让她想起穿着泡泡袖连衣裙的夏天。这个夜晚，她渴望飞掠过漫长时光，回到少女时代。

她走下楼。只有佳佳和敏子坐在桌边。院子里静悄悄的。

"初初呢？"美惠把电脑放在桌子上。

佳佳神情诡异地指了指阿海住的小屋子。门关着，土狗趴在门前。

美惠简直不敢相信。

"你是说他们两个？"她的声音有些发抖。

"可不是嘛。"佳佳讪讪地笑着。

美惠坐下来。

"按哪个键播放啊？"敏子问。

"怎么会和阿海……"美惠还是无法相信。

"初初喜欢啊。"佳佳从皱巴巴的纸巾里撮起最后一点末子，放进烟纸里，"又高又壮，像匹种马。"

美惠想起阿海又黑又短的手指，还有那颗硕大的喉结，初初竟然和那样的男人做爱，她感觉到一阵恶心。她早该看出来初初就是那么随便的女孩，简直和妓女没什么分别。她开始后悔为什么好心收留她。想到还要和她共处一室，美惠浑身不自在，仿佛会因此染上什么病似的。

"音乐真好听。"敏子说，"美惠姐，这是一支英国乐队吗？"

"初初也真是耐不住，"佳佳伸长手臂够到了打火机，"打胎还没到一个月吧，这时候哪能做爱啊？"

美惠转过脸去，看着那扇门。她觉得自己听到了里面的动静。兽类般的性交的声音。门口的土狗忽然站起来，回过身去舔了舔自己的尾巴又趴下了。

"我能吸一口吗？"美惠看着佳佳手里的烟。

"刚才那首歌太美了，我要再听一遍。"敏子说。

"我够了，都给你吧，"佳佳说，"多吸几口，没准儿能飞起来。"

"美惠姐，这首歌叫什么名字啊？我得记下来。"敏子说。

那扇门突然打开了。初初走出来，身后跟着阿海。阿海赤裸着上身，黝黑的胸口淌着汗水，像涂了鬃油一样发亮。他牵起土狗，径直走进厨房。随即响起哗哗的水声。

"嘿，把音乐声开大一点怎么样？"初初说，朝这边走过来，"我想跳舞。"

美惠盯着她的脸。那应该是一张纵欲之后显得疲惫而憔悴的脸才对。可是她看到的却是酡红的腮颊、明亮的额头、蓄着笑意的眼睛、湿润的嘴唇，还有闪着蜂蜜色光芒的长发。那是一张熠熠发亮的脸，洋溢着幸福的神采。

不，这不可能。幸福怎么可能从一个养牲畜的房间里、从一个野人的身上得到呢？一把锋利的匕首刺穿了她的心。

美惠哆哆嗦嗦地把烟放进嘴里。她感觉到自己在一点点下坠。

她想起自己从机场围观人群的缝隙里看到的那双脚，穿着她上个月送给他的鞋子。百货公司的店员向她保证，那双鞋子结实得至少可以穿十年。十年，有多么漫长啊。她坐在救护车上，长鸣的笛声隔着玻璃窗震击着耳膜。他躺在旁边的担架上，她知道他已经死了。她认得那张脸，那是他死去后的样子，她好像在哪里见过。救护车在半路上停住了，前面发生了一起车祸。她真希望车子永远都不要再开动，永远不要到达医院，不要让他们宣布他的死亡。她想就这样坐在那个方形匣子里，一直坐着，永远不要再走出去。死神带走的东西远比一具躯体要多。她看见一把长柄剪刀，正沿着他的死亡把她的生活裁开。

葬礼那天下着雨。雨水让泥土变得很重。她记得它们落在棺木上的声音，好像能把什么东西惊醒似的。后来那声音总让她从梦中惊醒。他的前妻和两个孩子坐火车从诺里奇赶来。两个孩子都是男孩，大的那个和她差不多大，他们长得都不像父亲，这让她感觉有一点欣慰。"我们都很难过。"他的前妻说。一起吃饭的时候，他的前妻回忆起很多从前的事。在往事里，他是一个强壮的年轻男人，暑假的时候带着五六岁大的儿子去钓鱼和爬山，圣诞节的时候，他打扮成圣诞老人，可是演得很拙劣，而且把帽子戴反了。她静静地听着，忽然不可遏抑地嫉妒起来：他把最好的时光、旺盛的精力和热情给了从前的那个家，把疾病和死亡给了她。他把甜蜜的记忆给了前妻和孩子们，把痛苦留给了她。

她回到家，他们的家。花园的草长得很高了，但是丁香树却光秃秃的。邻居说，它应该是生病了，把那几条有病的枝子剪掉就好了。她用铁铲把整棵树从土里刨出来，扔到了门外。她听到病就害怕，也不能允许任何死亡的阴影留在家中。睡觉前她不再祈祷了。为了他的健康，她祈祷过很多年，显然神并没有听见。

在餐馆里，她开始听不懂侍应说的话，只能一脸茫然地望着对方。她变得很容易迷路，总是把伦敦的街道名字弄混。看电视的时候，她忽然怎么也想不起屏幕上那个英国王室的名字。

因为他的离开，她和这个国家不再有关系。

她四处旅行，花很多时间看古老的遗迹和博物馆，研究那些被死亡剪成碎片的东西。深夜时分，她躺在陌生旅馆的床上，转动着那枚结婚戒指，隔着死亡与他低声交谈。

"你怎么啦？"她听到旁边有个人问她。

她感觉到自己在一点点下坠。

她忘记自己已经多久没有做过爱了。她想起他最后一次把软腩腩的阴茎塞进她的身体里。他们都想有个孩子。她耐心地抚摩着他，却几乎担心那层皮会从骨头上捻起来。他像一只空瘪的口袋，里面已经没有种子了。他们在黑暗中缓慢地动着，像迷失了航线的船，像一摊不知道该往哪里流的水。她叫着，假装很快乐，可那有多痛啊，比失去童贞的第一次性交痛多了。然而现在连那种痛也已经永远地离开了她。她再也无法感觉到阴道和子宫的存在。它们跟着他一起死了。经期的时候，她洗着自己的血，闻到一股腐烂的动物尸体的味道。

她闭上了眼睛，眼泪顺着脸颊滑下来。

"你飞起来了吗？"在黑暗里，有人在她的耳边说。

家

裘洛

临行的前一天，裘洛醒得特别早。为了不破坏应有的节奏，她在床上躺了很久。直到时间差不多了，才套上睡裙，到客厅里打开音乐，走去窗边，按下按钮，电动窗帘一点点收拢，她眯起眼睛，看着外面红得有些肉麻的太阳。然后洗澡，用风筒吹干头发，煮咖啡，烤面包，到楼下取了当日的报纸，放在桌上。

做完这些事，她抬头看看墙上的钟，正是该叫醒井宇的时候。可到了卧室，竟发现井宇已经醒了，坐在床上发呆。

这个早晨，他的动作格外缓慢，已经过了平时出门的时间，却还坐在桌边看报纸，手中的咖啡只喝了一半。昨天，公司正式宣布了他升职的消息，或许因为经过那么久的努力终于如愿以偿，整个人忽然松弛下来。

　　她等这一天也等了好久。催了几次，井宇终于起身。出门前，说今晚同事要为他庆贺，叫她一起去，裘洛拒绝了，可是马上又有些后悔。看到或看不到他满面春风、志得意满的样子，都是一种难过。

　　送走井宇，她反锁上门，拖出空皮箱，开始收拾行李。只是拣了些最常穿的衣服，就已经太多。裘洛把衣服一件件拿出来，放回衣柜，心里不断提醒自己，她要过一种崭新的生活，所以这些旧衣服不应该带上。电吹风、卷发器、化妆品、唱片、书籍，她苛刻地筛选着陪她上路的每一件东西，放进去，又拿出来，忽然有一刻，觉得它们都没有什么价值。箱子顿时变得很空。猫一直在旁边看着，这时候忽然跳进箱子，坐在中央不肯出来。她不知道它这样做的意思，是不想让她走，还是想和她一起走。

　　她费了很大的气力，才捉住猫关进书房，再回来的时候，已经失去耐心，就将手边的衣服和化妆品胡乱地塞进去，还有一些较为频繁用到的药物和电器，随即合上箱子，再也不想多看一眼。她对装旅行箱尤其不擅，或许是很少出远门的缘故。她以前一直不喜欢旅行。旅行充满了约束，是一种受到限制的生活。不过，现在她的想法有所改变，更愿意称之为"有节制的生活"。她把沉甸甸的皮箱拖回阳台，又把那只落满尘土的鞋盒重新放在上面。除了那只正在书房里哀叫的猫，谁也不知道，皮箱里藏着她即将开始的"有节制的生活"。

距离超级市场开门还有半小时。她坐在沙发上，把那本读了一半的小说粗略地看完。寡淡的结尾，作者写到最后，大概也意识到这是一个多么虚伪的故事，顿时信心全无，只好匆匆收场。裘洛已经很久没看过令她觉得满意的结尾了，很多小说前面的部分，都有打动人的篇章，但好景不长，就变得迷惘和失去方向。她也知道，自己对那些作者太苛刻了，但她也是这样要求自己的，所以她没有当成小说家。少女时代曾有过的写作梦想，被她的苛刻扼杀了。

10点钟，她来到超级市场。黑色垃圾袋（50cm×60cm）、男士控油清爽沐浴露、去屑洗发水、艾草香皂、衣领清洗剂、替换袋装洗手液、三盒装抽取式纸巾、男士复合维生素、60瓦节能灯泡、A4打印纸、榛子曲奇饼干。结算之前，又拿起四板五号电池丢进购物车。

12点，干洗店，取回他的一件西装、三件衬衫。

十二点半，独自吃完一碗猪软骨拉面，赶去宠物商店，5公斤装挑嘴猫粮、妙鲜包10袋。问店主要了一张名片，上面写有地址和送货电话。在旁边的银行取钱，为电卡和煤气卡充值。

下午1点来到咖啡馆。喝完一杯浓缩咖啡，还是觉得困，伏在桌上睡着了。

快到 2 点钟的时候，袁媛才来，当然，随身带着她的小孩。她们搬到户外晒太阳，聊了不长的天，其间几次被小孩的哭闹打断。在袁媛抱起女儿，将她的小脸抵在自己的额头上，轻轻哄弄的时候，裘洛忽然产生一个古怪的念头：这个小女孩知道她妈妈的双眼皮是割的吗？当然不知道，她现在连眼皮长在什么部位都还不知道。裘洛想，这个世界从一开始就在说谎了，连母亲那双冲着你拼命微笑的眼睛，都可能是假的。

三点半，她们离开了咖啡馆。路上裘洛洗车、加油。她只是想，给井宇留下的生活，不能太空乏。到家的时候，钟点工小菊已经来了，正在擦地板。

"我们今天得大扫除。"裘洛一进门就说。

"要来客人？"小菊问。

"不来客人就不能大扫除吗？"裘洛反问道，小菊就不再吭声了。

还是第一次，她和小菊一起干活。拆洗窗帘，换床单。扔掉冰箱里将近一半过期和跑光味道的食物，淘汰四件衣服、三双再也不会穿的靴子，给猫修剪结球的长毛，整理堆放在阳台上的杂物。越干活越多，她这才知道家里有多么脏乱。小菊每天下午来打扫两个小时左右，现在看来，不过都是些表面功夫。裘洛忽然有些难过，觉得母亲从前的告诫很对，平时待小菊太好，把她惯坏了，变得越来越懒惰。

打扫完卫生，近 7 点。小菊因为无故延长了工时，有些闷闷不乐。裘洛觉得都是最后一天了，也不应当再计较，就把那些旧衣服和靴子送给小菊。她知道她其实很爱打扮，也一直喜欢这些衣服。小菊果然又高兴起来，见她在煮意大利面，主动过来帮忙。与她擦身的时候，裘洛又闻到了她身上的那股味道。小菊初来的时候，她简直有些受不了，是一种草的味道，是干硬的粮食的味道，是因为吃得不好、缺乏油水而散发出的穷困的味道。后来她在城里住得久了，这种味道也就渐渐退去。现在她闻到的，仿佛是最后的几缕，转眼消散在意大利面的奶油香气里。

小菊常看她煮，已经学会在锅里倒一点油，这样就不会让面粘成一团。小菊还在她这里学会做比萨、芝士蛋糕和曲奇饼干，也懂得如何烧咖啡、开红酒。裘洛不知道，这些花哨的技能，是否有一天，小菊真的能够派上用场。

原本要留小菊一起吃，可她还要赶去另外一家干活，说是已经来不及。裘洛一个人吃面，把剩下半罐肉酱都用上的缘故，面条咸稠，只吃下一小半。

她坐在那里发呆，想起下午忘记告诉袁媛，前两天她看了那部叫《谁害怕弗吉尼亚·伍尔夫》的电影。很久之前听袁媛说起过，袁媛说，拿不准片中那句屡次出现的台词"谁害怕弗吉尼亚·伍尔夫"有什么深意。裘洛看完后就在网上翻翻找找，终于弄清楚这句话是从著名歌谣"谁害怕大灰狼"谐音过来的。随即她又找出伍尔夫的文集来读，还对着扉页的作者像端详了很久。那张实在不能算漂亮的长脸上，有一双审判的眼睛，看得人心崩塌，对现在所身处的虚假生活供认不讳。她很想与袁媛讨论，甚至有立刻拨电话给她的念头。可是此刻袁媛大概正在陪女儿搭积木，或者是在训斥新来的第四任保姆，又或者是继续与婆婆争论上私立幼儿园还是公立幼儿园。所以就算下午见面的时候记得这件事，伍尔夫也不会成为她们的话题。永远都不会了。现在的袁媛，只害怕大灰狼，不害怕伍尔夫。

猫跳上桌子，闻了一下面条，退后几步，坐下来看着她，眼神充满疑惑，好像在说："你走了，我怎么办？"确实，猫是裴洛坚持养的，井宇一点都不喜欢。为此，他每天早上必须花五分钟的时间，用滚刷粘去西装上的猫毛。现在裴洛要走，猫不免会为自己的命运担忧。但如果想得乐观一点：在四处寻找一户人家把猫送走的时候，井宇投入一场新的恋爱，继任的女主人碰巧很喜欢猫，也不在乎它身上遗留着前尘往事的味道，那么它还是可以顺利加入他们的新生活。

她陷入对井宇新生活的想象中。他会花多少时间来寻找她。他会花多少时间来为失去她而悲伤。他会花多少时间疗愈这种悲伤。他会花多少时间来找到下一个有好感的姑娘。他会花多少时间来和她约会直至上床。他会花多少时间和她上床直至住到一起。当然，许多步骤可以同时进行，也可以省略。这符合他注重效率的做事风格，况且他的性格里，也的确有非常决绝的一面。她很难过，仿佛已被他深深伤害了，出走反倒成了一种自卫。

裴洛心神烦乱，看钟已经指向 10 点，忍不住给井宇打过去电话。那边一团嬉闹，吃完饭他们又去老霍家喝酒。井宇声音很亢奋，看来也喝了酒。

"我去接你。"裴洛生怕他拒绝，立刻挂掉了电话。

老霍是井宇的上司，家住在郊外，裴洛来过许多次。每次走进这片巨大的别墅区，都会迷失，好在门卫已经骑着自行车赶上来，在她的前面引路。第一次来这里的时候，她是很喜欢的。没有人会不喜欢，欧式洋房，有那么大的私人花园，夜晚安静得仿佛已不在人间。一屋子古董家具，各有各的身世。比祖母还老的暗花地毯让双脚不敢用力。果盘里的水果美得必须被画进维米尔的油画，所有的器皿都闪闪发光，她攥着酒杯的时候心想，还从来没有喝过那么晶莹的葡萄酒。女主人用坐飞机来的龙虾和有灵性的牛制成的牛排盛情款待，饭后又拿出收藏的玉器给大家欣赏。这位女主人，和那些旧式家具一样端庄，仿佛是为这幢房子量身打造的。落地灯的光线像条狗那样懂得讨好主人，使她生出圣母的慈光。后来在咖啡馆撞见过她，裴洛才觉得心安，原来她的粉底涂得并不是那么均匀，也无法彻底盖住在时间里熬出的褐斑。

裴洛极力掩饰了自己的水土不服，表现得很得体。她知道井宇和她一样，或许更甚，他是在乡下长大的，日后不管已见过了多大的场面，内心也不免有一番哀愁。他们第一次从老霍家出来，她问了井宇，是不是将来做到老霍的职位，也能住上这样的房子。她不知道自己为什么会迫不及待地问出这个问题，也许只是为了和这幢房子拉近一点距离，但问题一出口，连她自己都感觉到内心的渴望。井宇说："是吧。"他迟疑的，不是自己的前途，而是这幢房子的不真实。但作为一个奋斗目标，它又是那样真实。

后来，裴洛就变得很害怕来老霍家。当他们花一整个晚上的时间讨论桌上那只明代古董花瓶时，她会忽然产生站起来，把它摔在地上的邪恶念头，以此来证明自己有那个剥下皇帝新衣的小孩似的勇气。可是她没有。她有的只是挥之不去的邪恶念头，搅得她坐立不安，必须用很大的力气将自己摁在座位上。每当这样的时候，她都会哀怨地看一眼井宇。可是没有一次，他接住她的目光。

她在憎恶一种她渴望接近和抵达的生活。最糟糕的是，并不是因为嫉妒。她很快就放弃了把这些告诉井宇的打算，为了维系辛苦的工作，他必须全神贯注并且充满欲望地看着这个目标，动摇这个目标，相当于把放在狗面前的骨头拿走，结果是可想而知的。所以她保持缄默，但从很早的时候开始她就知道，他们的理想已经分道扬镳。与分手、分居、分割财产相比，理想的分离不费吹灰之力。

她来到老霍家门口，听到屋子里一团笑声，心生怯意，不想在众目睽睽下走进去。她想或许可以在这里安静地站一小会儿。她看着停在旁边的 3 辆黑色轿车，忽然认不出哪辆是井宇的，绕到车后看了车牌号码才确定。它们是如此相似。

一个女孩从远处走过来。是老霍的女儿，只有 14 岁，身体已经胀得很满。她犹豫着是否要和她打招呼，最后还是仓促地把头低下，拿出手机，装作准备打电话。女孩走到跟前，看着她，问：

"你为什么不进去呢？"

她的语气有些硬，仿佛有种挑衅的意味，裘洛很生气，差点儿脱口反问，我为什么要进去呢？但她忍住了，还是没有说话，只是继续低头按手机。

女孩走进去，把门关上。裘洛知道自己必须得进去了。她刚想按门铃，门开了。客人们走出来。老霍的太太轻轻拍拍她的肩：

"你来啦。进来坐会儿吗？"

裘洛笑着摇头。大家看到她，也纷纷和她打招呼。井宇在门口换完鞋子，也走出来，把车钥匙递给她。

送他们上车的时候，老霍的太太捻了捻她身上的薄衬衫：

"冷不冷呀，就穿这么一件。"

"看到你，就觉得冷了。"裘洛指着老霍太太身上披的貂毛披肩，笑吟吟地说。

井宇在车子上睡着了。裘洛拧开车上的音乐，是个很悲伤的男人在唱歌。她从来没有听过，这张唱片不是她买的。车子停下来的时候，井宇自己醒了，打开车门，拎着西装径直走到车库的电梯门前。她从背后看着他，觉得他已经身在她离开之后的生活里了。

他们都没有让这个夜晚变得更长的打算，所以他们没有做爱。她到第二天拖着箱子走出家门的时候，才感觉到一丝遗憾，像是少带走了一件行李。

裘洛一直认为最后一夜肯定会失眠。但这件事并没有发生。她睡着前，转过脸看了一眼井宇。最后一次，却没有觉察到任何悲伤。在此之前的那些夜晚，她总是这样看着他，独自进行着离别的演习。演习了太多遍，悲伤次减，最后甚至开始不耐烦。谁会知道她必须离开的原因，只是因为花了太多的时间想象这件事，所以这件事必须成真，否则生活就是假的。

小菊

第二天，小菊上午没什么活，下午要去一趟邮局，就来得比较早。走进公寓楼的时候，迎面碰上了拖着箱子往外走的裘洛。裘洛看到她，神情错愕了一下。

"要出差啊？"小菊问。

"嗯。"裘洛停了一下脚步，又继续向外走。

小菊以为会有什么话要交代，就一直回身看着她。她越走越快，拦住了一辆刚卸下客人的出租车。有一种奇怪的直觉让小菊相信：裘洛可能不会回来了。

小菊打开房门，脱掉鞋子，开始干活。她在厨房洗咖啡杯，脑中还不断想着裘洛离开的问题。她丢下洗了一半的咖啡杯，擦干净手，到卧室和书房转了一圈。没有发现什么留下的书信或者字条。她想，也是的，明知道保姆在干活的时候可能会看到，谁还会把信或者字条留在表面的地方呢。再说，或许男主人知道她要走的事。不过，不知道为什么，小菊还是更倾向于男主人不知道。她又去看了衣柜、梳妆台。衣服满满当当，乍看好像没少，化妆品也几乎没带走，首饰盒里的项链、耳环、戒指也都在。她想得有点累了，最后觉得，可能真的就是出差几天那么简单。

从裘洛家出来，小菊搭公车去邮局。途中德明打来的 3 个电话，都被她挂掉了。她实在不想在车上对着他大吵大喊。到了邮局门口，电话又响起来。她接起来：

"别再催了，我已经在邮局门口了。"她气急败坏地挂掉电话。手机终于没有动静了。

邮局里有许多人在排队，最长的一列就是汇款的。站在她前面的女孩，梳着一个短得不能再短的发鬃，手里捏着一个长得完全不像钱包样子的小布袋。一看就知道也是个保姆。她再往前看，觉得至少还有两个都是。她奇怪为什么都是女人来寄钱，是不是她们家里的男人也都和德明一样。

德明从去年秋天起，就没有在外面干活了。一开始是因为家里要盖房子，可等房子盖好了，他也没有要出来干活的意思。小菊倒不是要让他来北京。孩子今年秋天就上小学了，有个人离家近一点还可以管管她。德明自己也不喜欢来北京，去年来待了不到半年，那个工程队一解散，他就走了。小菊只是希望他去绵阳，只有一个小时的路程，每天都能回家。刚过完春节那会儿，他去了半个多月。后来接连下了几天雨，工程暂停，他从那之后就没有再去，整天和几个人凑局打牌，而且他们打牌，输赢肯定是要算钱的，否则就觉得没意思。小菊每次打回去电话，他总会说：

"我早晨起来一看，天阴得厉害，怕是要下雨……"

"所有的云彩都压到你四川去了啊？"小菊气呼呼地吼他。

他也总还有他的道理，说："今年气候反常，看样子要闹点什么灾事，没准儿会有个特大暴雨或者泥石流。"小菊说："你还会看天象了不成？"他们就这样吵到不可开交，两个人都嚷着要离婚。隔上一个星期，小菊的气消了，打回去电话，那边仍旧是天气不好。他们又开始争吵。这样周而复始，小菊还是每个月往家里汇钱，但从两个月前，她开始把多赚到的一点给自己留下来。这次是还不到一个月，德明就来催她汇钱。她盘问了很久，他才说是把钱借给表哥盖房子了。他们又吵起来。小菊在电话里骂得很凶，但也还是到邮局来了。

小菊想想就觉得委屈。她自己在外面干活，倒不觉得苦，不像有些人，来了很久都想家，念起孩子就掉眼泪。她很快就适应了，觉得在北京也有在北京的好，还买了一台旧电视，晚上回到住处可以看看韩国电视剧，偶尔也到市场买点鱼虾自己烧着吃。她也不怎么想孩子，偶尔打打电话，也没什么不放心的。可能就是因为她在哪里都可以过，就越发觉得要这样一个窝囊的男人有什么用，也不能让自己的生活更好一点。

　　这一天的下午，小菊捏着钱包，和其他几个保姆站在汇钱的队伍里，慢慢地向前挪，心里忽然有强烈的悲伤。她很想挣脱这支戴着镣铐的队伍，获得一点自由。自由，想到这个词，她的眼前立刻浮现出裘洛拉着皮箱离去的背影。她相信那个背影是向着自由而去的。

　　次日小菊来到裘洛家，家里没有人。但蹊跷的是，房间非常整洁，和她走的时候一模一样。屋子里的所有东西都好好地摆放在原来的位置，没有任何被使用的痕迹。男主人好像也没有回来过。猫的饭盆里空空如也，小菊放了食物，它狼吞虎咽，看样子昨晚也没人喂。屋子虽然干净，但她也不能让自己闲着，就又擦了一遍地板和书柜。她一边干活一边想这是怎么一回事，有两种合理的可能性：一种是他们都去外地出差或者度假了；一种是裘洛真的离家出走了，男主人发现之后，去找她了。她很快排除了第一种可能性，因为如果两个人都离开，裘洛在看到她的时候，应该会交代一声，或者在家里给她留一张纸条。可是第二种，也有点说不通。男主人从回到家，到发现裘洛不在了，总还是需要一些时间。他在等待的时间里，总要吃点东西、喝点东西的，可是连水杯都没有人动过。小菊离开的时候，把来的时候从门上取下的广告传单又塞回门上。

第二天，她来的时候发现，那份广告纸还在门上。屋子里照旧那么干净，猫一见她就飞奔过来，围着她嗷嗷地叫。没有人回来过。她蜻蜓点水地打扫了一遍，就坐在沙发上翻看桌上的时尚杂志。下午的房间里都是阳光，她看着看着睁不开眼睛，就躺在沙发上睡了一会儿。醒来的时候，猫团在她的脚边，热烘烘的。她穿上外套和鞋子，拿起钥匙走出房门，忽然觉得对这房子有了些依恋。

到第五天的时候，她终于忍不住给裘洛打了个电话。关机。从下午到晚上，她又打了几次电话，都是关机。她最担心的一种情况是，男主人出了什么意外，可是离家出走的裘洛却还不知道。临睡前，她躺在床上，回忆起一开始给中介公司打电话找她来干活的，是男主人。或许中介公司那里还留着他的电话，她打算明天就去问问。

但这件事也有困难。她和中介公司早就闹翻了，为了一个再寻常不过的理由：在积累了一些固定的雇主之后，她撇开中介公司，直接和雇主联系，和他们结算工钱。这样雇主可以少付一点，而她每个月至少能多赚两倍。不少钟点工都像她这样干，但失败的例子也不少，有几个过了几个月又乖乖回来，低声下气地请求公司再收留她们。小菊当时看着她们就想好了，要有骨气一点，走了就不会再回来。

她只能拜托霞姐。当初离开公司的时候，是叫霞姐一块走的，可是霞姐怕自己干不牢靠，也怕和中介公司结了仇。但人各有志，小菊也不愿意勉强。她们也还是常在晚上见见面，聊聊天。

小菊没有和霞姐说实话。只说男主人和女主人吵架，男主人好几天没回家。女主人在家里气病了，不吃也不喝，所以她想偷偷给男主人打个电话。霞姐笑她："你管的事情可真多，给人家当管家啊。"但又说，恐怕帮不了她，直接问肯定不行，而那个电话本子，被他们锁在抽屉里，偷看也偷看不到。小菊拼命求她，不依不饶，最后她只好答应看情况、找机会。

可是第二天收到的快递，让小菊彻底断了给男主人打电话的念头。那时她正在空房子里给猫梳毛，送快递的人砸门。他是因为走到附近，才上来碰碰运气：

"打了好几天的电话，都关机。"送快递的人抱怨道。小菊接过邮件，在收件人处写下裘洛的名字。

她想也没想就撕开了信封。这种快递公司的大信封随处可见，想把它封成原样一点都不难。里面是薄薄一张纸，是封信。她看了看落款，是井宇。

她一边看信，一边慢慢走到沙发跟前，坐下来。然后，她又读了一遍。

洛洛：

　　升职的消息公布的那天下午，我整个人好像被掏空了，坐在办公室里什么也不想做。也不想回家。我觉得自己像个一直被鞭子抽着的陀螺，转得飞快，现在忽然停下来，就站也站不住了。

　　我知道我不应该对现在的生活有什么不满。这的确是安定、殷实的生活，并且肯定会越来越好。但我不能仔细去想这个"好"到底是怎样的好。一旦去想，我会立刻觉得，这个"好"毫无意义。

　　我们刚认识的时候，有些不切实际。那时你还写一些东西，我记得你当时和我谈起过你打算写的长篇小说。现在想想，真是很久远的事了。你也知道，我一直都说你工作不工作，都没有关系，想做什么就做什么，只要你觉得开心。但如果说我还有点奢望的话，那就是，希望你可以给我一点热情、一点理想化的东西。我非常害怕变得像那些同事一样无趣，一样庸俗。我说这些，并不是在指责你。

　　我有时候早晨醒来，想想剩下的大半人生，觉得一点悬念都没有了，就觉得很可怕。我知道现在这样离开，会失去很多。可是我怎么也说服不了自己，留在这里继续过毫无悬念的人生。至于要去哪里、要做什么，我并没有打算，真的。

我记得今年过年的时候，你的父母还和我们商量，希望我们今年结婚。算起来，在一起有6年了，现在不能实现了，我心里很歉疚。但我离开，并不是为了逃婚。我逃避的，可能是比婚姻更大的东西。

写这封信的时候，我在办公室，或许是气氛的原因，让我写得很严肃，也无法和你探讨与感情有关的话题。那些，留待日后再去谈，也或许更清晰一些。

房子、车子都留给你吧。日后我回来时再帮你办过户手续。

井宇

小菊放下信，惊诧不已。这两个人竟然在同一天不约而同地离家出走了。还有，他们居然一直还没有结婚，看起来倒像是多年的夫妻了。算起来她比裴洛还要小一岁，可孩子都6岁了。城市里的女人，做姑娘的时间竟可以那么长。

那天晚上，住处停电。小菊一个人摸黑坐着，想了许多事。她在想，城市里的人活得真是仔细又挑剔，一旦觉得有问题，立刻就要改变。像她这样的乡下人，倒也不是缺乏改变生活的勇气，只是日子过得迷迷糊糊，生活有问题，自己也看不见。可是好像又不是这样，生活的问题出在哪里，她也是知道的。那就是德明。几乎所有的烦恼都是从他那里来的。原来她一直知道问题出在哪里，也不害怕承担改变生活带来的后果，而她只是从未好好想过解决问题这件事。

小菊认真地设想了一下离婚这件事，如果这样做，就肯定不会回四川了，孩子也不要。她想想一个人这么待在北京，也没什么害怕的。至于男人，她想也总还是会有的。若是没有，也就认了。裴洛从前告诉过她，她是处女座，小菊也觉得那些描述处女座的话，放在自己身上都合适。她有自己不肯放下的标准，属于宁缺毋滥的那一类人。

　　小菊想得有些憋闷，决定出去走走。她来到大街上，马路两边都是小饭店，招牌红彤彤的，人们一圈一圈地围着圆桌坐，吃辣的食物，喝冒泡的啤酒，说说笑笑很热闹。她一路看着，也觉得变得热气腾腾的，很有活力。她掏出手机，给德明发了一条短信。她说：

　　"我和你说离婚，不是句气话。我是真觉得这么过下去没什么意思。"她写完又读了一遍，把"意思"改成了"意义"。

　　信息发出去后，她觉得爽朗了许多。一抬头，竟发现自己不知不觉走到了裴洛家那幢楼前。她犹豫了一下，决定上去待一会儿，还能洗个热水澡。

　　小菊用钥匙开门的时候，听到里面发出扑腾扑腾的闷响，心里有些紧张，担心是他们回来了。但又有些好奇，就也没退回去。她一进去，里面一片漆黑，不像是有人，开了灯，就看到猫正在鞋柜旁边踢腾，它一直喜欢玩球鞋的鞋带，细绳缠缠绕绕，甩来甩去的，像个可以陪它嬉闹的活物。但这一次不知怎么弄的，竟把自己四个爪子都绑了进去，鞋子又被卡在鞋柜下面了，移动不得，任它花尽力气想要挣脱，也还是被捆束在鞋柜下面的那只鞋上。

小菊把那些绳子解下来。猫已经筋疲力尽，缓慢地走到水盆前呼啦啦地大口喝水。小菊一贯对猫没什么感情，但这时却觉得有点心酸。如果今晚不是走到这里，明天下午她才会来，猫大概会一直这样挣扎下去，肯定早就绝望了。

猫的事情，让小菊为自己找到了一个很好的借口，从那之后，她每天晚上都到这套房子里来，洗个澡，看看电视。有时也看影碟，裴洛家的影碟有好几箱。单就洗澡这件事，已经让她觉得生活快乐了不少。水流那么粗壮，热水用之不尽，还能坐在浴缸里，泡一泡酸疼的腿和脚。裴洛家的书也多，其实小菊一直很爱看书，原来裴洛在的时候，也常给她一些过期的杂志。不过裴洛家的书，都太深奥了，有好多她都看不懂。裴洛临走前翻过的一些书，还搁在书桌上，没有放到书架上去。其中好几本都是一个叫伍尔夫的外国女人写的。小菊一一拿起来翻看，可是怎么也读不进去，一大段话说得云里雾里，让人不知道发生了什么。不过其中有一本，名字叫作《一间自己的屋子》。里面说，女人必须有一间自己的屋子，小菊读着觉得很有触动。现在的她，因为有这么一套暂时可以容纳自己的房子，的确觉得生活与过去完全不同。

但她很少在这里住，除了有两次，看了恐怖影碟，不敢走夜路才留下来。她自己对床是有些洁癖的，不愿意别人睡自己的床，她觉得裘洛应该也会这么想。至于德明，他隔了一天才发回一条短信："你自己看着办吧。"小菊想，她也的确是要按照自己的意思办。她打算找个时间回家一趟，和德明好好谈谈离婚的事。

半个月过去后，一个很现实的问题摆在她的面前。裘洛和男主人都不在了，没有人支付给她工钱。这份每个月600块的薪水，在她的全部收入中，占非常大的比重。除去裘洛家，其他固定要去的几户人家，有的一星期只需要去一次。还有就是零散的活儿，打电话叫她就去，没有电话就闲着。现在没了这600块，她的工时空出来一大半。只好厚着脸皮让一些客户帮忙打听，看看有谁的朋友那里需要。找活干是需要耐心的，她必须做好准备，最近几个月收入都会很少。所以，她心里很矛盾，有时很盼望裘洛他们赶快回来，付给她工钱。可是如果他们回来，她也就不可能再使用这套房子。这套房子对她来说，意味着自由。她先前一直以为，有钱一定比没钱自由，可是她现在的境况则是，有了钱反而会失去自由。

不过，钱和自由的选择权，并不在她自己的手里。小菊能做的也只是听天由命。

然而，天和命自有更大的安排。德明那张乌鸦嘴竟然说中了。全国的云彩虽然没有压到四川的上空去，可是整个地壳里的能量，却在四川爆发了。地震的那天下午，小菊正在一户人家干活，是霞姐打电话通知她的。她给德明和娘家打电话，都打不通。到了晚上看电视，才知道有那么严重。她把亲戚的电话挨个打了一遍，都没有通。她只好安慰自己说，新闻中播报的受灾地区，到他们那里还有些距离。

她坐在裘洛家的沙发上，对着那台电视机，手里捏着电话，不断地按重拨。霞姐又打来电话问情况，安慰她一番，末了感慨道：

"发生了那么大的事，你倒还挺沉得住气啊？"

"不然又能怎么办呢？"小菊说。

天灾人祸的厉害，她已经领教了。她妈妈是在 98 年发洪水的时候，被冲倒的电线杆砸死的。她还记得那时在医院的走廊里，她和弟弟抱在一起，哭得天昏地暗。所谓的坚强，是那个夏天的眼泪哭出来的。小菊一直守在电视机旁边，等待从四川传来的最新消息。她很饿，从裘洛家的冰箱里，找到一个皱皱巴巴的苹果吃。不知道哪里来的勇气，她竟然又打开一瓶红酒，咕咚咕咚喝了下去。喝完没多久，电话竟打通了。德明从那边喂喂喂地唤她，她却还以为是酒精的作用，通了灵，吓得半天不敢应。德明和孩子都没事，家里的人都还在，只是新盖好的房子全震塌了。他们暂时搬到了在户外搭起的防震棚。

接下来的一个星期，新闻里都是搜寻抢救的消息。小菊除了干活的时间，都守在电视机前。离他们那里很近的村子，也死了许多人，德明常常打来电话报平安，也总是会说起，他们认识的某某某，死了亲戚。

有时候小菊挂掉电话，关掉电视，看着眼前的光景，觉得有些恍惚。猫浑不知事地睡在躺椅上，风轻轻撩拨纱帘，窗台上的栀子花都开了，墙上那个没有秒针和刻度的表，总让人以为它停住了。她说不上来这一切是太安静了，还是太冰冷了。

霞姐问她为什么还待在这里不回四川，她说，房子都塌了，盖新的需要钱，她回去了怎么赚钱呢？霞姐觉得她说得也有理。可小菊自己反倒迷惘了。最近这些日子在北京，也没有赚到什么钱。若不是霞姐这么问起，她几乎忘记自己来北京是为了赚钱。现在也真是到了用钱的时候。德明还借了钱给表哥盖房子，现在那房子也塌了，欠他们的钱恐怕永远也还不上了。小菊想想就觉得生气。

又过了几天，德明在绵阳的姐姐把他们的爸妈接了过去。这样一来，只剩下德明一个人带着孩子，有些措手不及。他就打来电话问小菊的意思。

"你们也去绵阳找你姐啊。"小菊冷冷地说。

"那么多口人，都到人家那里去，怎么好意思？绵阳现在也是乱哄哄的，根本找不到活干。"德明说。

"那你是什么意思？"

"我想把兰兰先放在他们家，反正现在学校也不上课，我爸妈还能照顾她。"

"那你呢？"

"我看，我还是去北京找你吧，"德明回答得没什么底气，后面那句则更为微弱，"这里已经什么都没有了。"

小菊沉默了好久，说："让我想想吧。"她挂了电话，忽然觉得，也只能这样，并没有什么可想的。但似乎有种缥缈的喜悦，莫名地相信德明变得好了一些。

德明坐火车来北京的那一天，男主人寄回来一封信。"裘洛收"。小菊看到熟悉的名字，心里竟也觉得有些惦记。

洛洛：

写这封信的时候，我在绵阳。离开家之后，到处游游荡荡，好像终究也找不到什么可以停留的地方。我本来是打算去西北当乡村教师的，听到地震的消息，就觉得或许可以到四川去。前几天去了一个受灾最严重的镇上帮忙。每天听到最多的字眼，是"生命迹象"。这个词总是能够让我兴奋，仿佛抓住了生活的意义。说起来真好笑，其实也帮不上什么忙，可是在这里，每天到处奔忙，随时处于一种要帮忙的状态里，就觉得浑身都很有力气。

我说到做乡村教师，来这里当志愿者，你大概会取笑我。我们都不是那种一腔热血的人，也没有泛滥的同情心。起先我自己也很不理解。后来想到过去读过的一本书，是描述某些狂热分子的心态的，他们无私地投身于慈善和公益事业，是因为他们在自己的生活中是彻彻底底的失败者。他们为了逃避不断经受的挫败感才这样做。帮助别人让他们有满足感，而且这是唯一不会带来指责和否定的工作。善良成了他们的最后一把庇护伞。这里的志愿者像蝗虫那么多，我不知道他们是否也和我一样，是抱着自救的目的而来的。

等下还要去另外一个县城，所以不能再写下去了。对了，忽然想起，在咱们家干活的小菊，就是四川人。不知道她的家人都平安吗，代我问候她。

井宇

看到最后一句，小菊的眼泪掉了下来，虽然她还是没看明白，井宇为什么要到四川去。她打开电视，看救灾现场的新闻报道，希望可以在泱泱人群中找到井宇。

她看了很久，没有看到井宇，却忽然在志愿者组成的医疗救护队中，看到了一个和裴洛长得很像的人。小菊想，这肯定是她幻想出来的画面。因为忘记了井宇长什么样，所以她在找的，就变成了裴洛。可是当那个女人从画面中离开的时候，她分明看到了那个拖着箱子远去的背影。后来，小菊常常想起这个下午电视机里出现的奇妙一幕，她越来越相信，那个人就是裴洛。她对自己说，既然他们能在同一天离家出走，为什么不可能都去四川当志愿者呢？

同一时刻，德明依照她的叮嘱，把家里值点钱的东西收到塑料编织袋里，匆匆忙忙地赶往火车站。电视里从未出现过他们那个村子的画面，可是小菊好像也看得见，他正从一片破墙烂瓦中走出来，走着走着，他回过头去，留恋地看了一眼。

　　德明来北京之前的几天里，小菊一直在犹豫，是否要告诉他空房子的事。可是在等他来的时间里，她却不知不觉换了那房子卧室里的床单。新洗好的床单上，有洗衣粉留下的柠檬味清香，小菊将它展开、铺平，像面对一种崭新生活那样虔诚。她发觉此刻自己是多么盼望德明快点来。可是那种盼望里，充满了羞怯与忐忑，似乎是在做一件非常冒险的事。她快活地迷失了，觉得自己好像不是在一个陌生的房间里等自己的男人，而是在自己的家里期待着一个陌生的男人按响门铃。

嫁衣

一

四月间，乔其纱从悉尼回来参加绢的婚礼。绢去机场接她，远远看着她走过来，顶着两坨新垫高的颧骨。人声嘈杂，空气里充斥着汗液的馊酸，于是，计划中的那个拥抱被省略掉。走到户外，乔其纱掏出两根 Kent 牌烟，一支递给了绢，站在铁皮垃圾箱旁边抽起来。绢抽烟很快，总有一种要把它快些消灭的恶狠狠。抽完后她站在那里，百无聊赖，就伸出手摸了摸乔其纱的颧骨，觉得又凉又硬，却说，很自然。

她开车带乔其纱回家，快到家的时候，忍不住问：这么高的颧骨，难道不会克夫吗？乔其纱冷笑着说，就怕克不死他。绢想了想黑檀那张黄瘪的脸，忽然觉得，他可能是要早死的。

后视镜里的乔其纱，紧绷着一张脸，又涂了一遍唇膏，这种苍粉色是今年的流行色。绢内心很悲凉，乔其纱原来长得多么美呵，可如今却永远成了一个皮笑肉不笑的姑娘。

绢打开门的时候，乔其纱才问：你不用准备明天的婚礼吗？她说，都准备得差不多了，我妈他们早就来了，根本不让我管。两只猫蹿出来，一黑一白，围着她乱叫。她往地上的小盆里撒了两把猫粮，它们才消停。乔其纱问，你不是养狗的吗？狗死了，就改养猫了。

乔其纱在屋子里转了一圈，看着卧室里白色羽毛做的落地灯说：做得很不错。她惊奇地问，你怎么知道是自己做的呢？乔其纱说，因为你和我说了很多遍。你总在炫耀你的小情调，没完没了。她们在沙发上坐了一会儿，绢起身做了两杯咖啡，又拧开音乐，房间里响起懒洋洋的 Bosa Nova。乔其纱拿起茶几上的婚纱照相册一页页翻看，他长得还不错，就是有点矮。绢坐下来说，这套"情人码头"，到海边拍的，拍到一半，来台风了。后来又专门去补拍，简直累死了。乔其纱叹了口气，我真搞不懂拍这个有什么用，多假呀。她合上相册，放回桌上，跷着指头捏起一块蘸了咖啡的方糖，直接塞进嘴里，渣粒顿时四溅，落白了膝盖上的黑色网纱裙。绢怔怔地看了一会儿，又觉得乔其纱并没有失去美貌，心里竟然有些不舒服。

乔其纱约了人，不和她吃晚饭了，临出门前，想起问她要一枚避孕套。绢笑道，果然不愧是贪狼女。乔其纱不解，什么是贪狼女？绢说，我最近在学习紫微斗数。你命宫里的那颗主星是贪狼，命犯桃花，荒淫无度。乔其纱说，我现在收敛多了。快给我拿避孕套吧。绢才说，我没有。乔其纱非常惊讶，那你吃药吗？绢笑起来，从避孕方式就足以看出，我们交往的是截然不同的两类男人。如果你总是和比较传统的中年男人睡，就会知道，避孕套的使用率有多么低了。乔其纱皱皱眉毛：你难道不觉得中年男人身上，有一股腐朽的味道吗？她又说，吃药对身体很不好，而且确实会发胖。可是我不明白，你为什么要迁就男人呢？绢不甘示弱：我没有迁就啊，我自己也不喜欢避孕套。那种橡胶味，闻着就想吐。而且一想到把那么一个异物塞进身体里，总归很别扭的。乔其纱说，有那么严重吗？卫生棉条你不是也用过的吗，那个都能习惯，这个怎么就不能呢？乔其纱总是这样咄咄逼人，绢有些受不了，讷讷地说，可能是我比较敏感吧。乔其纱抬起手腕看了看表，来不及了，我先走了。晚上回来再继续说吧。绢关门的时候，问，你确定晚上回来吗？乔其纱摇摇头，不确定。最迟也就明天一早，肯定赶得及你的婚礼。你还是给我一把钥匙吧，万一我半夜回来，敲门还得把你弄醒。绢从钥匙串上解下钥匙，递给乔其纱，说，你早些回来啊，化妆师他们七点钟就来了，你在的话，也可以帮帮忙……话未说完，贪狼女已经带着桃花的香气，被合进了两扇电梯门里。

好像又回到了几年前，在多伦多念大学的时候。乔其纱兴致勃勃地出门约会，绢则叼着烟，窝在沙发里看 HBO 台播放的电影，静等着那个合租的长发小青年回来，如果他碰巧有兴致，其他两个合租的人又不在，他们就可以搞一搞。搞一搞，只是搞一搞，她甚至没问他究竟是在哪所学校学美术，究竟画过些什么。不过她连搞也不是很专心，后来竟是一点也想不起他阴茎的尺寸、偏好的姿势，尽管他是她的第一个。她只是记得不能叫。其他的人随时有可能回来，也许已经回来了，就在客厅里。可是她真的非常想叫。对于做爱这件事的全部乐趣，好像只是为了叫一叫。叫得响一些，高潮就到了。有一次她叫出声来，小青年撑起身体拎了只袜子塞在她嘴里。很臭。臭味从此和交欢形影不离，她后来总保有一种观点，做爱是一件很臭的事情。所以无论做爱之前或是之后，她都不爱洗澡。

她没有叫，于是其他人就一直没有发现这件事，他们未免也太粗心了。皱巴巴的床单以及上面星星点点的精液，难道从来没有引起乔其纱的怀疑吗？要知道她们可是住一个房间的。她或许看到了，但她没有问。她是不会问的，她没有提问的习惯。她自己是笔直的，便不可能去想象弯曲。她自己是豁亮的，就以为世上不存在暧昧。乔其纱总有一种女主角的气概，如果站在舞台上，追光灯一定是跟着她走的。

绢自己，当然也不会说。她觉得长发小青年很差劲，尤其是在乔其纱带着她那个混血男友回来之后，她就更觉得他邋遢得像一团抹布。她心想，反正很快就会结束的。可是竟然持续了一年多，直至她发现自己怀孕了。她更是不能说了，要是让乔其纱知道，自己被这团脏抹布搞大了肚子，在她的面前恐怕永远都抬不起头了。所以绢一直熬到放暑假，才回国把孩子拿掉。当时肉芽已经初现形状，她孤身坐在椅子上等候手术的时候，将一张薄纸覆在B超图上，拓下了它的形状。她的内心起了变化，生出一种柔情，喉咙里不断涌上一股臭烘烘的情欲。暑假太漫长，她对母亲撒了谎，提早一个月赶回多伦多，可是长发小青年已经因为打架斗殴被遣送回国。他给了那个加拿大警察一拳头，一拳头，就非常干脆地结束了和她的故事，并且拥有充分的理由，从此人间蒸发。她的生命里，一段段交往都是这样，戛然而止。最重要的是，它们自始至终都非常隐秘，没有一个见证人。

二

绢站在屋子当中发了一会儿呆，把乔其纱的行李箱拖到沙发旁，打开，一件件衣服拣出来看。乔其纱还是那么喜欢连帽衫，白色、蓝色、暗红色火腿纹，配在里面穿的吊带衫，牛仔裤有两条，都是窄脚低腰，紧绷在身上的那种。无非是为了炫耀她的屁股，绢想。

又解开一只束口的布袋，从里面拎出七八件成套的胸罩和底裤。黑色软缎镶着蕾丝花边，浅紫色中间带 U 形铁箍的（又没有带低胸的衣服，穿这个有什么用），乳白色透明网纱的（乳头被这个勒着，简直是酷刑），粉白小格子的，四分之三罩杯，内侧有厚实的夹垫（和女优的偏好一样），内裤几乎都是透明的，大多是丁字裤，细得像老鼠尾巴，她想到它们梗在那里的感觉，身上一阵不舒服。

这些就是黑檀的偏好吗？绢用力回想，却还是记不起黑檀做爱的时候是什么样子。不过，想起来也没有什么用。他们一共没做几次，彼此都很拘束，根本没有熟悉起来。黑檀只是想偷欢，却偷得一点都不快活。他伏在她的身上，那么害怕，装作漫不经心，却一遍又一遍地问，乔其纱今天没说来找你吧？绢只记得这句话，因为这句话粉碎了她想要叫出声来的梦想，也使她明白，把这个男人从乔其纱身边撬走，是没有希望的。不过她还是不死心，试了再试，烤蛋糕、炖汤，做完爱给他洗澡，出门前帮他穿鞋。她以为这些能让黑檀觉得自己比乔其纱更加爱他，或者至少更适合做妻子。

直到有一天早晨，黑檀和乔其纱并排出现在她家门口。乔其纱说，我们决定结婚，然后移民到澳大利亚。黑檀笑眯眯地看着她，连一个暧昧的眼色都不敢给。绢让他们进来小坐，吃自己做的芝士蛋糕。他们吃的是黑檀前一天下午刚刚吃过的那个蛋糕，黑檀也像前一天下午那样，说好吃。绢问，需要我去做伴娘吗？黑檀马上说，不用，你还要赶过去，太麻烦了，我有一个表妹正好在悉尼。绢说，你们实在太突然了，我都没有时间准备一份结婚礼物。乔其纱坐在那里，恹恹的，好像还没睡醒，都是黑檀在说：你的心意我们领了。绢微笑点点头，心想，应该把黑檀落在这里的那件毛坎肩拿出来，那才是我的心意。他们又喝了一碗前一天下午黑檀喝过的莲子羹，起身告辞。在门口，乔其纱忽然转过身来，抱住绢说：你会想念我吗？这是五年的相处中，她唯一一次询问绢的感受。她对她们的友谊，似乎并无自信。可能因为这种罕见性，绢有一点感动，她说，会。

绢一件件拿起那些内衣，仔细观察。它们不是新的，每一件都穿过很久了。乔其纱在家的时候，一定也穿这些内衣。于是她想，不管怎么说，乔其纱对内衣还充满热情，说明她还是有爱的。也许她和黑檀的关系，并不像他们说的那么糟糕。大概是他们走后的第三个月，黑檀开始给她打电话。第一次很怯，言语也有所保留，两次、三次，渐渐就成了很自然的事，每个星期至少打一次，没有事，只是闲聊。更确切地说，是听黑檀抱怨。他赚钱养家，供乔其纱继续念书，中午吃盒饭，晚上还要加班，非常辛苦。而乔其纱每星期只有三个上午去学校，其他时间都待在家里，可她从来不收拾房间，家里乱得像个猪窝。来之前信誓旦旦地说要学做饭，可是住了半年，炉灶都还没有动过。只有一台房东留下的微波炉，迅速变脏变旧，加热的转盘上，沾满了牛奶和酱油渍。他每天回家推开门，要么看到一屋子陌生人在开一个莫名其妙的Party，个个喝得烂醉，家具都被推到房间的一角，地毯上黏附着呕吐的秽物，乔其纱从一大堆人头中伸出手臂向他打招呼；要么就是看到房间里空无一人，卧室像是被抢劫了似的，梳妆台上一片东倒西歪的瓶瓶罐罐，衣柜大开，五颜六色的衣服像洪水一样冲出来，漫溢了整间屋子。这样的日子还怎么过？黑檀无数次重复这句话，绢在这边很沉默。然而几分钟后，他挂掉电话，又乖乖回到那种没法过的日子里去了。

他们在电话里做过几次爱，那时黑檀和乔其纱正在冷战，很久没有性生活，当然，这是黑檀自己说的。起初的一次，他们的词语非常贫乏，尤其是动词，只是不断重复，整个过程显得沉闷而干涩。后来好了许多，词语随着情势变化而更换，速度和力度都得到了凸显，她怀疑黑檀可能也像自己一样，这几天上网找了许多色情小说看。总之，她挺愉快的，在自己穷凶极恶的迸发中，甚至闻到了那股久违了的臭味。最终，她放心地叫出声来，黑檀热烈地回应了她。从这个角度说，他们的做爱远比过去成功。倾泻之后，黑檀说，我从来没有这么快活过。她在这边咯咯地取笑他，内心充满了胜利感。可是这种胜利感还没有停留一分钟，那边黑檀就非常深情地说：我很后悔，走的时候没有带上一条你的内裤。她笑得更厉害了，从沙发滚到地上。笑着笑着，眼泪就迸落出来。他为什么后悔的不是离开她，而只是后悔没有带走她的内裤，以便手淫的感觉更好一点？男人是多么害怕失败，连后悔都只肯后悔那么一小步。她挂掉电话，从地上捡起胸罩、内裤，穿着穿着，终于哭出声来。

一个多月后，他们恢复了通话，但没有再做爱。有时候，她也觉得自己很可笑，为什么要和黑檀保持这种联系，听他千篇一律的抱怨。可是对于乔其纱的生活现状，她永远保有不减的热情，这种好奇心，早已扎根，无法取缔。她就是用这样的方式来怀念乔其纱的。

三

如果不是一直翻到箱子底，绢险些错过了那条裙子。压在手提电脑和洗漱袋的下面，叠放得很平整。拿出来的时候，她闻到一股浓郁的香水味，不是乔其纱现在用的那款，衣服应该没洗过，大概就穿过一次，新布的气味隐约可以闻到。Kenzo 的柠黄色连衣裙，很明艳，绢好像只在少女时代，见过有人穿这样的黄色。上下用真丝缎和雪纺两种布料拼接，绛红和松绿的碎花，配上烟灰色日式和风图案，海螺袖，收身包臀的下摆长及脚踝。她特别留意到压满荷叶边的深桃心形的领口，非常低阔，那只紫色 U 形铁箍的胸罩原来是与它搭配的。绢把裙子比在自己的身上，看了看领口的位置，忽然很烦躁。她丢下裙子，跑去饮水机旁，咕咚咕咚喝下两马克杯的水。然而目光又返回到那条裙子上。它铺展在地板上，像一小块芬芳的花田。绢很奇怪，猫为什么不像平时对待她的衣服那样，从上面踩踏过去，而是小心翼翼地绕着它走。连猫都觉得这条裙子不同凡响。

她确信，乔其纱将在明天的婚礼上穿这条裙子。这让她变得很忧伤。事先对乔其纱讲好的，仪式非常简单，除了双方的亲戚之外，只有很少的朋友。穿得随意一点就好。乔其纱现在摆明是和她对着干。过去五年，她都在谦让乔其纱，从来不与她抢风头，可是这一次，这次是她的婚礼，难道乔其纱不可以谦让一回吗？虽然这条裙子，算不得礼服，可是它未免太艳丽了一些，而且，难道胸口非要开得这样低吗？昨天绢才去婚纱店试过礼服，她租的是最贵的一套，上面镶满了碎钻，紧箍着胸脯，花苞形的下摆有三层。最重要的是，白色很纯正，纱的手感也很细腻，懂行的人都会知道它的价格不菲。可是现在她忽然觉得，那套婚纱很土。再纯正的白色，在这样明艳的黄色旁边，也会变得灰扑扑的。况且这团白色必须用来衬托她的端庄和安静，呆板地堆叠在一处，看起来很臃肿。而那团黄色，自由而热烈，它可以飘来飘去，可以叫嚷或者纵情大笑（她喝了酒，一定会这样做），喝醉了可以歪倒在身旁男人的身上。她和她的乳沟会成为整场婚礼的焦点，无疑。

现在，绢真的非常后悔答应乔其纱来参加婚礼。她根本没想过要请她，是一个她们共同的朋友告诉她的。乔其纱就打来电话，说她会来。绢婉言拒绝，可是乔其纱说，我和黑檀分居了，打算搬出去住，还没找到房子，正好可以回国玩玩，都一年半没有回去了。绢心里一酸，分居的事情，黑檀怎么没提呢，他肯定还在挽留乔其纱。绢本来还想再推辞，但她前几天听黑檀说，乔其纱为了让自己的脸变得欧美一些，专门飞去韩国垫了两块高耸的颧骨。难看死了，像个怪物，黑檀说。她很好奇，想要看看，这才同意下来。

因为乔其纱要来，她更换了举办婚宴的酒楼，礼服另选，婚纱照的外景地，也从公园移到了海边。原本打算草草了事的婚礼，忽然变得隆重起来。唯一遗憾的是，婚戒早就买了，上面的钻石太小了一些。

四

电话响了。是母亲打来的：

烛台还要吗？婚庆公司太坑人了，几个摆在桌上的烛台，要那么多钱！母亲的声音大得刺耳。姨妈和她一起去的，在一旁说：

不要就不要吧，也不用这么大声嚷嚷。

你为什么总是胳膊肘往外拐，帮他们说话？

这两个五十多岁的女人，从来北京的火车上开始争吵，整整一个星期，几乎没停过。应该乘地铁还是坐出租车，婚宴上的甲鱼要不要换掉，先到银行换新钱还是先去买喜糖……所有这些，都能作为一桩了不起的大事，有滋有味地吵上几个小时。就是这一次，绢忽然觉得母亲老了许多。年轻的时候，母亲心气很高，觉得姨妈庸俗，也不懂得打扮自己。现在，她终于老成了和姨妈一个模样。她们有一样圆胖的身体，用一样快的速度吃饭和说话。唯一庆幸的是，绢的家里住不下，她们白天往返于酒店和婚庆公司之间，晚上去绢的舅舅家住。这样，绢几乎不用和她们打照面。

绢觉得头疼得厉害，她有气无力地说：

你决定吧。

那就不要了，怎么样？母亲说。

绢没有回答。

说话呀？

妈妈，绢终于说，婚礼能不办了吗？

你说什么啊？就为了几个烛台怄气吗？

不是，就是不想办了。

你疯了吗？请柬早就寄出去了，酒楼的订金也付了。母亲在那边大吼起来。

姨妈又插话了：我早就说过，你把绢惯坏了。什么事都要依着她。本来在青岛办婚礼，多方便啊。她非要在北京办。大老远让这么多亲戚都得赶来。这就不说了，可都订好了的酒楼，她忽然说要换，还换一个那么贵的。这个你也得依着她。所有的事都是我们做，她和青杨几乎没插过手，现在都忙得差不多了，她竟然又说不办了……

母亲打断了姨妈的话，尽量平静地对绢说：你不要再折腾了。等你结了婚，以后的事我不会管了。

绢挂了电话。母亲又打过来，她按掉。再打，再按掉。这样不断反复。过去她们的记录是三十五次。她坚信母亲是有轻微强迫症的。随着年龄的增长，她必然也将获得这种血缘的馈赠，现在已经有了一点苗头。同样，许多年后，她也会长得与母亲、姨妈一模一样。和肥胖无趣的丈夫坐在一张长条桌的两端，呼噜呼噜地吃面条，抢起袖子擦拭额头上的汗水。那是一个多么粗暴的动作，几乎忘记了自己是个女人。

她是否也会像母亲一样，生下一个平庸的女儿？对此，绢几乎是可以肯定的。几年前，她堕掉的应该是个男孩，从铅笔描下的 B 超图上，仿佛可以感觉到一股英朗之气。她们家是注定要养女儿的。一个外姓的冷眼旁观者，一个怯懦的叛徒。最糟糕的是，她也会像她的母亲一样，一口咬定这个平庸的女儿是最优秀的。因为是最优秀的，所以世界上所有好的事情，都应该降落在她的身上。

念书的时候，绢很用功，成绩也只能算中等，但是母亲总会对外人说，我女儿很聪明，就是贪玩，如果认真学习，她肯定是前几名。她后来只考上一个勉强可以称之为大学的学校，母亲觉得去上那个学校很丢人，于是很支持她到国外留学，又对外人说，我们家比较开明，也很西化，绢在这种氛围里长大，比较适合西方的教育方式。绢念的是金融。读完了在加拿大找不到工作，就回国来。北京的这份工作，是父亲托老同学帮忙找的，在一家金融杂志做编辑，很清闲。在那本杂志上露脸的都是成功人士，母亲觉得这工作不错，很体面。

乔其纱是和绢一起回国的，她在加拿大待久了，有些厌倦。回到北京，也没有立刻找工作，在朋友的画廊里帮忙。那年绢的母亲来北京，才第一次见到乔其纱，绢悄悄问她，乔其纱好看吗？母亲说，她的脸太尖了，看起来很小家子气。没有你好看。绢说，可是她的身材很好。母亲说，好什么？又高又黑，显得很壮。母亲又说，她和你比差远了，连份像样的工作都没有。

母亲对乔其纱分明有敌意，不让绢和她走得太近。等到乔其纱远嫁澳洲的时候，母亲终于松了一口气，说，这女孩太张扬了，总和你在一起，会抢走原本属于你的东西。绢心想，该抢走的早就已经抢走了。

母亲是靠幻想活着的女人，认为自己有世界上最好的丈夫和女儿。所以当她发现欧枫的事情时，简直要疯了。不过，她肯定早有怀疑，不然也不会偷看绢手机上的短信。

母亲痛心疾首地说，那个男人比你大整整二十岁，有家有孩子，你以为他会当真吗？他不过是看你年轻，骗取你的感情！

真作孽啊，他会有报应的，他不是也有个女儿吗，等他的女儿长大了，也会被老男人欺骗，到时候他就知道是什么滋味了！

绢抬起头，幽幽地问：那么我被老男人欺骗，应该也是我爸爸的报应了？

母亲怔了一下，抬手给绢一个耳光。随即，她失声痛哭。她从来没有这样哭过，仿佛要把身体里因为代谢缓慢而囤积的水分都哭出来。

就算她能哭瘦了，也哭不回青春。

绢忽然明白，母亲并不是一直活在幻想里，也没有那么天真。她只是极力掩饰，小心维系。即便这是一种虚荣，也是赖以生活的凭借，所以没有什么可羞耻的，只是可怜。绢看着大哭不止的母亲，相信看到的也是以后的自己。她倒不觉得这是因果报应，更确切地说，也许是一种世代流传。虚荣流传，卑微流传。她好像都看明白了，于是不再挣扎，乖乖就范。

几个月后，绢决定与青杨结婚。青杨是母亲介绍给她的，高干子弟，游手好闲，看起来倒是挺像样的，也是从国外留学回来的，家里出钱开了个小公司，这样一个绣花枕头，倒是可以满足全家人的虚荣心。绢只是觉得累了，过去的那些感情，都是沉潜在水底的，见不得人。在水底待得太久，她想浮上来透口气。又看到青杨细手长腿，一双凤眼很好看。都说女儿像父亲，绢只盼着将来生一个好看的女儿，即便日后她遇上乔其纱这样的女孩，也不至于太自卑。当然最好还是不要遇上乔其纱，她与母亲的区别就是，母亲身边没有乔其纱这样一个女朋友，所以她的幻想可以保存得相对完整。母亲的自愈能力也很强，后来再也没有和绢说起欧枫，像是忘了这个人存在过。

绢再看手机的时候，上面已经有母亲的十九个未接电话。

五

绢还是决定穿上那条裙子看看。对她来说，它的确是大了些，胸部撑不起来，堆着两块布褶。领子实在太低了，遮不住里面的白色胸罩。她走近镜子，试着拢起头发，绾在脑后，露出脖子（她猜想乔其纱一定会这样做）。真是明艳。绢不得不佩服乔其纱的好品位。即便她在百货公司看到这件裙子，也未必想要拿起来试。她总是下意识地避开那些太过耀眼的东西，觉得自己与它们是绝缘的。可是现在她觉得，自己和这件裙子很相衬。

绢觉得应该穿着这件裙子去见一见欧枫。她忽然感到一阵莫名的兴奋。这个忧愁得快要死掉的下午，终于又有了生机。不过，在去之前，她还需要借用一下乔其纱的 U 形胸罩。

绢穿着漂亮的黄色连衣裙，在欧枫办公室楼下的星巴克喝咖啡。要等到欧枫他们公司的人都走了，她才能上去。有过多少次这样的等候，绢已经数不清了。但也不会太多，更多的时候，是她在家里等他。相较之下，还是在这里好一点，她至多不过掏出小镜子，用粉扑压一下出油的鼻翼，或者补一点唇膏。如果是在家里，她会不断在镜子前面换衣服。到底要不要穿衣服，穿睡衣还是正装，穿哪件睡衣。还要在茶几上漫不经心地丢几本书，以示她热爱阅读，并且好像不是专门在等着他来。

美式咖啡续了两杯，又吃掉一个马芬蛋糕。收到母亲的一个短信，她终于妥协，不再打电话来。只是告诉绢明早起床后，记得把锅里配好原料的"甜甜蜜蜜"羹煮上。又嘱咐她晚上一定要早睡。八点半，欧枫才打电话让她上来。

绢一进去，欧枫就把门反锁上。关掉所有的灯，抱住了她。她很气恼，因为他甚至没有来得及看清她身上的裙子。他的手已经摸到背后的拉链，一径到底，把她剥了出来。黑暗中，听到另一道拉链的声响，然后她就感到那个家伙拼命顶进去。在这一过程中，她再度变成一个绵软的木偶，失去知觉，悉听尊便。她想起下午和乔其纱讨论的有关避孕套的问题，觉得非常可悲。每一次，她被男人剥光的时候，大脑都是一片空白，好像死了过去，没办法发出声音，或者做任何动作。所以她从来没有打断男人的进攻，要求戴一枚避孕套。究其原因，也许应当再次追溯到在多伦多的时候，最初的两年，她看着乔其纱不断更换男友，和他们出去过夜，可她还是个纯洁的处女。在这样的年代，纯洁真是一个具有侮辱性的词语，它暗示着在竞争中处于劣势，因而无人问津。她觉得自己就像货架上的积压货，落满了尘埃。那一时期的压抑和匮乏，使她后来对性爱变得盲目渴望。没有避孕套没关系，没有快感没关系，没有爱也没关系。她就好像一个荒闲太久的宅院，只盼着有人可以登门造访。虽然明知道，有些人只是进来歇歇脚。

　　但欧枫不一样。他和之前的那些人不一样。他不是进来歇脚的，也许最初是，但后来他长期留下来，做了这里的主人。当然，他并不了解这座宅院的历史，以为来过这里的人，屈指可数。绢给男人的感觉是，矜持而羞涩，属于清白本分的那类女孩。不过绢和欧枫在一起之后，的确变得清白而本分。本质上她并不淫乱，只是空虚。欧枫的出现，填补了这种空虚。取而代之的是等待。当然，等待最终兑换到的是另一种空虚，不过它被花花绿绿的承诺遮蔽着，等绢发现的时候，已经晚了。这个男人是世界上给她承诺最多的人，恐怕以后也不会有人超过他了。也许他天生喜欢承诺，不过绢更愿意相信，还是因为他在意她，为了笼络她的心，必须不断承诺。他承诺过年的时候陪她去郊外放烟火，承诺带她去欧洲旅行，承诺离婚，承诺和她结婚，承诺和她生个孩子。放烟火的承诺说了两年，没有兑现。其他的承诺，期限都是开放的，如果她肯耐心去等，也许有的可以兑现。因为他也有兑现了的承诺，比如送给她一只小狗。于是变成了她一边和小狗玩，一边等。小狗死后，她开始养猫，一边给猫梳毛，一边继续等。他承诺的很多，但实际见面的时间却非常少。每次也很短，短得只够做一次爱。回顾他们的交往，就是一次又一次地做爱，它们彼此之间那么雷同，到了最后变得有些程式化。

在某次做爱之后，欧枫疲倦地睡着了。绢钻出棉被，支起身子点了支烟，静默地看着他。他每次做完爱，都出一身虚汗，裸在被子外面散热。他身上总是很烫，抱着她的时候非常温暖。她要的就是这一点温暖，如果没有，真的不知道该如何越冬。日辉从没有合紧的窗帘中照射进来，落在他的肚皮和大腿上。一直以来，他们在一起的时候都很黑，没有光线，她好像从来没有像现在一样，把他的样子看清楚。她专注地看着他。他的皮肤那样白，也许与雄性激素的减少有关。翻身的时候，皮肤颤得厉害，像是树枝上就要被震落的雪。

你难道不觉得中年男人身上，有一股腐朽的味道吗？乔其纱的话又冒出来了。

此刻，她真切地感到了腐朽的味道。眼前的这个男人已经没有能力推翻现在的生活，重建一次。

绢终于下了决心离开。

青杨看起来很呆，做起爱来像一只啄木鸟，可是他还有足够的时间，足够的时间和她一起变白。原来生命力是那么重要，唯有它，可以用来和孤独对抗。

绢躺在办公室冰冷的地板上，感觉到欧枫渐弱的痉挛。她发现喉咙很疼，刚才肯定又叫得很大声。他正要从里面离开的时候，她忽然伸出手臂，紧紧搂住了他的脖子：在里面多待一会儿吧。他就没有动，仍旧伏在她的身上。绢又说，你别睡过去，我们说说话吧。欧枫喘着气说，好啊。

你爱我吗？绢问。她很少这样发问。但是这句话，作为一场无中生有的谈话的开端，确实再合适不过。

当然。

你爱我什么呢？

你又年轻又漂亮，还很懂事。

哦。绢轻轻地应了一声，说，比我年轻比我漂亮的女孩有很多，她们也会很懂事。

可我不认识她们，我只认识你。我们认识就是一种缘分。

绢没有说话。这个答案真是令她失望。他不爱她们，只是因为不认识。

他已经完全从她身体里退出来，在上面有些待不住了，做爱之后，男人会本能地想要脱离女人，似乎对刚才的依赖感到很羞耻。她箍紧手臂，不让他动，带我走吧，和我一起生活。别眼睁睁地看着我嫁给别人，好吗？绢伏在他的肩上，滚烫的眼泪涌出来。这一刻的感情如此真挚，不是爱，又是什么呢？绢好像也才刚刚明白自己的心迹。她还是舍不得他，纵使她虚荣，害怕孤独，可现在如果他答应，她可以把这些都抛下。

傻丫头。他拍拍她，松开她紧扣的十指，从她的身上爬下来。他伸出手，擦去她脸颊上的眼泪，我早就说过了，很想和你在一起，但我需要一些时间。他摇摆着站起来，拿了杯子走到饮水机前接水喝。绢仰着脸，只看到欧枫倒立的双腿，粗短而冰冷，在黑暗中，它们失去了特征，可以是任何男人的。她无法再把它们据为己有。

绢拽过裙子，给自己盖上。这丝缎也不是她的，体温在上面留不住，凉得比她的身体还快。她慢慢清醒过来，刚才只是一时忘情，心底还怀着一线生机，希望欧枫可以带她逃离眼前的生活。她坐起来，穿上衣服。可是头发却怎么也盘不好了。

你明天结婚吗？欧枫问。

对。绢系上身后的裙带，摇摇摆摆地站起来。

就在你上次说的那个酒店吗？

是的。簪子遽然擦着头皮，穿过扭卷的发丝，火辣辣地疼。

那你今天不需要留在家里做准备吗？

嗯？绢走过去，打开了灯。冷白的光线，非常刺眼。一场做爱的时间，其实很短，却足以令人习惯了黑暗。他直视着她。她觉得他应该评价一下这件漂亮的裙子。

知道吗，欧枫说，我觉得，你明天不结婚。你其实根本没有要结婚，你只是用这个来吓唬我。你在逼我。

绢站在墙角里，看着他。他的表情非常严厉，像是在斥责一个撒谎的小学生。

是不是？我早就怀疑了。欧枫追问。

绢开始冷笑。簪子又掉下来，头发散了。

我不喜欢你这样做。这种伎俩在我的身上不适用。欧枫恶狠狠地说。

我是真的要结婚了，明天。绢捡起发簪，拉开门，在离开之前又回过身来，非常凄凉地说：

我今天特意穿了一条最漂亮的裙子，来和你告别。

欧枫上下看了她一遍，目光停留在她的乳沟上。他紧绷的表情渐渐松弛下来，叹了口气说：既然你仍要坚持说，明天结婚，那么好吧，我明天中午会去那个酒店，远远地看着你嫁人。

他目光炯炯地盯着她，等着她承认自己是在说谎。

但绢转过身去，走出了门。

六

绢开车回家。夜幕降临，高架桥上塞满了汽车。路灯、霓虹灯，还有广告牌在同一时刻亮了起来。那么亮，那么拥挤，真的很像节日的前夜。她被包裹在拥挤的中心，仿佛他们都是向她而来的。为了庆祝她的婚礼。

她的眼前开始出现婚礼的幻象。她站在台上和青杨交换戒指，透过酒店的落地玻璃，她看到欧枫站在外面。但他的目光不在她的身上，甚至不在花团锦簇的高台上。他的目光落在那件黄裙子上。黄裙子的主人犹如花蝴蝶一样飞掠过人群，散播着蛊惑人心的香气。她漫无目的地飞来飞去，直到看见了他。隔着花束和玻璃，看到了他。他们互相看见。欧枫绕到门口的时候，花蝴蝶已经等在那里了。他们伸出舌头，开始接吻。他们怎么可以先于台上的一对新人接吻呢？不，他们根本不应该接吻！她叫起来，让他们停下来。然而他们已经相爱了，黏在了一起。可是他们怎么可以相爱呢？欧枫，你难道愿意永远面对一个塞着硅胶颧骨假笑的女人吗？哦，乔其纱，你不是讨厌中年男人身上腐朽的味道吗？他已经太老了，根本给不了你什么快活！她非常失态地甩开青杨的手，冲到前面，对着台下的人群大喊，把他们分开！快把他们分开！

绢的情绪已经失控，一阵阵眩晕，眼前变得漆黑，她把方向盘一转，拐到应急车道上，踩住了刹车。她必须休息一会儿，休息一会儿。她打开天窗，靠在椅背上，才一点点从幻象中爬出来。

可是有一些，不是幻象，它们即将发生。明天欧枫要来，他将会认识乔其纱。他认识了她，就可以爱上她了。绢有非常强烈的直觉，欧枫会爱上乔其纱。她曾经运用同样的直觉，预知了长发小青年以及黑檀的离开。只是每一次，她都不甘心，继续往前跑，直到撞得头破血流才肯罢休。

最可悲的是，从来没有人看到过她流血。没有人见证她的痴情。每次爱上一个人，总是很仓促，可那些都是真的。即便最初是因为嫉妒、因为空虚，可是后来，它们都深深地凿入她的血肉里。然后遽然连根拔起。

她在后视镜里，看到一张坍塌的脸，神情非常呆滞，她冷笑了一下，对镜子里的人说：你看你这副样子，还怎么做新娘？

次日上午九点，乔其纱从外面回来，昨晚睡得昏昏沉沉的，把定的闹钟又按掉，果然迟到了。不过迎亲的仪式应该还没有结束。她猜想屋子里挤满了接亲的人，新郎也许正在回答女方亲友团的刁钻问题，不停思考着该如何突围，闯进新娘的房间。可是敲了半天门，连门上的喜字都要震下来了，却仍是没有人回应。她忽然想起有钥匙，这才掏出来，打开门。屋子里静悄悄的，空无一人。桌子上摆着瓜子和喜糖，除此之外，与平日再没有什么不同。乔其纱很疑惑，迎亲的仪式到底有没有举行。她走进卧室，窗户敞开着，地上黄灿灿的一片。趴在上面的大黑猫，警觉地睁开眼睛。她走近了，就看到那件黄色连衣裙，已经被撕扯成许多条，宽宽窄窄，铺展了一地。她缓缓地蹲下身子，那只猫"喵呜"一声跳起来，飞快地钻到床下去了。

怪阿姨

一

　　夏天的夜晚，其实一点都不长。等到商铺打烊，卷帘门哗啦哗啦落下，小食摊上瓦亮的灯泡陆续熄灭，那些傻不拉几的男孩，还三三两两地坐在大草坪上，拎着啤酒罐扯着嗓门说大话。他们的话题永远离不开怎么泡姐，在大麦和酵母菌的作用下，荷尔蒙正在迅速发酵，膨胀成一朵朵巨大的泡泡，白得像女人的大腿。

　　幸好下起了暴雨，男孩们骂骂咧咧地丢下易拉罐，一溜儿小跑离开了。有个倒霉蛋，刚才睡着了，被大雨浇醒，看见四周一个人都没有，还以为是见鬼了呢，他爬起来，却没站稳，一个趔趄摔倒在地上，又爬起来，朝着马路的方向拼命跑。

中心广场好不容易恢复了宁静。我们这才放心地从空中落下。在刚才男孩们坐过的地方，围坐成一圈。盖茨比还是那么聒噪，噼里啪啦地捏了一遍地上的易拉罐，找到剩下的一个罐子底儿，倒进嘴里。保尔和罗密欧显得很兴奋，仍在讨论刚才那些男孩说的话。小维特今天的心情糟透了，上个星期他交了狗屎运，捡到一只印着露半个胸的帕丽斯·希尔顿的铁皮烟盒，本以为埋在树底下最安全，结果昨天被那群玩藏宝游戏的小男孩用铁铲挖走了。鲁滨逊最近迷上了滑板，每回落地，都要先把那只从垃圾箱里捡的破烂滑板拿出来，兜上几圈才肯坐下。亨伯特决定不等了，今天晚上由他主持。在玩腻了现在年轻人流行的真心话大冒险和杀人游戏之后，我们决定让夜晚的聚会朴素一点，回归到讲故事的老路子上来。讲故事嘛，谁都会喽，不过要求是讲一些自己最近看到的新鲜事儿、奇怪的人，这样还能顺便了解一下世界，最近大家都懒得动弹，白天总能在这条街的上空遇到。

亨伯特说要先给大家讲个故事。他永远那么勤奋，对世界有着无穷无尽的好奇心。雨声渐小，天空中撑起许多只好事的耳朵。鹅毛笔在我的手中已经按捺不住，自己跳到空中，唰唰地写了起来。

二

那个叫苏槐的女人，长着一双翠绿的眼睛，颧骨很高。从人群中把她辨认出来，一点都不难，除了绿色眼睛，还因为她看起来很孤独，非常不合群。

苏槐母亲的家族里，有一种遗传性的怪病。他们家族的女人，嫉妒的情绪特别强烈，血管壁又比常人薄很多，体内的力量发作起来大得吓人，瞳孔忽然扩张，七窍流血，瞬时就会断气。包括苏槐的母亲在内，已经有五个人因为嫉妒而丧命。外婆的母亲嫉妒小姑拥有一枚光芒耀眼的钻石戒指，外婆嫉妒朋友的儿子比自己的聪明，大姨妈嫉妒家里请来的女用人比自己年轻，三姨妈嫉妒邻居家的石榴树长得比自己家的茂盛。苏槐的母亲与她们相比，嫉妒心算是最弱的了，嫁了个有钱的商人，生下女儿苏槐，冰雪聪明，生活看起来很和美。然而在苏槐九岁那年的某一天，母亲陪同父亲去参加一个聚会，席间父亲遇到了多年前的女朋友，久别重逢，自有许多感慨，两人频频举杯，喝了许多酒，四目相对，竟有一种感伤。母亲坐在那里，眼睛一眨也不眨地看着他们，忽然间鲜血从眼睛、鼻子、耳朵和嘴巴里喷涌出来，遽然倒在地上，当场暴毙。

苏槐的父亲非常难过。他现在只有一个女儿了。小女儿继承了母亲的美，却也像母亲一样多愁善感。看到要好的女同学另结新友，小脸涨得通红，流出鼻血，若不是那个女孩及时跑过来安抚，她险些窒息而死。"我的女儿现在不能离开您的女儿半步，更不敢和其他的同学说笑，生怕她看到又会犯病。我的女儿也只有九岁，难道您不觉得让这么小的孩子承受如此大的压力，实在有些残忍吗？"女同学的母亲找上门来，劝诫苏槐转学。父亲只能让苏槐休学，自己也停下生意，每天在家里守着她，但仍旧无法避免原来的同学上门来看望她。苏槐对此过于期待，这让父亲觉得不安。母亲死后半年，父亲终于决定离开城市，带着苏槐搬去一个热带的小岛。他已经在那里造好了一座大房子，而岛上原来住着的渔民，也被他用钱遣走了。父亲又找来几个烧菜做饭照顾苏槐的用人。用人经过精心挑选，全部是又老又丑的女人，并且规定她们不能和苏槐聊天，甚至要尽量避免说话。小岛上除了苏槐的父亲，没有其他的男人。父亲认为，使她没有爱上任何男人的机会，是保证她生命安全的基本前提。为了避免让苏槐有父爱被抢夺的感觉，父亲再也没有过任何女人。

三十一年，除了回去办祖母和祖父的丧事，父亲一天也没有离开过苏槐。苏槐也没有离开过小岛，没有和同龄女孩交往过，没有见过父亲之外的任何男人。如果你们看到苏槐，不会觉得她像一个四十岁的女人，虽然眼尾和额头上生了皱纹，可是神情却单纯得像个孩子。多年来，父亲是她唯一的老师，她要学的全部功课是怎样对任何事任何人都不在意。"你甚至不需要在意我，不需要爱我。"父亲对苏槐说，"人和人之间并没有牵系，你看那些女佣，她们和我们住的这座房子，和门外的花园，和海边的船只难道有什么分别吗？世界是冰冷的，所有存在其中的东西，都是冰冷的，生命是一重假象，繁华是另一重，它们只是在引诱你为之消耗能量。"为了让苏槐相信这些，父亲找人运来很多书，摆满了书房，都是自然科学类的书籍。讲天体运行、地球的构成、大陆怎样漂移、花草如何枯荣。又讲人类的生老病死、交配的动物性，以及它所承载的繁衍的意义。在草丛里遇到受伤的小鸟，苏槐心生怜爱，捧着它回家。父亲对她说："你忘记你读的那些书了吗？生老病死，是一种循环。它死了，腐烂的身体作为养分渗进泥土。泥土孕育树木，树木发芽，长出新枝，难道不也是生命吗？生命和生命没有分别，你为什么要挽留它的生命，阻碍自然的循环呢？"苏槐不记得自己是如何接纳这种生活的，一定想要挣脱过，但最终还是顺从了，因为她能够感觉到父亲所做的一切，都是出于对她的爱。等到她完全感觉不到父亲的爱了，却已经完全适应了这样的生活，不再有任何反抗之心。情感的感受力降低，身体的感受力却不断加强。苏槐的嗅觉、听觉、味觉变得格外灵敏。岛上各种花草的香气和味道，蒙住眼睛她也可以分辨。窗外的雨，树落下一片叶子，几公里外的海边有船停靠，她全都能听到。辨别各种声音、气味、味道成为打发时间的最好办法。

　　每天早晨花两个小时绕着小岛长跑一圈，消耗掉那些淤积在体内的能量，一日三餐很清淡，不吃肉，不吃甜食，因为它们会破坏平静的情绪。但每顿饭的时间都在一个小时以上，因为她要仔细咀嚼，享受每一种食材和调料的味道。余下的时间待在房间里看看书，或者在户外捕捉新鲜的声音和气味。晴朗的夜晚还可以架起望远镜，凭借出色的视觉，略过云层欣赏常人看不到的遥远的星团。如果不是父亲离世，苏槐可能会一直这样生活下去，永远也不会想到要改变。父亲是心脏病猝死，"咕咚"一声从床上滚到地下，断了气。苏槐闻讯来到父亲的卧室，立刻嗅到一股新死的人身上的臭味，她蹙了一下眉。以前照顾她的老嬷嬷死在用人住的房间里，尽管离苏槐的卧室很远，而且尸体马上就被拖走了，但她依然可以闻到死人的气味，在食物里，在水杯里。后来整座房子大开所有窗户晒了两个星期，烛火通明去味，房间里摆满了芦荟和艾草，苏槐才渐渐可以吃下东西。

那个天天照顾父亲起居的女仆，在给死者蒙上白布的时候，忽然失声痛哭。她跪在地上，抓着父亲的手，表达了多年来对他的倾慕之情。哭声尖厉，把苏槐吓坏了，她捂住被刺痛的耳朵，逃出了房间。

苏槐站在门口，看着仆人们拖着父亲肥胖的身体向院子里走，等到她们已经走出去很远，苏槐忽然追上，问："你们知道怎么能把这股难闻的气味弄掉吗？"伤心的女仆回过头，怨恨地看了她一眼。

整幢房子开始进行一次彻底的大扫除。用人们在阁楼上找到许多旧物，都搬到了院子里。苏槐童年穿的衣服、小学的成绩册、泛黄的合影，父亲舍不得丢弃，就把它们藏了起来。苏槐捡起一只红皮笔记本翻看，是小学时写的日记。作文课上老师念了别人的作文，她缩在座位上瑟瑟发抖。看到要好的女朋友送给别人明信片，她愤怒得简直要冲上去把明信片撕个粉碎。新转来的那个女生很受欢迎，她的头发那么长，闪闪发亮，苏槐甚至有一种想要揪起她的头发一刀剪断的冲动。

苏槐觉得很奇妙，过去她一直认为文字的唯一用途是传授知识，像百科全书里面的一样。而这个小时候的自己，为了一些奇怪的事表现得那么愤怒或者悲伤。但是愤怒和悲伤到底是怎样的感情呢，她完全体会不到。与此同时，那个暗恋着父亲的女仆来向苏槐辞行，说再在这里待下去也没有什么意义了。

"意义？"苏槐觉得她的话很有趣。

女仆看着她，忽然说："小姐，您从来没有想过活着的意义吗？这样像行尸走肉一样活着，有什么乐趣吗？"

女仆走后，苏槐想着她的话，虽然并不能全部理解，但觉得很有道理。生活的确没什么意思，尤其是现在每天呼吸着散发臭味的空气，连进食的乐趣也失去了。书架上的书都看完了，父亲死后，没有人知道要去哪里采购这些书。律师到岛上来拜访，讲给她听父亲的遗产有哪些，让她签署各种文件，还有许多过去父亲拿主意的事情，现在都要来问她。她觉得自己的空间被完全占据了，毫无自由可言。入睡之前，她又取出那个红色小本子，对于这个完全陌生的童年时代，她充满了好奇，甚至有一种想要走近它的冲动。

苏槐重新回到这座城市，她希望有人可以帮她找回那种叫作嫉妒的情感。就算因此送命，也觉得很值得。她虽然与常人大不相同，但有一点人类的共性她仍具有，就是总追逐那些得不到的东西，觉得它们是最好的。

三

亨伯特忽然停了下来。说后来的故事他还没有收集全，明晚再讲。大家正听得入神，发现又是个没结尾的故事，不禁唏嘘一片。他每次都是这样，喜欢卖关子，一定要大家都央求他，才佯装勉强地继续讲下去。

"真是个怪阿姨啊！"小维特喃喃地说。

"这种没心没肺的女人，我最喜欢了，你继续讲下去嘛！"罗密欧说。

"别磨蹭了，天一会儿就亮了。"鲁滨逊坐在滑板上，咕噜咕噜左右摇摆。

"我真的还没收集完整呀，你们知道，故事的缜密性很重要。"亨伯特说。

"得啦，又不是你自己的故事，还在这儿故弄玄虚，有什么可得意的？我来替他讲下去。"说话的是唐璜。他才加入不久，总是一副目中无人的样子，戴着一副自认为很酷的蛤蟆墨镜，捡了一瓶老女人用的香水就狠狠地往身上喷，真让人受不了。

我们还是更信赖亨伯特的权威性，宁可忍受听不到结尾的折磨，把故事留到明晚，于是不约而同地悬起脚，准备散去。这时候，唐璜不紧不慢地说：

"嘿嘿，不瞒你们说，我和这个女人有那么一腿，所以她的故事，没有谁比我更清楚。"

大家的脚又落回地上。唐璜要求和亨伯特换位置，亨伯特气呼呼地飘到保尔的旁边，唐璜在中间的位置坐定，吐掉嘴里的口香糖，开始讲他的风流韵事。

也许因为他不清楚我们讲故事的规则，又或者是有意冒犯，唐璜在讲故事的过程中，无时不忘炫耀自己的男性魅力，以及他见识过多少不同的女人。当然，他的确有这样做的资本，因为这群人当中，除了他之外，大家都是处男，尤其是亨伯特，他二十五岁了，是一个老处男。他这种炫耀，伤了在场每个人的自尊心，不过看在故事精彩的分儿上，我们都安静地坐在那里，听完了故事，真是给足了他面子。

不过呢，在记录的时候，我还是必须秉承过去诸位兄长的优良传统，尽量剥除那些带有个人色彩的东西，专注于故事本身。好吧，忠诚的鹅毛笔，你来告诉大家，故事原本是怎么样的。

我第一次见苏槐，是去年冬天。她从酒吧一路跟踪我来到家门口。我认出她是酒吧里那个一直看我的女人。她问我，是否可以和她一起住。她长了一双细长的深绿色眼睛，轮廓分明，看起来很像混血儿。穿了一件价格不菲但是样式很土的裘皮大衣，看起来挺暖和的，可她还是冷得瑟瑟发抖。当时，我刚被同居女友赶出来，好不容易找到酒吧侍应的工作，租了这么一间又脏又臭的地下室，生活可能比现在还窘迫。这是我接受她的邀请的主要原因，不过肯定还有别的，她挺迷人的，有一点亨伯特没说错，她完全不像 40 岁的人。我搬去的当晚，她就对我讲了她的故事，希望我能唤起她的嫉妒心。"因为我觉得活下去也没什么意思，倒不如早些死了的好。但总还是希望在临死之前，体会一次嫉妒的感觉。"

"你想让我做什么？"我安静地听完她的故事，非常绅士地问。

"我会尽量让自己喜欢上你。而你要和其他女孩好，并且一定要让我看到，这样应该可以唤起我内心的嫉妒。据说情敌之间的嫉妒，是最深的。"而后，她又简单直接地说，"我死之后，会把所有的钱都给你。"

我刚要答应，忽然想到一个问题，就问：

"你为什么选我呢？"

"我在那个酒吧待了一个晚上，看到很多女孩凑过来和你说话，好像都很喜欢你。"

我听了很失望，还以为她是被我英俊的外表吸引了呢，竟然是这样一个理由，天天混在酒吧里，看人眼色，讨人欢心，当然会有许多熟客和我搭讪。

不过呢，天上掉下金币砸到我这样的好事儿，还真是头一遭，我又怎么能错过呢。于是我就和她拟定了一份合约，在同居期间如果她因嫉妒身亡，我将获得她的全部遗产。双方签字。我当然是因为钱，才答应了这件事的，不过很奇怪，听苏槐讲她过去的事的时候，会渐渐接受她的逻辑，觉得她本来就不属于这个世界，所以也不觉得帮她求死有什么不妥。

为了进入一种亲密的男女关系，我建议苏槐和我做爱。做爱肯定能令她迅速爱上我，从前和我交往的女孩都是这么说的。苏槐同意了。不过说实话，那个场景真有些滑稽。一个四十岁的女人，布满皱纹的脸上，满是懵懂。身体僵挺，环住我的脖子，像一副套在我身上的刑具。最让我受不了的是，她那种平静地置身事外的表情，眼睛直直地看着我，好像是在观赏表演。她对疼痛的感受力很强，我每次想要进去的时候，她的身体就本能地收缩，结实得像块石头，生硬地把我顶了回来。我这样折腾了一夜，才终于进去。她痛得尖叫起来，猛然把我从她的身上推了下来。

若干次后，她终于得到了快感，但仍旧面无表情，身体动也不动。我渐渐觉得，和她做爱，简直是一场考试。她像严厉的老师，对我的表现做出评价。

"时间应该再长一些。"做完后，她挣脱我的怀抱，用纸巾擦拭着下身说。

我辞去了酒吧的工作，每天从早到晚要做的事情，就是和她恋爱，确切地说，是帮她进入恋爱的状态。我们看电影，但她不能理解其中的人情世故，没有耐心看完。常常是在邻座的女孩被感动得泪流满面的时候，她站起来，走出了放映厅。我们逛公园，她不喜欢白天去，摇篮车里小孩的哭声，让她无法忍受。于是我们深夜去。她很开心，和我说着空气中的香气是来自哪几种花的，蟾蜍的叫声具体是从什么位置传来的。她喜欢跑步，围着公园跑三圈仍然觉得不过瘾，我完全跟不上她的速度，跑着跑着就停了下来，坐在长椅上休息，等她回来。有几次她跑得太专注了，不想停下来，就一路跑回了家，忘了我还在公园里等。连我引以为豪的厨艺，她也无法欣赏。她简直是个食草动物，只喜欢生吃一些蔬菜和水果，细细品味植物天然的味道。

　　我充满了挫败感，非常严厉地警告她："我所做的事你必须配合，不然所有努力都白费，你永远也没办法感觉到爱和嫉妒。"她点点头。后来再去看爱情电影，她再也不提前离席，强迫自己坐在位子上，但还是有好几次睡着了。去公园，不许跑，而是牵着手和我一起散步。她倒是可以做到，但我必须忍受听她说那些花草蚱蜢的事，循着某种她认为奇怪的香味钻进灌木丛里寻找。她依然无法吃肉和甜食，吃了就会呕吐。但经过锻炼，苏槐已经可以吃辛辣的食物了，因为她从中获得了一种咀嚼辣椒种的乐趣。每天起床后亲吻，当然我要先刷牙，轻微的口气就让她无法忍受。晚上相拥入睡，这种长久的肢体接触让她烦恼，在忍受了无数个失眠夜晚后，终于有了好转。有时候，我觉得她像个无助的小孩，对于这个世界的法则不能理解，却必须让自己适应。那种笨拙的认真让人觉得可怜。

两个月后，我决定引入情敌的角色，我们的爱情实在进展很慢，这种生活简直令人窒息。我重返酒吧，不费吹灰之力，就勾搭上一个年轻漂亮的女孩，把她灌得半醉，带回了家。我们在客厅的沙发上做爱，我故意把杯子摔在地上，发出很大的声响。苏槐果然闻声走出来。她看到这一场景，没有任何惊讶，从一旁的椅子上坐下来，观看我们做爱。女孩蒙蒙地睁开眼睛，立刻惊呼起来："她是谁啊？"我扳过女孩的脸用雨点般的亲吻堵住她的嘴，她伸出留着长指甲的手抓破了我的脸，从身下逃开，挥手又给我一个耳光。那个正襟危坐、目光炯炯有神的中年妇女一定吓到了她。她认为我们要么是串通好了想要谋害她，要么就是有什么古怪的性癖好。她一边咒骂着一边套上衣服，夺门而出。

我后来又试过两个姑娘。其中的一个我简直有些爱上她了，她的乳房长得实在太美了，我总是被胸部丰满的女孩儿吸引。我甚至向她坦白了我和苏槐之间的约定，请求她配合，熬过这段时间就可以过上好日子了。她起初不答应，但是毫无疑问，她也爱上我了，喜欢和我做爱，完全离不开我。后来，她经不起我的反复哀求，终于答应了。她近视六百度，我建议她摘掉隐形眼镜，这样就完全看不清苏槐了。我又给她喝了很多威士忌，抱着她耐心地等她哭完吐完，才一起回家。应女孩的要求，我把音响打开，或许吧，Green Day 的歌声真能让她觉得安全一点。我回到沙发上，一把扯过她来开始亲吻。不久，我眼睛的余光就感觉到了苏槐的身影。我立刻把女孩按倒，亲吻她的胸。女孩发出小鸟般的呻吟声。我们和着音乐的节奏轻轻摆动。我撕开她的渔网袜，白肉从里面迸出来。这次看起来似乎很完美，当我进入的时候，女孩似乎忘了苏槐的存在，抑制不住地叫起来，她紧闭着眼睛，陷入一阵就要被碾碎的挣扎中。我抬起头，瞥了一眼苏槐充满惊愕的表情，她的反应似乎很强烈，我们大概离胜利不远了。我又让女孩翻过身来，换一种体位。没错，我们更加猛烈了，女孩跪在那里，痛苦地嘶叫，脸涨得通红，一直红到脖子后面，身体本能地一下下收缩，我知道她的高潮就要到了，又加快了速度。

"我有一个问题想问你们。"苏槐忽然开口说话。

我和女孩都吓了一跳。还是我先回过神来，硬撑住了，不然险些就泄掉。

"我想问的是，这个女孩的叫声，是假的吗？她是在表演吗？"

女孩在我的身下忽然不动了。我们都僵在那里几秒。我感觉到自己在一点点塌下去。

"因为我发现，刚才她翻身的时候，呼吸立刻变得很正常，前后的反差太大了，不符合人类呼吸渐进和渐退的规律。"苏槐语气平静得像是电视里的气象播报员。

女孩看着我，嘴动了一下，本能地想要反驳，却又语塞。她忽然猛力推开我，坐了起来：

"我受不了了！我们凭什么像动物一样，被她参观被她评点！就因为她的钱吗？你看你像个男人吗？谁不在乎被当成动物，你去找谁吧！"女孩抓着撕破的渔网袜，委屈地哭起来。

我赤裸地坐在那里，目送女孩离开。我知道我也许永远都不会遇到比她身材完美的姑娘了，心中不禁一阵怅然。

在那之后，我没有再找良家女孩，她们都因此而鄙视我，我会永远失去她们。我开始改用妓女。原本说起来，苏槐不谙世事，根本辨认不出她们是妓女，可惜妓女普遍都存在一个问题，就是动作和叫声夸张。我相信苏槐在看过她们之后，可能就知道之前的那个女孩，已经很真实了。世界本来就是虚假的嘛，只是一个虚假程度的问题，苏槐就是太钻牛角尖了，容不下一点虚假。一个毫无感情、毫无欲望的人，也的确没有什么必要虚假。说实话，我挺羡慕她的。

后来和妓女做爱的时候，苏槐也会指出她们的虚假。妓女倒是不在乎，完全可以继续。可是我渐渐有一种不好的感觉，总是想起那个美胸女孩说的话，也越来越觉得，真的很像两个动物在表演，供人观赏。这完全是个苦力活儿。我不是嫖客，其实我更像妓女。苏槐变成了坐下来，慢慢看。我知道她在努力，她希望自己可以看着看着产生一种激烈的情绪，可是她还是会不自觉地指出虚假，这好像是她的本能。我也不是没有试过用恶毒的语言刺激她，比如我会搂着妓女的脖子，说："你看人家的皮肤多么白皙光滑，再对着镜子看看你自己的脸吧，老太婆！"但苏槐对于语言的感受能力更差，她不能感受到语言中强烈的感情色彩，会把我说的话当作陈述句，她也认为这是事实，我说一个事实又有什么不对呢？

天知道我为什么会那么敬业，每天都换不同的女人，不停地试，越来越憔悴，越来越觉得是在进行滑稽的表演，终于有一天，我在妓女和苏槐的面前，发现自己无法勃起了。妓女非常惊慌，说："即便这样你也是要给我钱的。"我丢给她钱，让她滚。苏槐问我：

"这种现象为什么会发生呢？和季节或者温度有关吗？"

那一刻我真的很难受。内心充满了恐惧，我觉得我好像再也不能硬起来了。我永远地失去了做爱的欲望。我看着苏槐，觉得她静谧得像个圣母，我忽然觉得很依赖她。一个没有欲望的人，和另一个没有欲望的人在一起，才觉得安全。

我对苏槐说：

"我们可能都太着急了，你过了三十一年没有嫉妒的生活，现在只用几个月的时间，怎么可能恢复呢？我们应该慢慢来。你可能不太清楚，人类的感情是在一天天的相处中，慢慢产生的。"

从此我不再带女人回来，日子又恢复到从前。我们看爱情电影，逛公园，做饭吃饭。只是不做爱，因为我非常害怕面对她那双审视的绿色眼睛。后来我自己在外面又试过，也还是不行。我可能真的太累了，觉得做爱也没什么意思，做来做去，的确多数都是虚假的。身体既然没有这个需要，也就算了。

　　我们去公园的次数开始减少。并不是我懒惰，而是好像忽然老了许多，没有那么多力气，走路完全跟不上苏槐的速度。也不能跟着她，爬树钻洞，找什么香味或者声音。苏槐恢复了跑步，每天两小时。当我发现家里那个用人做饭其实更好吃的时候，也懒得做饭了，反正对苏槐来说，这些食物都没什么意义，她永远只吃生的。后来也不去电影院了，改为在家里看影碟。苏槐依然坐不住，她如果认真地看，就有很多问题要问。我不能一一作答，她就开始查书。她又开始大量阅读，让人买了很多书。所以最后的生活模式变成了这样：苏槐出去跑步或者在书房看书，而我躺在客厅的沙发上看爱情电影。

　　两个月过去，我的体重涨了二十三斤，走一点路就开始喘，成了一个虚弱的胖子。苏槐倒是不嫌弃我，她大概以为这和树上的果实成熟一样，是很自然的现象吧。其实我们很少说话，有时候我会抱一下她，像两个生活多年的老夫妻那样，机械地、松垮地抱一下。

　　有一天她跑步回来，出了很多汗，浑身热气腾腾的。她还是穿着很奇怪的绿色运动服，但是我忽然觉得，挺好看的，碧绿碧碧的，像一棵树。用人给她梳了个马尾，她还挺喜欢的，觉得跑起来能听到更多风的声音，就天天让用人给她梳。前额的头发都拢到了脑后，额头很高，充满了智慧。我忽然觉得她很像教堂壁画上的圣母，眼睛里充满了温存的笑意。我站起来，走过去抱了抱她，问她：

"那么久啦，你觉得你对我的感觉有一点变化了吗？"

"你变大了。"她指的是我胖了。她永远只用客观的视角，说近似真理的话。我苦笑了一下，看着她，帮她抹掉了额头上的几滴汗水。

那一天苏槐一直躲在书房里看书，直到我睡觉都没有出来。

次日我醒来，她已经跑步去了。但是很奇怪，她一直没有回来。等到晚上，我在沙发上等得睡着了，才听到门响。她回来了，带着一个年轻的男人，谈不上英俊吧，肯定没有我发福之前帅，只能说很健壮。苏槐说：

"我们的合约取消吧。我和他签了合约。"

"为什么？"

"你已经不能激发出我的嫉妒了。书上说，一种最强烈的嫉妒源自同性动物之间因为争夺配偶而进行的竞争。它们争夺配偶是为了交配，然后繁殖。你现在已经不能交配了，所以不能激发嫉妒。"

我愣在那里说不出话来。

那个男人很坏，肯定希望马上把我赶走。他搂住苏槐说：

"我要让你知道我的好，离不开我，别人如果要抢走我，你很自然地就会嫉妒的。"

　　我冷笑了一声，心里想，还以为你有什么高明的办法呢，还不是和我一样吗？

　　男人立刻付诸行动。他粗暴地扯开苏槐的衣服，一把抱起她，丢在另一边的沙发上。他脱掉上衣，胸肌非常发达。他解开腰带，脱掉裤子，他当然没忘记转过头来让我看了看他那只值得骄傲的大家伙。然后他拎起苏槐，分开她的双腿就直直挺了进去。我站了起来。因为我好像听到了苏槐的一声轻微的呻吟，非常小，我不能确定，也看不到苏槐的表情，所以想走过去看一看。我觉得我必须过去看一看，这个问题对我很重要。

　　但是我刚迈起脚，就摔倒在地上。我觉得很热，觉得脸上被什么东西捂着，费了很大力气抬起手，抹了一下，就看到鲜红的一大片，都是血。血汩汩地还在往外涌。我大声叫他们："快帮我止血，快来！"视线慢慢模糊起来，视网膜上好像布满了腥绿色的水草，绕来绕去，越来越绿。我撕破了嗓子一般地叫他们，好像已经不是为了让他们为我止血，只想打断他们，不让他们那么顺利地做下去。不知道叫了多久，在视网膜就要被水草糊上的时候，我看到苏槐的脸，相隔很远，她看着我，蹙了一下眉。

四

唐璜停顿了一会儿，给大家充分的时间回味故事。虽然没有人真正喜欢他，但是大家不得不以一种崇敬的表情看着他，没办法，风流鬼的地位，在我们当中一向是很高的。

"那么这个怪阿姨现在在做什么？"小维特问。

"大概又开始继续寻觅年轻男孩了吧。你们等着吧，那个肌肉男很快就会加入我们的。"唐璜很有把握地说。

天空开始发白，时间已经不早了。保尔提醒大家：

"应该散会了，不然太阳光照下来，我们可就完蛋了。"

鲁滨逊忙着去藏滑板。亨伯特和罗密欧在商量着要去看看怪阿姨。小维特终于从阴霾的心情中走了出来，比起帕丽斯·希尔顿的烟盒，他意识到自己更需要的是一场恋爱。我收起鹅毛笔，折叠笔记本，然后把它们交给明晚的执笔记录者保尔。大家悬起了脚，飘到了半空。只有唐璜待在原地不动，他看起来有点不高兴，用手扶了一下墨镜，仰起头问上面的鬼：

"嘿，你们难道不想看看我的绿色眼睛吗？"

我是这次故事会的记录者克莱德，如果你们觉得我做得不坏，那么，请不要忘记举起双手给一点掌声。谢谢。

许苔

午夜时分，我们坐在三十六层楼的小包间里。我抽烟，女孩喝啤酒。风从打开的窗户涌进来。就快下雨了，比预报的要早。隔壁高声讲话的那几个中年男人走了，这会儿屋子里变得很静。

　　桌上的烤鸡肉串已经冷了，天妇罗正在一点点瘦下去。女孩坐在我对面，专心研究着啤酒罐上的英文字。芥末色的灯光打在她的侧脸上，晕开的睫毛膏把眼睛底下弄得很脏，脑后的马尾也松了。她身上有一种乱糟糟的美，有那么一点性感。可是性感这会儿一点也不重要。地方是女孩选的，时间也是。上个星期她发来邮件，问我是否愿意接这一单生意。我说："好，但不要是周末，因为我要搬家。"到了星期三她又发来邮件，说很抱歉，还是希望能定在周日。因为一到工作日就被各种琐事缠身，根本没有力气来处理这件事。"拜托你了，"她在信的末尾说，"我就快要三十岁了。"我答应了她，把搬家的时间推迟了一天。

我和她约在蓝鸟大厦的楼下见面。地铁在这里穿行而过，能感觉到脚底下的地板颤动。楼间过道里的风很大，吞没了和对方打招呼的声音。她说"我叫墨墨"或者"我叫梦梦"，我听不清，也没有再问。这一点都不重要。女孩墨墨或者梦梦穿着深蓝色连帽衫，把帽子拉了起来，只露出半张苍白的脸。她的眼睛很大，紧绷的嘴角向下垂。我跟着她，绕到楼的另外一面。

"在三十六层。"她指给我看那家日式餐馆的窗户。我仰起头向上看，那些蜂巢状的密密麻麻的窗户令人感到非常压抑。当身体从某扇窗户里飞出去的时候——我想象着那条凌厉的抛物线，大概会有一种重获自由的强烈快感。她看着我，似乎在等我对她选的地方表示认可。我耸耸肩，告诉她一切都随她。那间日式餐馆隐藏在这座写字楼里，外面没有任何招牌，非常适合幽会的男女。小包间里灯光昏暗，插在竹编的花器里的雏菊已经开始枯萎，散发出孱弱的香气。脚边的榻榻米上有一块淡淡的深色污迹，可能是酱油，却让我想到女人的血。服务生摆放碗筷的时候，女孩轻声对她说："还有一位。"见我诧异地望着她，她才解释道："是我的男朋友。"她垂下眼睑，"对不起，没有提前告诉你。我们想一起……可以吗？""应该能行吧，"我说，"我也不是很确定。"女孩问："付两倍的钱没问题，我可没想占你便宜。""不用，"我说，"我按照时间收费，几个人都无所谓。"她笑了笑："那么时间的上限是多久？""一个晚上吧。"我回答。"他应该已经在路上了。"女孩墨墨或者梦梦说，"我们一边吃一边等吧。"

半年前，我在一个出售各种奇怪服务的论坛发布了一条信息，说我愿意提供一项报酬为三千块的有偿服务：陪同想要自杀的人度过自杀前的最后一段时间。

"自杀是一件需要极大勇气的事。最后关头的软弱和退缩极为常见。我可以帮你克服这些困难，使你能够安心、坚决地采取行动。"信息里这样写道。"死伴"，我还给这个角色取了一个名字。最初写来邮件询问的人很多。问题大多集中在我如何证明自己具有所说的那种能力。此前我的确做过几个人的"死伴"，但死人是无法做证的。这是一项永远得不到回馈意见的工作，我在回信里解释了这一点。不过很多人还是不相信，又或者并不是那么急于求死，总之没有再写信来。另外有几个人写信来讨价还价。我对于快死的人还为了少掏几百块费尽心思，实在感到不理解。

最终提出见面的只有一个男孩。按照信里的说法，他十八岁，得了白血病，只剩下几个月的命。我们约在中山公园的湖边见面，他说自己五岁的时候跟父母在湖上划船，把一只鞋掉了进去，这些年老是梦见到湖底去找鞋。我在长椅上坐了两个小时，那个男孩没有出现。也可能来了又走了。总不会是在我旁边坐了很久的那个胖子吧？他吃了两个汉堡、两盒薯条、四个蛋挞、一袋鸡翅，还喝下去一杯半斤装的可乐。关键是他吃得相当专注，一下都没往我这边瞥。反倒是我不断转过头去看他。太阳快下山的时候，我离开长椅，到湖边租了一只船，划到了湖中央。不知道为什么，我觉得男孩说的丢鞋子的事是真的。

随着时间的推移，写邮件来询问的人渐渐少了。而我也忘记了这回事。直到女孩写信来。我觉得不像是恶作剧，就算是也无所谓。我不介意白走一趟。上回去湖边那次，划完船忽然也很想吃汉堡，已经十年没吃过了，就去了附近的"Burger King"，汉堡里的牛肉饼相当美味，我吃完心满意足地回家了。

女孩坐在我的对面。我们中间隔着一个熊熊燃烧的酒精炉。纸火锅在上面沸腾。点菜之前，她认真地询问了我的喜好，不过真正选择的时候，却好像并没有依照那个来。那些菜她自己似乎也并不喜欢（只吃了半只大虾天妇罗，有点嫌弃地把剩下的一半挪到盘子的边沿）。爱吃天妇罗和动物内脏的人，恐怕是那位还在路上的男朋友吧。她是按照他的喜好来做选择的——一种不可抗拒的下意识。所以这是否意味着想死的那个人是她的男朋友呢？

这让我感到有些困惑。每项工作都有它的职业道德，就像我在博物馆工作，保护文物不受任何意外损害，就是我的职业道德。"死伴"的职业道德是满足客户本人的强烈诉求，嗯，我是这么认为的。

"我可以抽烟吗？"我问。包厢里的空气窒闷，一阵厉害的烟瘾上来，让人难以忍挨。

"不是室内都不许抽烟吗？"

"戒烟令颁布的时候，我还以为自己能少抽点呢，没想到反倒更多了。"

"嗯，"女孩点点头，"就好像越是想好好活下去，就越是想死一样。"她转过身，打开了背后的窗户。风涌进来，吹得她的长头发乱飞。她像是被什么东西吸引住了，趴在窗台上朝下看。

"小时候每次挥挥手，屋子里的灯就亮了。我还以为自己会魔法呢，其实是我妈妈偷偷按了开关。后来去元宵节的灯会，有个猴子眼珠子亮得吓人，我不停挥手，可它还是那么亮。我哭起来，第一回意识到原来自己很平凡。"她背对着我，看不到脸上的表情。

我说："我觉得所有的魔法都是邪恶的。"

"平凡才是最邪恶的呢。"她说。

屋子里很安静，酒精炉上的火苗在激烈地跳蹿。有那么一刻，我几乎觉得她会倏地站起来，纵身跳下去。她随时会从我的眼前消失，这深蓝色的衣服，这苍白的小脸，这迷离的眼神。等我不知不觉点起另一支烟，她把身体转了过来。

"其实我挺想试试飞起来的感觉。可是我男朋友不喜欢，他恐高。"她说。我这才又想起那位男朋友的存在。刚才那会儿，真的忘了还有那么个人。

"没关系的，"她像是在安慰自己似的点点头，"我带了很多药片。"

"一直有殉情的情结？"我问。

"怎么说呢，死的念头是很小的时候就有的。可是一直觉得不能一个人去做那件事。"

"为什么？"

"不知道。我一个人能做很多事，一个人吃饭、一个人住、一个人旅行……可就是不能一个人去死。总觉得那应该是两个人一起做的事。一个人来到这个世界上，是为了找到另外一个人，和他一起离开。好像只有那样才圆满。"

"现在你找到了？"我说。

没有回答。她拿起手边的啤酒，大口喝了起来。

"说说你吧。"过了一会儿她说。

"嗯？"

"怎么会想到做这件事的呢？"

"大学毕业那会儿就想做，可是每天都很忙，直到今年换了个清闲的工作。"我说。

她对我现在做什么工作并不感兴趣，只是问："为什么想做呢？"

"因为在这方面——我好像有点天赋，也许能帮助那些受困的人，让他们获得解脱。"

"天赋？"她皱起眉头。

"嗯，初二的时候发现的。"我点了支烟，接着讲下去。

那年暑假的某个下午，我一个人在操场打篮球。有个男孩一直在旁边看，瘦高，看起来比我大点，高一高二的样子。他不声不响看了很久，我就问他要不要加入。他球打得不错，争抢得挺凶，我们都出了一身汗。天黑了，我准备回家，他忽然问我要不要去他家玩。他说我们可以打游戏，他爸妈不在家。我不想去，那个男孩就一遍一遍地哀求我："只待一小会儿，就一小会儿，好吗？"最终我答应了。我到电话亭给家里打了个电话，然后跟着他走了。他家在一幢居民楼的顶层，很小很破的两间屋子，而且根本没有什么游戏机。"你得原谅我，"他说，"我是怕你不跟我来，喝点啤酒吧？"他从嗡嗡作响的冰箱里拿出来两瓶青岛啤酒，还有一碟炸花生米。我们并排坐在窄小的布沙发上，他的肩膀几乎碰到我的肩膀。我能感觉到屁股底下的弹簧，可以闻到他身上酸涩的汗味。他不时地侧过头来盯着我看。他可能是个同性恋。我不是没想到这一点，虽然我对这个领域的了解极其有限。我一直在想要是他忽然靠过来，我该怎么办。可是他什么都没有做。我们只是那么坐着，默默喝着啤酒。过了一会儿，他走过去，把电视机关掉了，然后进了洗手间。我一个人坐在那里，继续把酒喝完。我的脸变得很烫，而且开始犯困。可是他还没有出来。我敲了敲洗手间的门，说了声我先走了。我走出门，又折回来，再去敲洗手间的门。里面似乎有急促的呼吸声。我退后几步，用力去撞那扇门。门开了。他躺在地上，头斜靠着背后的瓷砖墙，割开的动脉汩汩地冒血。我用他家的座机打了急救电话，然后用沙发巾缠住他的手腕。他已经喘不上来气了，但还是笑了一下。"为什么？"我问。他说："我一直想死，只是没有勇气，直到看到你。看到你的第一眼，就觉得你和别人很不同。你身上有一种特别的东西，能让人鼓起勇气，下定决心去死。临死之前有你陪在身边，我一点也不害怕。"他在两分钟后停止了呼吸。

上了高中，我住校，因为和父母的感情一向很淡，所以有时连周末也不回家。有一个周末，我到附近的游戏厅打游戏（那个男生死了之后，我开始沉迷于电子游戏）。有个女孩在旁边的机器上抓玩偶。我早就注意到她了，因为她穿着我们学校的校服。一般没人穿着校服去游戏厅，被学校发现了要给处分。她那天运气不错，抓到了一个维尼熊和两个兔子。过了一会儿我再一回头，发现她就站在我身后，眼睛被厚厚的齐刘海遮挡着，不知道看向哪里。我问她是不是想用我这台机器，她摇摇头。我就又投了两个币，握住方向盘，继续开赛车。我那天超水平发挥，好几次险些撞上前面的车，却都神奇地躲过了。她一直站在那里，看着我用完了最后一个游戏币，然后说："你玩得真不错，想去吃点东西吗？"我答应了，因为确实觉得很饿。走的时候，她把维尼熊和兔子落在旁边的座位上，我提醒她，她摆了摆手说："那都不是我想要的。我只想要长颈鹿，可是怎么也夹不上来。"

我们去麦当劳吃了汉堡。吃完以后，她又去柜台要了很多袋番茄酱，撕开一个小口慢慢吸。后来她讲起小时候的事。确切地说，是一岁时候的事。那时候她妈妈经常抱她去一个公园，让她在草地上爬，然后拨通电话，跟一个男人调情。有时候被逗得哈哈大笑，有时候又忽然哭起来。我说："没人能记得一岁时候的事。"她说可是她记得，还描述了有次妈妈在电话里跟那个男人说我爱你时，身上穿的是什么样的裙子，戴的是什么颜色的发卡。她记得当时自己很难过，已经做好妈妈抛弃她、离开家的准备了。但妈妈并没有离开，直到去年得了胃癌，临终的时候她和爸爸在她的旁边。女孩沉默了，一点点抿着番茄酱。我问她在想什么。她抬头看看我，又把头低下了。过了一会儿她说："嗯，我们走吧。"回去的路上，她说："你不用送我了。"我说："我跟你一个学校。"她有点惊讶："我怎么从来没见过你，你哪个班的？"我报了年级和班级，说："全校上千人，见过也记不住啊。"她摇摇头："我肯定没见过你。"到了学校我跟她告别，她一把把我拉到旁边的一棵松树底下，塞给我一个沉甸甸的布口袋。我松开束口的绳子，看到里面全是绿色的游戏机币。我让她自己留着，明天再去夹长颈鹿。她说："我现在已经不想要长颈鹿了。"说完把口袋往我怀里一推，转身跑了。当晚，她用一根白色围巾把自己吊死在了寝室的门上。因为是周末，其他人都回家了，直到星期天下午，她的室友回来，推不开门，就找来了保安。隔了两天，那个女孩班里的同学给她办了个追思会，在操场上点了好多蜡烛。我穿过那些哭着的女孩，走到中央看了看女孩的遗像。

"可以再要两瓶啤酒吗？"我掐灭烟蒂问。

女孩墨墨或者梦梦点点头，拉开包厢的门去喊服务员。

"她给你的游戏币后来你用了吗？"女孩扭过头来问。

"嗯。"

"去夹长颈鹿了吗？"

我摇了摇头。

"没夹上来？按说脖子长不是应该很好夹吗？"

"没有长颈鹿。那个放玩偶的池子里从来没有过长颈鹿。"

女孩点点头，示意服务生把手里的啤酒打开。

"从此确认了自己的天赋？"她问。

"当时挺烦恼的。见了搭讪的陌生人扭头就走。"

"后来为什么改变了想法？"

"你男朋友到哪里了？"

"别管他了，继续讲吧。"

读大学的时候，我去了一个南方的城市。又一年的秋天，班上一个女同学邀请我去郊游。同行的还有其他四个人，她男友、一对情侣，以及一个低年级的女生。我跟那个女同学一点也不熟，不知道为什么她会来问我。但我还是去了。我们坐了两小时大巴，来到郊外的水库。在那里搭起烧烤的架子。大家喝着啤酒，用一台小录音机放音乐，然后跳起了舞。那个落单的女生忽然不跳了，问我愿不愿意跟她到附近散散步。我说："别去了，天快黑了。"她就让我陪她坐一会儿。我们在篝火边坐下。傍晚的天气变得很凉，火苗上下蹿跳，把脸烤得很烫，但是背后还是飕飕的冷风。她把手伸过来，让我握住。她的手不冷，但是也不热，摸起来好像一件衣服。她问我："二十年后这里会变成什么样？"我说："还是一个水库吧。"她说："水会干的，你不知道吗，地球快完蛋了。"我说："那就见证一下它完蛋，不是挺好的吗？"她笑着说："小傻瓜，那很痛苦的。"她凝视着我的眼睛，然后凑过来，吻了吻我的嘴唇。其他人不跳舞了，笑着起哄。那个邀请我来的女同学说："人家对你可是一往情深，一直求我把你约出来。"我们开始烤食物，那个女生什么也不吃，始终用手臂环着我，把自己挂在我身上。其他人都在拿我们打趣，我握着易拉罐默默喝啤酒。过了一会儿，她站起身说要去厕所。另外一个女孩说："我也去，走。"我对另外那个女孩说："陪好她。"她一阵取笑，挽着同伴的胳膊走了。我又喝了几口酒，心里一阵难受，朝着厕所追过去。另一个女孩正到处找她呢，说从厕所出来，就发现她不见了。

女孩墨墨或者梦梦坐在那里，双手环抱着膝盖。她一直很安静，以致我一度忘记了她的存在。我没有对谁讲过这些事，倒不是什么秘密，只是从来没有人问起过。因为疏于讲述，那些故事变得硬邦邦的，像隔夜的面包。

"跳河了？"女孩墨墨或者梦梦轻声问。

"没有，她坐上大巴回家了，在卧室里吞了一瓶安眠药。"

"每个人都有自己心仪的死法。"

"你的是什么？"我问。

没有回答。

"当时喜欢上那个女生了吧？"她问。

"谈不上。"

"嗯，至少动心了，结果发现她只是想借助你的力量去自杀，那滋味一定不好受吧？"

"我只是不明白她为什么要表现出很喜欢我的样子。"

"是希望你喜欢上她吧。"

"这重要吗，对一个马上去死的人。"

"就算要离开，也想带走一点爱啊。"

"我可能还是没法理解吧。"

"人们总是以为，想自杀的人都心如死灰，觉得什么都不重要了。其实不是这样的。有些想死的人，最后感到很满足，好像有个声音在耳边说，放心吧，没关系的，这没什么，我们都能体谅。"

"你好像对此很有研究？"

"我喜欢把一件事弄清楚了再行动。"

"现在都弄清楚了？"

"嗯，就差一件事。"

"什么事？"

"人死了以后会去哪里？"

"你希望去哪里？"

"地狱也无所谓，就是希望能有个聊得来的人。"

"聊什么呢？"

"不知道，聊聊活着的时候喜欢听的音乐？"

"你喜欢听什么音乐？"

"Damien Rice。"

"女主唱 Lisa 走了以后，他就变得很平庸了。"

"嗯，再也写不出 *9 Crime* 那样的歌了。"

"后来 Lisa 自己出的专辑也不怎么样。"

"当时他们两个一定爱得很深吧。"

"是吧，我不知道。"

"可是爱得那么深的两个人，为什么会分开呢？要是我找到那个人，就算遇到洪水地震，也绝不会松开他的手。"

包厢的门被拉开了，服务生探进头来：

"对不起，我们要打烊了……"

"你要不要给你男朋友打个电话？"我问。

"他不会来了。"她说，"已经是第四个了，约好一起殉情的人，最后还是没来。这也很正常，对吧？"她笑了一下，"坦白说，请你来，也是因为我实在没有勇气一个人等了。"

我们离开了餐馆。地铁已经停运，但路灯下黑沉沉的树影在摇晃，让人仍觉得脚下的地在震颤。女孩墨墨或者梦梦拉起连帽衫的帽子，把手缩进袖子里。她凝视着我，好像在我的身上寻找着什么。当她终于收回目光的时候，我不确定她是否找到了。我等着她跟我说再见，然后我就转身离开。但她没有说，所以当她往前走的时候，我也跟着走了起来。风很大，我叼着烟不断按打火机，火苗蹿起来就灭。她凑过来拢起手，帮我护住火苗。我猛吸了两口，才把烟点燃。她又在悄悄盯着我看。

我跟着她走到了海边。这座北方的城市，秋天一到，海就死了。夏天里支满太阳伞的海滨浴场，只剩下一片荒凉的沙子。栽满松树的马路黑漆漆的，唯一一点灯光来自一座坐拥海景的高楼顶端的售楼广告，上面有硕大的一行由 6 和 8 组成的电话号码。

我们站在沙滩上。女孩墨墨或者梦梦注视着海。

"夏天的时候来看过浒苔吗？"她问。

"没有。夏天没怎么出门。"

"好大一片，特别绿，海上真像有个草原。几个孩子在那里玩球。我买了个帐篷，想搬到那上面去住。可是没几天铲车就开来了。干吗不让它待在那里呢？"

"据说浒苔做的饼干很美味。"我说。

"我想跟着它漂走啊。"

"这就是你心仪的死法？"

没有回答。

海水涨起来，把浪花推到了我们的脚边。她低头看了看，没有动。

"能问个问题吗？"她说。

"嗯。"

"你就从来没想过死的事吗？"

"没有。"我说，"很奇怪吗？"

一个巨大的浪推过来。水花在肩膀上撞碎了。我向后退了两步，看着她。她仍旧站在那里，没有退。

　　我也站在那里，在她的左后方，似乎是在等待着下一个浪打过来，然后把她卷走。

　　浪过来了，她转过头来看着我。

　　水呛在喉咙里的滋味并不好受，如果她问我，我会坦白告诉她。在那个水库边的傍晚，我追到厕所发现女同学不见了，立刻冲回水边，呼喊她的名字。远处传来回声，更尖更细，像个假的声音。我脱掉外套，一头扎进水里。河水冰冷，而且很重。我感觉自己在下沉。我放任自己下沉。好像她就在下面。触到河底的时候，我感觉自己摸到了她光滑的脚背。我抱住了它，河水裹住了我们。我不动了，闭上眼睛。可是眼前还是亮的，呼吸怎么也掐不灭。水压迫着我，撞击着我的手臂。再等几分钟就行了，我想。几分钟后，我发现自己松开了手臂，浮出水面，正朝岸的方向游去。爬上岸的时候，那只脚背的温度还留在我的手心里。听说女孩在家里吞了安眠药的时候，我心里一点都没有难过。我觉得我们已经告别过了。

　　女孩墨墨或者梦梦还站在那里。好像有点厌倦了一来一去的海水，她甩了甩被浪花打湿的头发，动了动脚，向后退了两步。

　　"什么时候浒苔再来啊？"她轻声问。

　　"有个小男孩，夏天的时候在海边玩，后来找不到了。浒苔再来的时候，没准儿他就坐在上面。"

"真冷啊。"女孩抱住肩膀。

"嗯。寒流来了。"

"竟然有点饿了。"

"那就去吃点东西。"

"这么晚了，吃什么能不胖啊？"

"胖了就明天再饿一下。"

"明天你能再陪我来这里一次吗？钱我另给。"

"我明天搬家。"

"后天再搬吧。"

"后天再来吧。"

她跟着我往回走，潮水追到脚边，又走了。她把手抄在口袋里，轻轻吐了一口气：

"真不想就这么回家啊。老老实实地调好闹钟，钻进被窝，然后从梦中惊醒，迎来周而复始的星期一。"

"我每次醒来都挺高兴的。好在那些都只是梦。"

"后天直接在这里见吧。"走到路边的时候她说。

"穿厚一点，要下雪了。"我说。

"我还喜欢 Damien Rice 的一首歌。叫 *Rootless Tree*。"

"嗯，那首不错。"我从烟盒里掏出一支烟。她探过身来，拢起了手。

火光亮起来的时候，她小声唱着那首歌。远处的海浪声像击打的鼓点。在一个漫长的休止符里，天好像忽然变白了。

我循着火光而来

第一次见面，周沫就意识到蒋原对她感兴趣。

"你和她们不太一样，"他说，"不像她们那么焦躁。你看起来——很平静。"

当时他们正站在一个簇拥着人群的大厅里，望着两个穿紧身短裙、忙着跟别人合影的年轻姑娘。圣诞树上的串灯变换着颜色，忽红忽绿的光落在他们的脸上。

"那是因为我比她们大很多，已经过了那样的年纪。"周沫说。

"你是说你以前跟她们一样？"

"年轻的时候总归会浮躁一些，对吧？"

"有些东西是骨子里的，相信我。"

"好吧。"她笑起来。有人要走了，推开了大门，寒风从外面涌进来，吹在她发烫的额头上。

相信这个陌生男人是一件危险的事，周沫知道，特别是对现在的她来说。一个刚离婚的女人的意志，就像一颗摇摇欲坠的牙齿。

周沫没打算去那个慈善晚宴。收到那两张请柬的时候，她看了一眼，就和信用卡账单一起丢进了废纸篓。到了平安夜前一天，她受凉了，开始发低烧。昏昏沉沉睡到第二天中午，宋莲打来电话。每逢节日，宋莲一定会约她出门，她觉得自己有责任不把周沫一个人留在家里。周沫也不想辜负她的好意。就算不是宋莲，是别的什么朋友，周沫也不会拒绝。她害怕他们都放弃她，她会把自己藏起来，变成一个古怪的老女人。

她发着烧，根本没有听清宋莲约她去哪里，直到快挂电话的时候，听到宋莲在听筒那边大声说"欢迎重返名利场"！她打了个寒噤，顿时清醒了一半。

"慈善晚会？"她说，"是为我募捐吗？一个离婚、无业、没有孩子的可怜女人。"

"得了，你每个月的生活费够给五十个白领发工资了。"

"可是我没有积蓄，还要还房贷。"

"别告诉我你在为这些发愁。你每天唯一会想的问题是，今天应该买点什么呢？"

这十几年，她确实没为钱的事发过愁。家里有多少钱也不清楚。所以直到离婚的时候，她才知道庄赫把钱都拿去做地产生意，结果项目出了问题，土地被收回，钱没了，他们住的房子也被抵押进去。她是到那时才意识到庄赫对财富有那么强烈的渴望。也许他想要的是私人飞机或者游艇之类的东西。可他为什么没有跟她说过呢，是怕她笑话吧，她会说还不如收藏印象派的油画捐给一个博物馆。

所幸投资失败并不会击垮庄赫。猎头们清楚这位斯坦福毕业、经验丰富的跨国公司副总裁的价值，离婚后不久，他跳槽去了另外一家更大的公司，收入增加了三成。这三成刚好用来支付前妻的生活费。

周沫每个月都会领到一笔钱，这种感觉很新鲜。她已经十几年没有工作过，现在终于有了一份工作，这份工作叫作前妻。很清闲，报酬还相当丰厚，只用了几个月的时间，她就交掉一套房子的首付，搬进了新家。

她留了几件从前的家具，都藏在角落里，不仔细看看不出来。宋莲来的时候，就以为都是新的。

"挺好，一个全新的开始。"宋莲里里外外看了一遍，"让我想想还缺一点什么。"

然后她送给周沫一只猫。它原来的主人移民去加拿大了，临走之前把它托付给了她。猫有点老了，很凶，不让周沫摸，不过晚上又会跳上床，睡在她的脚边。

这是第一次不以庄太太的身份参加社交活动，周沫坐在床边，思考着自己晚上要穿什么。是不是应该换一种风格以示重生呢？她最终选了一条经常穿的毛衣裙。六点钟，她披上大衣，在苍白的脸颊上扫了一点腮红，抓起手袋走出门。

宋莲和秦宇开车来接她，一路上为春节去哪里度假争论不休。最近周沫常跟这对夫妇一起出门。她习惯了和他们一起吃晚饭，一起看电影，习惯了听他们毫无缘故地争吵起来又戏剧性地和好，习惯了他们花一晚上的时间怀疑家里保姆的忠心或是饶有兴味地分析邻居的夫妻关系。有时他们还会询问她的看法，让她也加入到讨论中去，好像她是他们家的一员。是啊，为什么不能三个人生活在一起呢？当她喝得醉醺醺的，和他们因为一点小事大笑不止的时候忍不住想。这种幻觉会在那个夜晚结束，她摇摇摆摆走回家，一个人站在镶满大理石的大堂里等电梯时完全消失。电梯门合拢，她斜睨着镜子中的许多个自己，慢慢收起嘴角残留的笑意。

举行慈善晚会的那间酒店很旧，门口的地毯很多年没有换过。一个体型瘦小的圣诞老人在大堂里走来走去，弯下腰让小女孩从他手中的口袋里摸礼物。经过面包房的时候，周沫向里面张望，生意还像从前那么好。有一年圣诞节，她和庄赫在这里买过一个巨大的树根蛋糕，吃了很多天，后来她一想到那股奶油味就反胃。现在她试着召唤那股味道，可是口腔里干干的，只有出门前吃过的泰诺胶囊的苦味。

他们到得有一点早。还有一些客人没有来。周沫找到了自己的座位，很庆幸它在一个不起眼的角落里。趁着周围的人不注意，她拿起桌上写着庄赫名字的座签塞进了手袋。有两个很久没见的朋友走过来问候她，问她最近去什么地方玩了。"没有。"她摇头。也许在他们看来，她应该找个地方躲起来疗伤。后来，其中一个朋友说起她的狗死了，周沫觉得这个话题很安全，就详细询问了狗的死因、弥留之际是否痛苦，以及埋葬它的过程。她对这条从没见过的狗所表现出的关心令那个朋友很感动。

然后，杜川出现了，把她从狗的话题中解救了出来。

"多久没见了我们！"他拍了拍她的肩膀，大嗓门一如从前。

一个年轻的男人站在他身后，杜川介绍说是他的助理蒋原。蒋原挺英俊，但身上那套黑丝绒西装未免正式得过了头，还佩戴了领结，向后梳的头发上抹了很多发胶，好像要去拍《上海滩》。特别是跟在穿着连帽滑雪衫和慢跑鞋的杜川身后，显得有点可笑。

现在的杜川已经是很有名的画家了。周沫认识他的时候，他才从美院毕业不久。那是十二年前的事了。当时她和庄赫刚回国，租了一套顶楼的公寓，他们在北京的第一个家。过道的尽头有一架梯子，可以爬到天台上去。天台上风很大，天好的时候能看见不少星星，周沫常常会想起那里。

杜川的画室离他们的家不远，有时晚上他工作完，就来坐一会儿，和庄赫喝一杯威士忌。两人没有共同爱好，也没有共同话题，却缔结了一种奇妙的友谊。杜川当时可能有一点喜欢周沫，他说过想找一个她这样的女朋友。"什么样？"庄赫问。"温暖、体恤。"杜川回答。"那是你还不了解她。"庄赫哈哈笑起来。周沫把怀里的抱枕丢过去砸他。杜川微笑地望着他们，拿起杯子喝光了里面的酒。很多年以后，那个他们三人坐在一起的画面，成了她最乐于回忆的场景，甚至打败了庄赫在广场的喷泉前向她求婚的夜晚。

后来，杜川把画室搬到了郊区，庄赫总是在出差，他们的来往渐渐少了。再后来，杜川声名越来越大，每回他的画展开幕周沫都会收到邀请，但她一次也没有去。她害怕看到他已经变成另外一个人。

但他看起来一点都没有变，见到她非常高兴，提议晚宴后一起去喝一杯。周沫不想去，因为一定会谈到庄赫。也许杜川知道他们离婚的事，否则他为什么没问起庄赫呢。他可能想安慰她，或是表达惋惜之情。她不想在他面前流眼泪，这会毁掉从前的美好回忆。

可是杜川的热情让人没法拒绝。他还向蒋原郑重地介绍了她：

"这是最早收藏我的画的人，那张《夏天》在她那里。"

那张画早就被庄赫卖了。

"您的眼光真好。"蒋原没有把目光移开，直到她把脸转向一边，他仍旧看着她。

那么持久的目光，应当是一个明显的表示好感的信号。可她只希望是自己搞错了，因为除了拥有一张市值超过三百万的油画之外，他对她一无所知。她还不至于傻到去相信他是被她的样子吸引——一个至少比他大十岁的女人，而且因为生病，看起来一定特别憔悴。所以，她的结论是，鉴于这份好感相当可疑，最好对它视而不见。

晚宴上举行了冗长的慈善拍卖。其中有一件是杜川的油画。蒋原走上舞台，举着它向大家展示。也许因为要上台，他才穿得那么正式。可惜身体都被油画挡住了，脸也深陷在阴影里，只能看到头顶的一圈发胶，闪着油腻腻的光。可怜的孩子，周沫想。

她喝了一点酒，头很晕，注意力开始涣散，加入一旁宋莲夫妇的谈话变得很困难。他们正和另一对开画廊的夫妇讨论北海道的温泉旅馆。看起来度假旅行的话题将延续整个夜晚。她从手袋里拿出烟，穿上外套离开了座位。

她推开一扇玻璃门，来到户外。夏天的时候，这里有一些露天座位。有一年庄赫和他的同事常来喝啤酒。那是哪一年？她按了按太阳穴，拢起火苗，点了一支烟。她最近才恢复了抽烟。戒了八年，那时候他们打算要小孩。怀孕三个月的时候，她陪庄赫到巴黎出差，在塞纳河边的一个旅馆里，她的肚子疼了一夜，孩子没了。那之后他们再也没有一起出过远门。现在有时候她点起烟，就会想到那个孩子。想到要是没去巴黎，那个孩子现在可能正坐在书房里写家庭作业。

玻璃门被推开了，热闹的声音从里面涌出来。她转过身，看到蒋原朝自己走过来。她发觉自己对这个时刻有所期待。这可能才是她发着烧、头疼欲裂却依然留在这里的原因。她的鼻子忽然酸了一下，觉得自己可笑。更可笑的是，有那么一瞬，脑海中浮现出来的是大学二年级的那次舞会上，庄赫走向她的情景。她立即为自己将二者相提并论感到羞愧。没有可比性，一点也没有。

"这扇门可够隐蔽的。"蒋原没穿外套，把手抄在裤子口袋里，"幸亏你点着烟，隔老远我就看到了火光。"

"杜川呢？"她问。

"不知道。没准一会儿就来了。他烟瘾也挺大。"

"你见到他跟他说，我有点发烧，先走了。"

"现在就走？"

"过一会儿，"她说，"我坐朋友的车来的。"

他从口袋里掏出卷烟纸和烟丝，熟练地卷了一根烟递给她："试试这个？"

她摆摆手。他笑了一下，给自己点上："天气预报说今晚有雪。"

"前几天预报了也没有下。"

"要等到半夜，肯定会下，相信我，"他说，"明天你一觉醒来拉开窗帘，外面已经是白茫茫的一片了，我们打个赌怎么样？"

她摇了摇头："只有你们小孩才那么把下雪当回事。"

他耸了耸肩膀，丢掉烟蒂："进去吧，我们。"

他们回到大厅，拍卖已经结束了。很多人离开了自己的座位，在桌子之间的过道聊天。他们站在一个靠近大门的角落里，远远地看着人群。她以为他会被那几个穿梭来去的漂亮姑娘吸引，可他似乎很讨厌那种招摇，反倒觉得她的安静很可贵。

"你也画画吗？"她问。

他告诉她，他大学读的是美院油画系，在重庆，毕业后在艺考辅导班教过几年素描，两年前来北京投奔杜川。助手的工作很烦琐，从绷画布到交罚单，有时杜川应酬到很晚，他还要开车去接他。她问他是否还有时间自己画画。"有，"他说，"晚上和周末。"

"那点时间够吗？"她看了他一眼，"不过也不是人人都要当艺术家的，有份安稳的工作也挺好。"

他笑了笑，没说话，过了一会儿，从口袋里摸出两颗巧克力球。

"你吃巧克力吗？我从圣诞老人的口袋里拿的。"

她说不吃。他剥开金箔，把整个巧克力球放进嘴里。她听到牙齿粗暴地碾碎坚果的声音。

"我从小就喜欢画画。当时还有另外俩小孩，我们一块儿画村里的计划生育宣传画，画完刷子归我们。每回都弄得一身颜料，就跳到河里洗澡。刷子在水里一泡，毛都掉了，可心疼了。"他笑了一下，"这些事听起来挺无聊吧？"

"没有。那俩孩子现在在干什么？"

"一个在东莞打工，一个在县城里运沙子。整个村里就我一人摸过油画笔。运沙子那个特羡慕，专门让我带回去给他瞧瞧。"

这时杜川走过来。说有个台湾的朋友来了，今晚不能一起喝酒了。他向周沫道歉，说一定再约一回，让她等他的电话。

周沫发觉自己竟然有些失望。她看着蒋原跟着杜川走远，有点不愿意相信，这个夜晚就这样落下了帷幕。

回家的路上，宋莲和秦宇对开画廊的夫妇的看法产生了分歧，又争吵起来。周沫坐在后车座上，头靠着玻璃窗。她手中握着手机，不断按亮屏幕，看是否有新的消息。她没有给蒋原留电话。当然他可以问杜川要，虽然有些奇怪。不过要是想知道，总归能想出办法。

手机忽然响了起来，她吓了一跳。是顾晨。

"还在外面？"顾晨问。

"对。我晚点打给你好吗？"她压低了声音。

"你去哪儿玩了，酒吧吗？"

"我快到家了，等会儿跟你说。"她按掉了电话。

要是宋莲和秦宇知道她在和谁说话，肯定会把她大骂一顿，以后再也不管她。不过他们正吵得不可开交，没空理会别的事。

周沫把身体探向前座："就在这儿停吧。我去 7-11 买点东西。"

"我也要下车，跟他没法过了。"宋莲说。

"我也早就受够了。"秦宇说。

"什么时候开始受够了的？从黎娅回国的那天起吗？"

"别无理取闹行吗？"

周沫趁乱跳下车："晚安啦，二位。"

她刚踏进家门，外套还没有脱，顾晨的电话就打来了。

"你不觉得活着一点意思都没有吗？"她在那边说。

和庄赫离婚一个月以后，顾晨第一次打来电话。

"告诉我庄赫现在在哪里？"她劈头问。

她打的是床头那台几乎没有人知道号码的座机。后来她向周沫承认，她和庄赫曾在电话里做爱。而周沫只想知道当时自己在哪里。"不知道，可能在隔壁房间吧。"顾晨没精打采地回答。她能想象顾晨眯起眼睛的样子。她见过她的照片，在庄赫的电脑里。

是顾晨摧毁了他们的婚姻，但是半年后庄赫娶了另一个女孩。这意味着什么？周沫想，也许和谁在一起没那么重要，重要的是离开自己。

没人知道庄赫怎么想。他用一个短信宣布了分手的消息，然后从顾晨的生活中消失了。

顾晨去他的公司，发现他已经离职。她找他的朋友，他们都躲着她，其中一个告诉她，庄赫已经结婚了，可是她不信，还把那个人的鼻梁骨打断了。最后，她想到了周沫，就打来电话。但周沫说她也不知道庄赫在哪里。电话并没有就此挂掉。顾晨突然意识到可以跟电话那边的人谈谈庄赫，至少她比别的任何一个人都更愿意听。

起初接听顾晨的电话，只是出于好奇。周沫想知道这个强大的情敌到底败在哪里。顾晨相信是她和庄赫的感情太激烈，没有喘息的空间。所以庄赫需要暂时离开一下，出去透一口气。暂时，她强调。

后来，打电话变成一种习惯。那时候顾晨通常已经喝多了。她不停地讲话，然后开始号啕大哭，要是周沫不打断她，最终挂断电话的方式只有一种，那就是她醉得不省人事。

周沫很快发现，顾晨身上有一种歇斯底里的气质，好像非要拉着别人一同坠入深渊。这大概就是庄赫离开她的原因。当然可能也是他爱上她的原因。

"庄赫说我是你的反面，"顾晨说，"你像冰，而我是一块炭。"她会告诉周沫庄赫说过的话，还会讲起他们做过的事。

"我们在他公司楼顶的平台上做爱……连着两次，他下楼开完会又回来。"

"平台？"周沫重复了一遍。

"对，他喜欢平台。"

周沫想起刚来北京时住的公寓上面的平台，秋天的时候他们在那里开过派对。结束后，她一个人去收拾杯盘，偶然抬起头，看到天空中布满了明亮的星。她从来没有在北京的上空看到过那么多的星星。有一瞬间，她的头脑中掠过和庄赫在这里做爱的念头。平台上风太大，得支一个帐篷，像是一次露营。露营计划在她心里徘徊了一阵子，但庄赫总是出差，要么深夜才回来。有几次她问他周末有什么计划，他摇摇头，看起来毫无兴致。不如在平台上搭一个帐篷看星星吧，好几次这句话就在嘴边，又咽了下去。她担心他会嗤之以鼻，问她你今年多大了。

顾晨还在那边不停地讲。周沫握着电话，眼泪掉下来。不是因为他们偷走了她的主意，而是因为她非常想念那个花了很多个晚上蓄谋搭帐篷的自己。那个自己相信很多现在的自己不再相信的事。

"好了，你已经喝多了，"周沫说，"去睡吧。"她从腋下拿出体温计，三十九度二。温度又升高了。

"我才开始喝呢，你也去倒一杯。"顾晨说。

"我发烧了，今天不想喝。"

"喝一点吧，喝一点就好了。"

"我得保持清醒。没准等会儿还得一个人去医院。"

"我可以陪你去……"电话那边传来呕吐的声音，然后是马桶的冲水声。

"我以前也陪庄赫半夜去医院看急诊，"顾晨说，"有一次在医院病房里他打着点滴，我们还做起爱来……结果吊瓶架倒了，针也鼓了，护士把他骂了一顿，说怎么那么大的人了，打个针也不老实……"她咻咻地笑起来，笑得咳嗽不止。然后笑声一点点塌下去，她呜呜地哭了起来，"他为什么要这样对我，你告诉我，为什么……"

周沫吞下一片退烧药，在床上躺下来。她把电话放到旁边的枕头上。里面的人还在哭。哭声凄厉，让人坐立难安。可是这个冬天有很多个寒冷的夜晚，周沫都是听着这样的哭声入睡的。一个比自己更伤心的人在另一端。她需要这样的陪伴，或许已经到了依赖的地步。所以有时候，她会劝顾晨多喝一点酒，或者诱使她回忆那些美好的时刻，以换得她情绪再次失控，放声大哭。在那样的时候，周沫会觉得自己完全控制了顾晨。她在榨取顾晨的痛苦，可是那又怎么样呢，这原本就是顾晨亏欠她的。她认为她所承受的不幸能够允许她降低对自己的道德要求。

她一直有一种担心，那就是顾晨会比她更早走出失去庄赫的阴影。顾晨的痛苦虽然剧烈，却可能很短暂。她年轻，感情充沛，或许明天就会投入新的恋爱。一想到这个，周沫就感到很难受，那就如同是另一次背叛。她不知道如何阻止它发生。她能做的就是接听顾晨的电话，确保她沉浸在怀念过去的痛苦中。还有，就是不把庄赫的地址告诉她。

她当然知道庄赫住在哪里。搬家以后，她每隔一段时间会去从前的住处取信，并把其中一些可能对庄赫有用的东西转寄给他。从前美国同学的明信片，或是红酒品鉴会的请束。地址是庄赫给的，他从来没有打算向她隐瞒什么，包括他结婚的事。在他眼里，她是最明事理的前妻。但她没有把地址给顾晨，绝对不是在为他考虑。她有一种很强的直觉，那样顾晨会得到解脱。顾晨之所以那么痛苦，是因为心还没有凉透。庄赫的不辞而别，使她对他还有期待。如果再见到庄赫，听他亲口告诉她他结婚了，宣布他们再没有可能，也许她从此就放下了。周沫一点也不担心他们旧情复燃。庄赫决定了的事是不会再改变的，她很了解，所以没有试图挽回他们的婚姻。

在这个发烧的夜晚，周沫又梦见自己害怕的事。顾晨打来电话，说自己明天要结婚了。"不，不可能。"她在这边大声说。

"感觉就像生了场大病，我现在完全好了。"顾晨咯咯咯地笑了起来。

周沫感到一阵耳鸣，心脏锥痛。那痛楚穿过梦直戳她的胸口，她猛然睁开眼睛。她躺在黑暗里很久不能动，只是感觉着身上的汗慢慢冷却。

她拿起手机看时间。凌晨三点。一条新短消息跳出来，陌生的号码："外面下雪了。我赢了。"

他们约在美术馆的门口见面。周沫来得早，站在玻璃门里面等。

天空中飘着零星的雪花，远处的铁轨上有火车经过。美术馆门前空地上表情狰狞的雕塑被积雪覆盖，变成了一个个纯真的泥坯。

蒋原穿过马路，朝这边走过来。他穿着牛角扣大衣，背了一只很旧的剑桥包，看上去像个忧郁的大学生。他和前一天晚上如此不同，以至于她差点没有认出来。然后，她开始惊讶自己是怎么和眼前这个男孩产生关联的。

上午的美术馆里空空荡荡的，只有一对很老的夫妇，缓慢地挪着脚步。今天是莫奈展览的最后一天，明天这些画就要运回美国了。来看这个展览是蒋原的提议，不过周沫也一直想来。

"你今天不用工作吗？"周沫问。

"我请了假。"蒋原眨眨眼睛，"我说我的一个表姐到北京来了。"

"表姐？"她揣摩着这个身份。

"嗯。杜川说，我的亲戚可真多，上个月是我妹妹，这个月是我表姐。"

他看了看她，立即说："上个月可不是跟什么人约会，真的是我妹妹来了。"

"约会"两个字听起来相当刺耳。

"就是真的约会也很正常啊。"她说。

"哪有那么多值得约会的人？"他看着她说。

从美术馆出来，雪已经停了。他们踩着积雪去附近的餐厅吃午饭。

"我不喜欢莫奈。一点都不喜欢。"他看着菜单，忽然抬起头来说。

"嗯？"

"我一直忍着没说，总觉得不该破坏你看展览的兴致。"

"为什么不喜欢？"

"太甜了，像糖水罐头，一点也不真诚。"他说。

"也许他看到的世界就是那样的。"她说，"每个人眼睛里的世界都不一样。"

"话是没错，但一个好画家不应该只看到那些。"

"既然你不喜欢他，为什么不选一个别的展览呢？"

"别的？那些国内画家太差了，还个个以为自己是大师。"

她差一点问他对杜川的作品怎么看，话到嘴边又咽了下去。她指了指菜单："看看你想吃点什么。"

吃饭的时候，她悄悄停下来看着他。他咀嚼的声音响亮，嘴巴动的幅度很大，好像要让每一小块牙齿都充分地触碰到食物。她不记得有什么她认识的人这样吃东西。可他还是一个男孩的模样，看起来并不让人讨厌，反倒觉得有一点心疼。不过看他吃饭似乎能让胃口变好，她吃掉了一整碗米饭。

离开餐厅，他们走到街上。太阳出来了，空气很好，周沫感觉肺里凉凉的，像窗台上的广口瓶。风吹掉了树枝上的雪，落在蒋原的头发上。他比庄赫要高，虽然很瘦，但是肩膀宽阔。路边有个雪人，堆成小沙弥的模样。走过去的时候，他摸了摸它的头顶。

"我家就在附近了。"她停下脚步，做出要告别的样子。

"时间还早呢。"他也站住脚，"好吧，今天很愉快。"

"愉快？看了那么不喜欢的展览。"

"那不重要。重要的是有好天气、好朋友。"他重新定义了她的身份。

"你怎么回去？"

"坐地铁。最近的地铁站在哪儿？这一带我不熟。"

"我带你过去，我正好也往那边走。"

他们又走了一会儿，来到她住的公寓楼前。

"前面就是地铁站了。"她说。

"嗯，看到了。"他仰起头看了看大门里面的那几座公寓楼，从口袋里摸出烟盒，"今天都忘记抽烟了。你来一支吗？"

"不了。"她说。

他叼着烟，冲她挥手："那么好，再见。"

他的神情沮丧，像游乐园关门时被驱赶出来的小孩。她站在原地，看着他慢慢向前走。等他回过头来的时候，她笑起来，好像他们是在做游戏。他也笑了。

"上去坐一会儿吧。"她说。

他很喜欢她家。他喜欢她的旧地毯和丝绒沙发，觉得客厅里的壁炉很酷。她做咖啡的时候，他在屋子里四处转悠，看那些墙上挂的摄影。"我能选张唱片放吗？"他问。

"当然。"她在里面说。

她从厨房走出来的时候，他正蹲在地上抚摸那只猫。猫终于闭上了那双令人焦躁不安的眼睛。她把托盘放在桌上，跟着音乐小声哼唱起来。那种轻快的感觉很久没有过了，虽然她不清楚到底是因为喜欢他，还是喜欢把一个陌生男人带回家的感觉。无所谓，她鼓励自己，就当是一种体验，什么都应该尝试一下。

所以当蒋原从后面抱住她的时候，她的内心很安静。当时，她正跪在地上换唱片。他那双褐色的大手从后面伸过来，把她箍得很紧。

他没动，好像在等着什么东西融化。

阳光从半掩的窗帘照进来，落在墙角的矮脚柜上，那是从以前的家里搬来的，她总是不自觉地把目光落在上面。矮脚柜有记忆吗？它会记得那次她和庄赫谈话的时候也这样盯着它吗？

"我很后悔，"庄赫说，"当初不该让你待在家里不上班，你才会变成现在这样。吹吹尺八，学学茶道，看看书和展览，你以为这就是生活了吗？你根本不知道外面是什么样。你的生活都是假的。"

她绞着手指头，盯着矮脚柜。有一只把手生锈了，她竟然从来没发现，在阳光下特别明显，铁锈像密密麻麻的虫卵。一切都是他的错，庄赫是这么说的，而她是无辜的，就像一棵因为修剪坏了而被主人丢弃的植物。一棵植物还能做点什么呢？庄赫搬走后的那个下午，她卸掉了矮脚柜上的把手。

蒋原做爱的方式有些粗暴。他按住她的手腕，像是把她钉在十字架上，他似乎很欣赏这个受难的姿势。在太过激烈的撞击中，她听到自己骨头碎了的声音。到了溃泻的时候，他的凶猛退去，如同现了原形，露出一种慌张的温柔。他发觉她在看着自己，就用枕头盖住了她的脸。

蒋原抽着烟，坐在十九层的窗台上往外看。逆着光，他的裸体看起来像个少年，有山野的气息。她不记得看到过这么年轻的男人的身体。虽然刚和庄赫在一起的时候，他还不到二十岁，但他很少完全暴露自己的身体，也许是不太自信。可是在顾晨面前，却好像没有这个问题。

她坐到蒋原的旁边。他给她点了一支烟。天已经完全黑了。窗外是林立的高楼，闪着晃眼的霓虹灯，斑斓的车河在高架桥上流动。

"我妹妹，就是上个月来的那个妹妹，"蒋原说，"她一下火车就对我说，哪里是北京的中心，带她去看北京的中心。我带她去了天安门、故宫还有鼓楼，但她走的时候还是有点失望。现在想想，应该把她带到这样一个窗台边，指一指下面，看，这就是北京的中心。"他吐了一口烟，"早认识你就好了。"

她把烟灰缸拿过来："为什么走近我？"

"我告诉过你啊，第一次见就说了。"

"嗯？"

他指了指她手中的烟："我循着火光而来。"

他笑起来，拉起她的手："床很舒服。我想睡一会儿，可以吗？昨晚基本没睡。"

他们躺下来。他用她的手臂环住自己，屈起腿蜷缩在她的怀里。

她闭了一会儿眼睛，就要有一点睡意的时候电话响了。她抽出手臂，跳下床，飞快地拿起听筒。这种惊慌里多少有点表演的成分，她当然没有忘记她那个亲密无间的情敌，也想过要拔掉电话线。但她没有那么做。

"今晚你得陪我喝一点。"顾晨哀求道。

"好，等一会儿。"她扭过头去看了一眼，蒋原没有动，仍旧睡得很熟。

"现在，就现在！"顾晨嚷着。但她没再追究，很快就陷入了夹杂着回忆的倾诉里。在车里做爱这一段，周沫听过很多回了，也许不是同一段，就算是也无所谓，她不介意。她一边听，一边重温先前的激情，并且不自觉地开始做对比。莽撞和粗暴显然更具有生命力。但这不是最重要的，她想，重要的是我的身体此刻是热的，皮肤在发烫，我能感觉到它的存在。

顾晨开始哭了。她已经听不见周沫说话了。周沫没有挂，她把听筒搁在窗台上，然后回到床上，拉起蒋原的手臂，钻进他的怀里。蒋原动了几下，睁开了眼睛。

"睡得好吗？"她问。

"好。还做了梦。"

"梦见什么了？"

"记不清了，好像是我们俩在一个 KTV 包房里玩色子。"

"玩色子？谁赢了？"

"忘了，我光记得我在想怎么能把你拉得离我近一点。"他低下头吻了她，"嗯，现在这个距离不错。"

她用冰箱里剩的东西做了简单的晚饭，想等吃完以后把他送走。她不打算留他过夜，一想到他穿着拖鞋和浴袍在屋子里走来走去，或是站在盥洗池前刮胡子，她就感到怪诞。但蒋原没有要走的意思，吃完饭，他提议看一张影碟，然后又自告奋勇地给猫洗澡。他不断找到新的借口，推迟着离开的时间。直到他们发现外面又下起雪来。

"有酒吗？这种天气应该喝点酒。"蒋原趴在窗台上，扭过头来。

"那等会儿怎么开车送你？"

"我可以打车，或者等酒劲过了。"

"后半夜吗？"她笑起来。

"喝一点吧。"他哀求道。

周沫开了一瓶红酒，换了一张比较欢快的唱片。蒋原的酒量不好，很快有些醉了。

"离我近一点儿。"他把她拉过来，开始吻她。他们吻了整整一首歌。

"谢谢，"他说，"嗯，我得谢谢你，我来北京好几年了，今天是最开心的一天。这儿很温暖，就像在家里，我可以把这里当成家吗？对不起，我可能有点一厢情愿了……"他低下头，喝光了杯子里的酒。

她有点无措，只是握住了他的手。

"这种感觉特别好，"他说，"你知道吗，特别好……"

喝了酒之后，蒋原睡得很沉。周沫躺在旁边，想了很多事。她想要是杜川知道他们睡在一张床上，会是什么反应。又想要是以后都不再见面，蒋原会不会很难过。不知道过了多久，她终于睡着了。可是没有多久，就被他摇醒了。

"快起来，"他说，"我带你去看我的画。"

"现在？"

"对，雪已经停了。"

"天还没亮呢。"

"白天画室归我室友。"

他把她拖起来，给她穿袜子。

"太疯狂了。"她摇头。

他们驾车开往他的住处。凌晨四点，街道上空无一人，大片完好的积雪望不到尽头。

一个画廊老板把存放雕塑的仓库转租给了他。他和另外一个朋友隔出两个小房间睡觉，剩下的作为他们的画室。画室晚上归他用，他画到快天亮，睡两三个小时爬起来去工作。

那里冷得像冰窖，大风摇撼着铁门，发出吱嘎吱嘎的声响。七八个巨大的画框靠在墙边。在黑暗中，画布上浓稠的油彩像凝固的血。

他打开灯。

炸裂的坟冢。劈开的山丘。着火的河流。悬崖上倒挂的村庄。

她看到黑暗、愤怒和末日。这就是他眼睛里的世界。和她想象的不一样，她以为他会画一些轻盈和漂亮的东西。可她早就应该知道不是那样的，和他做爱的时候她就知道了。

她走到墙边，仔细地看着画的局部。

"很震撼。"她轻声说。

"我跟你说过的，"他说，"我不是个小孩儿。"

"我没有那么以为。"

"相信我，给我一点时间。"

"我相信。"她走过去抱住了他。这个野心勃勃的男孩让她觉得难过。她喜欢那些画，虽然它们超出了她的审美范畴。

"我们走吧，你一直在发抖呢。"蒋原说。

"实在太冷了。你是怎么在这里画画的？"

"哈哈，穿上军大衣，我有两件。也生炉子，烧麦秸秆的那种，但是这两天堵住了，还没有来得及通，烟太大，熏得眼睛疼。"

"为什么不换个地方呢？"她立刻意识到自己问了很蠢的问题。

他笑了笑："我们走吧。"

外面的天空已经发白。仓库在郊外，周围一片荒寂。几公里以外，有一个新开通的地铁站。他说他每天骑自行车到那里，然后再换地铁。自行车总是被偷，现在已经是第五辆。

他摇了摇头："干吗要跟你说这些呢？"

"你把这些画拿给杜川看了吗？"她问。

"他不会喜欢的。"

"为什么？"

"因为这些画没有他的'痕迹'，"他说，"你不觉得他很喜欢影响别人吗？"

"我觉得你不应该放过任何机会。"

"我参加了一个新人奖评选，要是得奖了就请你吃饭。"

"那我现在就开始想去吃什么。"

"别抱什么希望，看看吧。"

他们在一家茶餐厅吃了早饭。临走之前，他问下次什么时候见面，她显得有点敷衍，说再打电话联系。他想吻她，被她推开了。"公共场合别这样。"她说。但他还是飞快地伸过头来吻了她一下："我想快点见到你。"他穿起大衣，推开门走了出去。

她透过玻璃窗看着他穿过马路。他需要一件新大衣，身上的那件起了很多毛球，也不够暖和。但她立即打消了给他买衣服的念头。算起来他们一起度过了将近二十四个小时。她很久没有和一个人一起待那么久了。

接下来的一个星期，周沫没有和蒋原见面。她把每天的生活填得满满当当：上瑜伽课，学法语，去看西班牙电影周的影片。蒋原发来短信，她也会跟他说说自己在做什么。他们用短信聊天，谈论最近好看的电影、猫的肥胖症，以及杜川的新女友。蒋原告诉她，杜川的婚姻已经名存实亡，他最近在和一个二十出头的模特交往。他们聊各种琐碎的事，像最亲密的朋友，可是每当蒋原问哪天见面，她又会说太忙没时间。

"猜猜我今天做了什么？我把我表妹的婚礼搅砸了……"顾晨在电话里叫嚷着，她不得不把听筒拿得远一些，"这一点也不能怪我，谁让他们准备了那么多酒！而且那个主持人真的很蠢，在那里大谈真爱啊、灵魂伴侣啊……哈哈，我实在受不了了，就跑上去抢了话筒，然后我说，我来给你们讲讲什么是真爱吧，我的真爱为了我和老婆离婚了，可是他娶的那个人不是我，哈哈哈，太好笑了是不是……"

周沫想挂断电话，又担心这样做，顾晨就不再打来了，然后去找别人倾诉。那些人会开导她，把她从这个深渊里拉出来。她不能允许他们那么做。她必须亲自照看顾晨，确保她乖乖地待在这份痛苦里。

三十一号那一天，蒋原约她一起庆祝跨年。她犹豫了一下，还是拒绝了。下午宋莲照例打来电话约她出门，她提议他们到她家来吃饭。

已经很久没有在家请人吃饭了。从前有一阵子，庄赫常带同事来家里。她热衷于钻研菜谱，尝试各种新菜。但那些同事都很无趣，在饭桌上谈论的永远是房产、股票和移民。她在一旁郁郁寡欢地听着，觉得实在辜负了面前这些食物。后来，她就没有兴趣再做菜了，庄赫和同事要聚会的时候，她总是建议他们去外面吃。

她做了柚子沙拉、烤鸡和西班牙海鲜饭。秦宇带了一瓶饭后甜酒。食物很受欢迎，全都被吃光了。她的胃口也好得惊人。

"我说什么来着，"宋莲说，"没有过不去的坎，你现在看起来好多了。把所有不开心的事都留在旧的一年里，新的一年一切重新开始吧，来，干杯！"

手机响了起来，是蒋原。她离开座位，走到厨房接电话。

"新年快乐！"蒋原大声说，"你好吗？"

"挺好。你喝酒了？"

"我现在在你家楼下。"

"别上来，"她脱口而出，"我的朋友在。"

他笑起来。"我开玩笑的，就是想问候你一声。好了，快去忙吧。"他挂断了电话。

她端着中午烤的芝士蛋糕回到客厅。

"哇，甜点来了。"宋莲拍手。

她坐下来，看着宋莲把蛋糕切成小块。她意识到宋莲正看着自己。

"啊，对不起，我去拿叉子。"她站了起来。

秦宇给每个人倒上甜酒。

"这个酒庄每年只产一千瓶，我觉得不比贵腐差。"

"只有你才信卖酒的人说的鬼话。"宋莲说。

"他是我的朋友。"

"那他也是个卖酒的。"

手机又响了。她从座位上弹起来，冲进厨房。

"抱歉，还是我。"蒋原说。

她握着听筒，太阳穴突突地跳。

"我以为你和她们不一样，"他说，"可是我错了。你是个虚伪的人，不遵从自己的内心。你害怕和我在一起会被你的朋友笑话，对吧？"他吐字不清，声音忽大忽小，好像喝了很多酒，正在大风里走。

"不是这样的。"她说。

"承认喜欢我让你感到羞耻对吗？"

"不，不是。我只是——"她说，"你有没有想过，你为什么想和我在一起？"

"我知道你想说什么，你想说我和你在一起，是为了一些别的什么。没错，我想要一个像你家那样温暖的家，想要你的帮助和支持。但这些的前提是我喜欢你。向喜欢的人索取没什么可耻。我也会把我得到的一切都献给你。我的每一幅画都是献给你的。我的成功也是属于你的。因为我们是一体的……"

"可是我想要的爱情不是那样的。"

"好吧，"他的声音苦涩，"我明白了。对不起，我不会再打扰你了。"他挂断了电话。

她回到客厅的时候，宋莲和秦宇正在各自看手机。

"蛋糕怎么样？"她问。

"很棒，再多冻一会儿会更好。"宋莲说。

"是吗，我尝尝。"

她用叉子一点点吃着面前的蛋糕。眼泪不知不觉掉下来。

"怎么了这是？"宋莲摇摇她的手臂。

"没事。"她吸了两下鼻子，给了宋莲一个难看的笑容。

"谁的电话？"宋莲问。

"你知道吗，我已经不爱庄赫了，"周沫说，"有一阵子一想到他就觉得厌恶，恨不得他从这个世界上消失。可是我真的很怀念刚毕业那会儿，我们在郊外租了个公寓，房顶漏雨，浴室的地上没有下水槽，我生日那天，我们在浴缸里喝醉了，水漫出来把整个走廊都淹了，木头地板全泡烂了，保险公司让我们赔八千美金。八千美金，什么概念？当时觉得一辈子都还不完。我们还没找到工作，就欠了一屁股债，前途一片黯淡，什么都不确定。唯一确定的是我们会在一起，一起面对这个冷酷的世界。"她揩掉脸颊上的泪，"我总觉得那才是爱情，毫无杂质的爱情……"

"亲爱的，你真是天真得像个高中女生。"宋莲说，"哪有什么毫无杂质的爱情呢？"

"我知道，我知道。"她喃喃地说。

"你要是问我，我觉得爱情就是——两个人一起做很多事。"秦宇悄悄地望了宋莲一眼。

"嗯，是一种陪伴。"宋莲也看着他。

"反正我也没什么可以失去的了，是吧？"周沫凄然一笑。

元旦之后的第三天，杜川打来电话，说周日打算在新建好的工作室举行一个派对，请她一定来玩。

这个邀请是一种天意，她想，她就知道她和蒋原不可能从此断了联系。但她没有告诉蒋原，打算给他一个惊喜。

她绕路去买了一捧花，到杜川那里的时候天已经黑了。她穿过空阔的庭院，循着人声走到餐厅，铺着白色台布的长条桌两边已经坐满了客人。她没想到这么正式，蒋原大概不会在。她有点失望地脱掉外套，坐了下来。杜川向她逐个介绍那些客人，有商人，也有教授。他指着身旁的那个女孩说："小爽，我女朋友。"

周沫笑了一下。她想到在离婚之前，庄赫大概也是这样坦坦荡荡地向他朋友介绍顾晨的。

有个年轻的男孩走过来给她倒酒。她拿起酒杯，正要和旁边的人碰杯，就看到蒋原从一扇门里走出来，手里托着两只碟子，上面好像是鹅肝。

他神情严肃，像没看到她一样，快步走到桌边，把碟子放在了客人的面前。她还没有回过神来，他已经第二次端着碟子从里面走出来。

"工作室还没弄好，大家将就一下，主要是这个法国大厨正好在北京，想专门请他来一趟可不容易。"杜川说。

蒋原面无表情地朝这边走来。周沫低下了头。她真的没有想过他会这样出现。可她以为助手是做什么的呢？其实她问过的，他轻描淡写地说，什么都做。

他把碟子放在她的面前，虽然动作很轻，但她能感觉到他是气呼呼的。她想用手臂碰碰他，给他一点安慰。可是他一下也不停留，立刻转身走了。

她没心情吃东西，碟子里的食物一点也没碰。上主菜前，他过来把它收走了，也没问她还要不要吃。旁边的男人转过头来和她讲话，她只能报以空洞的微笑，眼睛的余光始终在跟随蒋原移动。

甜点上来之后，蒋原走进厨房没有再出来。她把那块熔岩蛋糕戳了很多小洞，喝光了杯子里的酒，然后站起来，走了出去。

她唐突地闯进了厨房。法国大厨正和先前那个倒酒的男孩用简单的英语聊天。蒋原不在。她退出来，推开门走到户外。大玻璃窗里的灯光照着外面，使院子里看起来很亮。

蒋原正站在一棵光秃秃的紫藤下面抽烟。

她停在离他还有几米远的地方。

"你是特意来看看我这个服务生当得怎么样的，对吧？"蒋原说，"你的目的达到了，可以走了。"

"我不知道他会这样安排。"她说。

"现在你知道了。"蒋原丢掉烟，朝院子的另一边走去。她跟在他的后面。

"别跟着我。"他恶狠狠地说。

他快步走向院子另一头，倚在墙上又点了一支烟。她跟了过去。

"进去吧，你。"他把一口烟喷在她的脸上。她抬起手去摸他的脸，被他甩开了。她又伸出手，再次被他打落。他突然把她按在墙上，"你到底要怎么样？"

她盯着他的眼睛不说话。

他也看着她，然后勾住她的头，拉向自己，开始用力地吻她。

"想我吗？"他用嘴唇碰着她的耳垂。

他拉起她冻僵的手，带着她爬上墙角的楼梯，来到楼顶的平台。他脱下身上的夹克，让她躺在上面。不知道为什么，在冷得快失去知觉的情况下，她好像完全打开了自己。抵达高潮的一刻，她看到一颗很亮的星从云层中显露出来。然后她意识到这是在天台上。她一直想要的天台。

周沫决定试一试。试着和蒋原在一起。她拥有的不多，不过要是能帮到他，她会很乐意去做。也许最后他还是要离开她，但她现在不愿意去想。她只想享受眼前的欢乐。第二天下午，她给蒋原打去电话：

"你在干什么？"

"在机场接客人。"他说，"飞机晚点，我绕着航站楼兜圈呢。"

她沉默了一会儿："用完那批麦秸秆别再买了。"

"嗯？"

"不是说喜欢我家吗？搬过来吧。"

"噢——"他说，"是看我当服务员当得不错，打算给我一份兼职？"

"对，但是每个星期都得给猫洗澡。"

"好的，还有什么别的要求吗？"

"周末之前到岗，不然我找别人了。"

"没问题，"他停顿了一下，"我能问问那个别人是谁吗？"

晚上顾晨来电话的时候，周沫没有接。电话机上的红灯不死心地闪着，最后熄灭了。她坐在黑暗里，一直盯着它。顾晨今晚肯定不好过，但终归会有这么一天，她们要各走各的路。人生长着呢，总还是要振作起来。恋爱好像使她善良起来，终于能够宽恕那个早已不是她情敌的女人。她做了一个决定。决定释放被囚禁的顾晨。

清晨时分，她给顾晨发了一条短信。写上了庄赫的住址。

星期六下午，蒋原带着五六个纸箱搬过来。在那之前的几天里，她重新布置了家，找物业的工人挪走家具，把一间屋子腾出来给他做小画室。当然，他还需要一间更大的，有个朋友推荐了一处地方，她打算下周和他去看看。但小画室还是需要的，可以画画草稿，查些资料。这样有时他可以在家工作，能吃上她刚烧出来的菜。

蒋原一来，她就拉着他去看那间屋子。她把它布置得很漂亮，摆了他喜欢的古董书柜，窗边是一张柯布西埃的躺椅，新买的，可以晒着太阳打个盹。还有一张敦实的长条桌，花瓶里插着早晨买来的龙胆。蒋原抱住她，很久都说不出话。

天黑之前，他们牵着手去了附近的菜市场。蒋原挑了一条鲈鱼，买了排骨、莲藕和小圆蘑菇，要给她做一顿饭。

"我能做点什么？"她站在厨房门口问。

"摆一下筷子？"

她找出两支蜡烛，铺好餐布，往壁炉里添了几根木头。时间还充裕，她对着镜子抹了一点口红。目光掠过角落里的一瓶指甲油，很久以前买的，总想着有什么事的时候用一下。她坐在沙发上涂起来。印象中是暗橘色，没想到那么鲜艳。

电话响了。她支棱着手指捏起手机。是庄赫的哥哥庄显，听筒离耳朵有点远，声音特别细小，好像是从天边传来的。但她能听清他说了什么。

庄赫死了，早上的事。有人看到顾晨一早去了他住的小区，在他的车旁等他。地库的监控录像显示，两人发生了激烈的争执。顾晨打了庄赫两个耳光。庄赫想开车走的时候，她强行拉开车门，跳了上去。二十分钟以后，那辆车冲出护栏，掉下了高架桥。

事故多半是由于两人在车上争执所致，但也有可能是顾晨一心求死，警察在她的公寓里发现了几瓶安眠药。

"殡仪馆定了我告诉你。"庄显没挂电话，隔了一会说，"我早就让他离顾晨远点，那个女的就是个疯子。"

她挂了电话，低头看到红色的指甲，吓了一跳。像血，她摸了摸，还没有干。她拼命地抹去它们，弄得手上、衣服上都是。然后她安静下来。有一种疼痛的感觉从身体很深的地方升起。很多往日的画面在眼前晃过，越来越快，她不停地出汗，头疼得就要裂开了。

等她有知觉的时候，发觉蒋原正抱着自己。她还坐在沙发上，但时间似乎过去了很久，好像已经是深夜。她告诉他庄赫死了，早上的事。然后她说起顾晨，说起她们的电话。她不停地说，越说嘴唇越抖，说出的每个字都碎了。

她的眼睛一直盯着面前墙上的照片。镜框好像有一点歪了。她迷迷糊糊地想，明天要重新挂一下。然后她意识到，明天自己可能会失去这套房子。失去那些她曾认为理所当然、不值一提的东西。失去她认为掌握在自己手中的自由。

她忽然停下来，不再说了。在黑暗中，她听到风掠过树梢，听到雪落在地上，听到火劈开了木头。蒋原好像睡着了，她感觉他的手臂一点点往下滑，然后像是怕从树梢摔下似的，又紧紧抱住了她。她屏住呼吸，一动也不敢动。